情定布拉格（简体字版）

LOVE IN PRAGUE (A NOVEL IN SIMPLIFIED CHINESE CHARACTERS)

B杜

British Library Cataloguing-in-Publication Data. A CIP catalogue record for this book is available from the British Library.

ISBN 978-1-913080-25-9 (ebook)
ISBN 978-1-913080-24-2 (print)

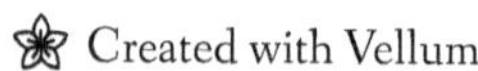 Created with Vellum

For my Family

第一章/查理大桥

我喜欢天朦胧亮的布拉格，古老、静谧，仿佛披上一袭神秘的面纱，让人流连忘返，可惜好景不长，当太阳一露脸，大批游客纷至沓来后，一切就不一样了。

"现在我们来到查理大桥，它被卡夫卡喻为生命的摇篮，建于1357年，是一座极具艺术价值的石桥。大桥横跨伏尔塔瓦河，长520米，宽10米，有16座桥墩，没用一钉一木，全用石头建成。两端分别是布拉格城堡区和老城区，这里还是历代国王加冕游行的必经之路。"我往前走几步，继续侃侃而谈，"这座欧洲最古老、最长的桥上有30尊圣者雕像，都是17-18世纪捷克艺术大师的杰作，被誉为'欧洲的露天巴洛克塑像美术馆'，据说只要用心触摸雕像便会带给你一生的好运与幸福……"

话刚落音，一群人开始伸手胡乱摸着雕像，我早已见怪不怪，迳自走到桥右侧的第8尊圣约翰雕像前，它是查理大桥的守护者，围栏中间刻着金色十字架的位置就是当年圣约翰被扔下的地点。

"这位红衣大主教因为拒绝向国王透露王后的秘密，被下令扔进伏尔塔瓦河，成为第一位为保护宗教忏悔隐秘权而殉道的人。当他从河中被捞起时，人们发现圣约翰的头上出现五颗星星，之后被教廷封为圣人……"

我的介绍引来七嘴八舌的讨论。

"王后说她有痔疮啦！"一位大叔自以为有趣地喊着，引来讪笑。

"妈的，还五颗星星，那是弹孔好不？"

"哪来的弹孔？火药都还没发明呢！"

"导游，头上那个是戒疤吗？"

"你耳朵聋了吗？导游刚刚才说是红衣主教，信耶稣的……"

我懒得回答无厘头的问话，要他们通通稍安勿躁，从现在起自由活动两小时，想拍照的赶紧拍，想吃饭的赶紧吃，想上厕所的赶紧上，请自觉准时上大巴，下一站是德国的新天鹅堡，周杰伦和昆凌拍婚纱照的地方……

说完，我收起导游专用的小旗子，走向桥一端的老城区，那里有很多餐厅和咖啡馆。

～

"结束了？"米星问。

"嗯！"我给自己泡了杯卡布其诺，上面加了好多肉桂粉。

"怎么不跟老板反映一下？这样急就章，游客根本无法欣赏到布拉格深沉的美丽。"

"妳以为他不知道？"

我的老板当然知道除了查理大桥外，天文钟、布拉格城堡、黄金巷、跳舞的房子……都是很好的旅游景点，奈何中国旅行团比的不是质而是量，能以最少的钱游玩最多的国家才能吸引到顾客，所以当你看见"八天游玩五个国家"的广告时，千万别惊讶，在欧洲团里俯拾皆是。

"待会儿去哪个国家？"米星又问。

我答德国。

她说我可以回那家德国猪肘子店瞧瞧，也许前天晚上赶着上大巴而没吃完的部分还留在桌上呢！

"呵呵！如果还在，我打包回来给妳吃哈！"我啜了一口卡布其诺，上面的奶泡很绵密。

嘻！再这么进步下去，我可以在米星开的咖啡馆对面另开一家与之抗衡了。

～

米星是我的发小，从幼儿园开始，我们便秤不离砣。她的个头娇小，不到一米五，很瘦，留着俏丽的短发，眼睛像漫画里的女孩一样，又大又亮，更别说脸颊了，白里透红，好比陶瓷娃娃。

她曾不止一次地说起她的愿望，那就是开个有品味的咖啡馆及找个身高一米八的老公，因为个头矮小是原罪，她得为下一代负责。

终于在大三那一年，她成功地抓住一位高佻的学长，为了博他欢心，不仅当起免费的住家保姆，还早晚两次溜他家半人高的金毛犬，更不用说买菜钱还是她出的。

"这样好吗？你们两人到现在还没亲嘴，他倒好，不用请阿姨，连狗粮的钱也一并省了。"

米星说我不懂爱情，不是一加一都会等于二。

Well, 爱情的确不是一加一等于二，但也不能一加一等于一吧？！那小子从没正面承认过米星的女友地位，根据我的判断，他肯定是骑驴找马。

果不其然，一毕业他就找到良驹，还一把鼻涕一把泪地表示给不了米星幸福，宁愿放手……

他奶奶的，谁不知道他的新女友是有双大长腿的模特儿，两人站在一块儿那叫个"颜质相当"，米星以为的"小鸟依人"在旁人看来不过是"长短腿之恋"罢了，难怪恋情会告吹。

"没事，生命那么长，总会遇上几个渣男，我不也单着？"我安慰她。

和米星的失恋不同，我爱的那个人从小就是"别人家的孩子"，不仅毫无意外地上了北京的最高学府，还拿到誉为"本科生诺贝尔奖"的罗德奖学金，然而这样优秀的男孩也有过不去的坎，就在一个春暖花开的季节里，他从六楼高的出租屋一跃而下，结束23岁的生命，从此我心如止水，不肯轻易交付感情。

~

"我的前男友还不坏，把米勒送给我了。"米星说，脸上有淡淡的笑容。

米勒是渣男学长养的金毛，后来我总能见米星像对待恋人般地待狗，给牠买进口的狗粮和天鹅绒做的床，连喝的水都来自天山的纯净水。这样如履薄冰、亦步亦趋的照顾，没想到狗还是得了细小病毒，一命呜呼了。

我从没看过米星如此伤心过，她抱着死去的米勒声嘶力竭地哭喊着，有那么片刻，我以为她哭的是逝去的爱情而不是狗。

"难为她忍了那么久，怕有大半年了吧？！"我心想。

日子匆匆又过了数月，某天米星告诉我，她要环游世界去，然后找一个看对眼的地方开咖啡馆，两个人生愿望总得实现一个，不然就太可怜了。

"妳去找，找到了告诉我，我会飞过去当妳忠诚的店员。"

说这句话时，我还是世界五百强企业的其中一员，有大好的前程等着我，可想而知，我的承诺不过是一时兴起开的空头支票罢了。

没想到五百强也有日薄西山的一天，当我走出陆家嘴金融区时，不禁仰天长叹："哈！就这样了，云淡风轻。"

两个礼拜后，当我寄出第十封求职信时，赫然收到米星的邮件，她说她在布拉格开了个咖啡馆，目前不缺店员，但欢迎兼职者。

于是我拿着旅游签证，坐上飞往捷克的班机。

可想而知，我和米星又秤不离砣，她很慷慨地让我住在她的二居室里。

"我不知道妳这么有钱，咖啡馆买在游客如织的老城区，连公寓也那么舒适，任性到一个人也住二居室。"我羡慕地说。

米星的公寓距离查理大桥250米，屋内设计走的是雅致风，非常干净、清爽。厨房采开放式，有个中岛；浴室很大，干湿分离；两个房间，一大一小……还有还有，打开落地窗从阳台望出去就能看见Sicily Café 的墨绿色招牌，那是米星的咖啡馆。

想象无疑很美，无奈还得面对现实，现实就是米星没那么有钱。

"我买的不过是十年的经营权，每月还得交商铺租金，十年一到，经营权自动归还原主人，至于公寓……那是此地华侨托我代管的，一旦有人想买，我分分钟得搬。"

"这么说，我们很快会像浮萍一样流离失所了。"我唉声叹气。

米星要我别泄气，捷克人不像中国人那么爱买房，他们更乐于租房，因为可以无牵无挂地随时转移阵地，所以一时半会儿我们还不致于流落街头……

由于米星一早表明她的咖啡馆只需要兼职人员，意即我得另外找份正式的工作，才能长期待在布拉格。

就这么凑巧，某天我在查理大桥闲晃，意外听见大巴司机和导游的对话，那个面容憔悴的女导游说她每带一个旅行团就得跑好几个国家，真不是人干的事，她要回中国结婚，再也不回来了……

"请问……你们公司缺人吗？"我期期艾艾地问。

就这样，我在签证到期前顺利谋得一份"不是人干"的工作。

喝完卡布其诺，我帮米星洗碗盘，又替桌上的瓶瓶罐罐注入新的酱料，转眼两个小时就过了。

"什么时候回来？"米星问。

"大后天的下午，刚好能把妳要的意大利面酱买回来。"

"那好，回来我煮意大利面给妳吃。"

"记得放很多罗勒叶喔！"我边说边推开咖啡馆大门，往查理大桥走去。

第二章/放羊的孩子

从前有个人去布拉格，他在查理大桥上被偷了钱包，又在布拉格城堡被偷了护照，他想掏手机找人帮忙，发现手机也被偷了。无奈之下，他向当地警察局报案，可是他想不起来自己是谁，此时街对面一个大眼睛姑娘冲着他微笑，毫不费力地偷走他的心。

现在的他在布拉格卖烤猪蹄，那个姑娘负责卖啤酒和收钱，顺便为他擦汗。收工后，他将剩余的啤酒全喝掉，然后醉眼朦胧地推着小车回家，沿途给大眼睛姑娘唱情歌……

当我初次听到这个家喻户晓的故事时，觉得实在太扯了，哪来那么多的"巧合"？但在布拉格住久后，我惊觉这个故事真实得可怕！

首先，查理大桥和布拉格城堡的确小偷猖獗，扒手特别多；其次，布拉格的姑娘真如同故事所说特爱笑，分分钟能抓住男人的心，而且不势利，当爱情来临时，没房没车也会嫁；再说饮食，啤酒是捷克人的最爱，餐餐少不了它，至于烤猪蹄，那是布拉格很接地气的国民美食，与德国的烤猪肘不同，他们更热衷食用猪手的部位。

~

"导游，我的钱包不见了，刚刚还在呢！"一位大妈铁青着脸求助。

我要她别慌，是不是只有钱不见？证件还在吗？

她答钱包里有一千多元人民币及五千多克朗，证件和银行卡在另一个包里，还好没丢。

"听着，现在妳有两条路走，一是去报警，但十之八九钱是追不回来的；二是自认倒霉，继续接下来的行程，就当花钱消灾。"我理性分析。

"妳怎能这样推卸责任？"大妈发火了，"丢的不是妳的钱，当然不着急，那可是我儿子的辛苦钱，再怎么着也得找回来。"

最怕遇到这种是非不分的顾客了，钱被扒也怪我？而且她讲错了，刚来布拉格时我也丢过钱，知道丢钱的滋味，正因有此惨痛教训，所以带团前无不一再提醒小心扒手，但"言者谆谆，听者藐藐"，丢钱、丢护照的事反复发生，让我疲于奔命。

没办法，为了不被投诉，我只好把大批游客丢下，陪她去报警，还好查理大桥就有驻地的警察局。

然而一到现场，大妈当下便决定吃哑巴亏，因为排队等报案的人群已经排到警察局外。

"不排了，什么童话王国嘛！简直就是贼窝，再也不来这个城市了！"她气愤地说。

由于旅游团里有人丢了钱包，气氛开始变得不安，我一说下一站是瑞士，大家竟然鼓起掌来，大概瑞士在印象中是个

"夜不闭户"的诚信国家，所以急着想靠拢。

我又想起那则家喻户晓的捷克故事，不禁失笑。谁会想到童话王国也有这些乌烟瘴气的事？它应该只囊括世上所有美好的事物，像活在象牙塔里，不食人间烟火。

"回来了？"米星在厨房里做宵夜，空气中有浓浓的蕃茄味。

"嗯！累死了，"我赶紧躺下，"还好晚上带团员吃了顿好的，要不然这会儿还有人抓住我不放，抱怨某某团吃了米其林一星，而我只喂他们吃草……妈的，这能一样吗？人家是VIP团，缴的团费够在欧洲流浪一年。"

我很少抱怨，大概今天被团员损了几句，心里不痛快所致。

"别想了，一行有一行的难处，吃完宵夜睡个好觉，明天又是崭新的一天。"米星为我捧来一碗蕃茄面疙瘩，上面撒了胡椒粉、香油及细碎的葱花，看了就有食欲。

"男人是不是全瞎了？放着妳这个宜室宜家的女人不追，反倒上相亲节目，那叫缘木求鱼。"我吸溜吸溜地吃着美食，顺便拐个弯赞美厨子。

"话不能这么说，相亲也有好处，至少知道对方是奔着结婚去的，省得浪费大好青春却是为人作嫁。"

知道她和学长的那一段，我闭上嘴。是啊！相亲也没什么不好，"快、狠、准"，看不对眼再换下一个，总有你喜欢的。

"他……还给妳发邮件吗？"

米星口中的他是当我还是导游菜鸟时的一位客人，瘦瘦高高的，一脸的书生相。

"早没了，我要他别再发，发来我也不看。"我故作潇洒。

"葳葳，妳总得走出来，要不然就看不到下一站的风景了。"

我知道米星说的是什么，自己也想走出去，奈何戈墨不放我走，他曾说当北京不再下雪时，我才可以离开他……

"就我所知，2011年的北京整个冬天都没下雪。"米星抓到小辫子。

"不是的，市区没下，但香山肯定下，它的顶峯有2300米。"

"妳亲眼目睹了？"

"目睹倒没有，但那么高的山怎么可能不下雪呢？"

米星说我作茧自缚，爱咋咋地，她不管了。

"妳呢？那老头儿还来吗？"我转了话题。

米星的咖啡馆最近来了个老头儿，一坐就是一整天。

"还来。他说他在布尔诺有个大宅院，太太死了，现在和儿子住在布拉格，如果我愿意，他马上带我回布尔诺，大宅院的草长高了，游泳池的水也该换了……"

我听了笑个不停："他这是要妳去割草还是给游泳池换水？说得好像在找住家保姆。"

米星耸耸肩说当住家保姆也不错，老头儿虽老，但目测身高有一米八。

"米星，"我紧张起来，"妳可别为了后代子孙去和番，况且那人这么老了，能不能生还是个问题。"

这次换米星笑个不停，她说我太没幽默感了，玩笑话也听不出来，若想和番，她会找个年纪相当的，因为带孩子很累，她又挺没耐心的，需要有人搭一手……

"嘟……嘟嘟……"面疙瘩还没吃完，团员就来电，我意兴阑珊地接听。

"导游，我女儿肚子痛，怎么办？哪里有医院？我不会说外国话。"

知道不是洗澡水不热或出门忘带房卡之类的芝麻事，我赶紧问清细节，然后抓起防风衣。

"毕葳葳，妳去哪儿？宵夜还没吃完呢！"米星喊着。

我答有突发事件等着我处理，回来再吃！

小女孩得的是急性肠胃炎，还好其他团员没事，否则今晚的烤肉大餐便首当其冲成了祸首。

我问家长明天还去不去瑞士？若不去，我们从奥地利绕道回来后再去接他们。

那对父母眼神交会一番后，戴眼镜的爸爸发话了："还是去吧！花了那么多钱不去看苏黎世湖多可惜，何况拿了药，应该没事。"

看着脸色苍白的小孩，我无语了，叮咛他们早点儿就寝后，我拖着疲惫的步伐回家。

回到家，米星已睡下，我吃到一半的面疙瘩还在桌上，上面覆盖了保鲜膜。我将它送进微波炉里加热，这一晚折腾下来，我又饥肠辘辘了。

"妳有没有做过被一群人追杀的梦？"戈墨问我。

"有啊！我梦到自己是《射雕英雄传》里面的梅超风，因为盗走半部《九阴真经》而遭师弟追杀，不得不远走大漠，然后就遇见了对我一往情深的蒙古王子……"我拥着男友说稚气的话。

"我的梦不一样，"戈墨一本正经，"我梦见被一群没有五官的人追杀，他们要我的眼睛、鼻子、嘴巴和耳朵，连眉毛也想拔走。"

我听了呵呵笑，说那群人真没眼光，要追杀也应该选杨洋或吴亦凡那样的小鲜肉，选个书呆子有什么好的？

"书呆子的确不好，我都不知过去的二十几年是怎么熬过来的，每天就是读书、读书再读书，没有别的娱乐，真不知这样活着有什么意思？"

我要他别抱怨了，大家还不是这么过来的？但可不是人人都能像他一样拿罗德奖学金，而且获得哈佛大学的青睐……

说这句话时，我有满满的幸福感，男友是人中蛟龙，眼看我就要"妻以夫为贵"，怎不令人雀跃？

没想到几天后他什么话也没交待就往窗外一跳，让我措手不及。

戈墨的父母认为一定是我讲了什么话刺激到他，不然这么优秀的人怎么可能说没就没了？

Well, 也许我曾经描绘过未来的场景，有大房子、大车子还有三位小王子与小公主，但那是女孩们都会编织的梦，怎么就刺激到他了？

话一说完，戈妈妈哭得肝肠寸断："果然是妳，要他买房、买车，还想生三个孩子，戈墨怎么负担得起？只好早早结束生命，让我们白发人送黑发人，呜呜呜……"

有一阵子我苦逼到不行，和戈墨的母亲同一阵线地指责自己爱慕虚荣、见钱眼开、急功近利……体重一度降到八十五斤，成了纸片人，还是王老师看不下去，挺身说出自己的学生有抑郁症，很抱歉没来得及阻止悲剧发生云云。

也许戈墨真的有抑郁症，但我也有错，无形中推波助澜成了压倒骆驼的最后一根稻草……

"不管妳了，爱自责去自责，等到妳也死了，大概我也活不成，别人肯定会说是我这个闺蜜说了什么话刺激到妳。妳想死就快点儿死，学长不要我了，我刚好找到自尽的理由。"

看米星如此生气与绝望，再想到我们两人都是命运多舛的人，不禁与她抱头痛哭。

"哭什么哭？"米星边捶打我边泪如雨下，"不过是些臭男人……"

因为有了革命情感，我和米星的友谊更加坚如磐石。

"葳葳，今天下午有人看房子，妳能四点钟去开门吗？"米星边给客人泡 Espresso 边问。

"没问题。"我答。

三个月后终于迎来第一个看房者，我二话不说地接下任务（虽然心中并不乐见房子被卖掉）。

"一定啊！那人特意从德国飞过来，不能让人等。"

我要她放一百二十个心，我会准时在四点前放我的团员鸽子。

米星对我无力地笑了笑，那样子像是再次看到了放羊的孩子。

第三章/巧合

千万别误会我是个不守信用的人，事实上在成为导游之前，我是尽可能地"言出必行"，奈何旅行团不可预测的成份居多，有时我真是"人在江湖，身不由己"啊！

好比现在，我刚要带领团员走上查理大桥，经过市政厅，不巧塔楼上的天文钟正在整点报时，悦耳的钟声告诉我~三点了。

我之所以说"不巧"是因为这是一座享誉世界的天文钟，每个整点时分，表盘上方的两个玻璃窗会自动打开，让耶稣的十二门徒列队依次在窗口现身。当使徒走完一圈后，玻璃窗会在一声鸡鸣声中关上，接着骷颅左手平举的沙漏垂了下来，报时的钟声响起。

可想而知,来自世界各地的游人都会在此聚集，争睹天文钟的报时表演，让我和我的团员毫无意外地卡在人流里。

"导游，讲讲这个天文钟的故事吧！看起来挺有趣的。"有人喊着。

"可是……"我想起我的四点钟之约。

"讲嘛！要不了多少时间，而且我儿子回去后还有三篇作文要交，总得让他有东西写吧？！"一位望子成龙的父亲说。

此时他身旁的胖小子正睁着无邪的大眼睛，吧嗒吧嗒地看着我，让人狠不下心说不。

"好吧！我快速讲一下，布拉格天文钟也称布拉格占星时钟，建于中世纪，是根据当年的地球中心原理设计。有上下两个钟，上面的钟一天绕行一周，下面的钟一年绕行一周……"

本来可以到此结束，我又情不自禁地八卦一下："传说因为天文钟太过精美，为了防止其他国家出现同样的钟，制钟人的眼睛被活生生地挖了出来。多年后，那个可怜人要求在临死前抚摸这座耗费他毕生心血的钟，从此钟的指针便停在他死亡的那一刻，直到1948年才又重新运转起来。"

"为什么是1948年？"那个胖小子问。

"这个……我也不清楚，只是个故事，听听就好。"我答。

"可是……我得写作业……"

"拜托，后面的故事就别写了，跳过去吧！"我几乎要跪了下来。

然而小男孩的爸爸不苟同，他认为孩子有"追根究底"的精神值得鼓励，话说天文钟在1948年又开始运转起来肯定有原因，也许进到塔楼里便能找到答案……

经验告诉我，遇见死磕到底的人，千万别正面交锋。

"行，我带其他团员去查理大桥，你们随后跟上。"我对胖子二人组说。

坏就坏在这是个亲友旅行团，他们纷纷表示和那对父子共进退。这下好了，当他们从塔楼出来再听完查理大桥上红衣主教的光荣事迹后，时间已经指向16:10。

我气喘吁吁地跑回家，跑得上气不接下气，果然还是没赶上，公寓大门外没有德国佬的影子，只有一张亚洲脸孔，我顿时泄了气。

"请问……"那人开口了，说的还是普通话，"妳是不是房屋中介？"

"不，不是的。"我马上否认。

"真是奇怪，明明跟我约了四点……"那人掏出手机。

"等等，你是不是约了看302房？"我问。

他把手机放下，微愠地看着我。

"很抱歉，旅行团有突发状况，所以来晚了。我不是中介，算是替房东照看房子，你若有意向购买，请和房东接洽，能少一笔中介费。"我开了302的房门，让看房者进入。

今天早上五点不到我就坐大巴到皮尔森接客人，由于先拍拍屁股走人，不知屋内会不会像"浩劫后"，心里很忐忑。还好门开后窗明几净，连挂在浴室里的内衣裤也没忘了收起来，不禁松了一口气。

"这里可以看到伏尔塔瓦河。"男人站在阳台处往外望去，嘴巴喃喃自语着。

现在是傍晚时分，夕阳下的布拉格美得不似人间。

"是的，你若清晨来，景色又不一样了，像素颜的美女。"我说。

"素颜的美女？"他笑了，"好久没看到素颜的美女，听妳这么一说，明天一早我再过来一趟，嗯？"

听到明天得早起，米星把我臭骂一顿。

"我怎么知道他当真了？我也不想早起啊！"我唉声叹气。

隔天天才朦胧亮，我就起床到楼下接买主，他倒精神奕奕，无一丝疲惫。

"果然像素颜的美女啊！"他站在阳台上感叹，"我好久好久没看到素颜的美女。"

那男人再次重申昨天说过的话，殊不知站在眼前的两位女生正素颜着，显然他并不把我和米星视为美女。

"Well, 布拉格最美的两个时间段你都看过了，现在得跟你讲讲这房子的缺点：楼下的糕饼店又贵又难吃；查理大桥小偷横行，警察和他们蛇鼠一窝；这附近一年三百六十五天游客不断，别想清静度日；还有，物业费很贵，你倒不如去买独栋别墅。"

虽然说的都是事实，但我的絮絮叨叨不讳言还是为了一己私欲（不想和米星露宿街头），没想到……

"我买了，"他还是说出残忍的话，"就为了每天能看到素颜的美女。"

我们的事业刚起步，离安稳还有段距离，眼下又要搬家，房租是不小的负担。

由于捷克人倾向租房不买房，所以房价在欧洲大陆算便宜的，但有利就有弊，租房的人一多，租金便水涨船高，好比我们现在住的二居，每月房租就要55000克朗左右，而我的薪水还不到37000克朗。

"谁让妳说素颜美女来着？男人一浮想联翩，当然就拍板定案了。"

"妳这是欲加之罪何患无辞，一个人看对眼了，母猪也会赛貂蝉。"

米星的不开心，我懂，现在她要付两笔租金，一笔是咖啡馆的，另一笔是睡觉用的。

"现在怎么办？妳我都这么忙，谁去找房？"她说。

这是个问句，但听起来像祈使句。

"是呀！谁去找房？"我把烫手山芋又扔回给她。

就那么凑巧，两天后我在老城广场又看见那个熟悉的背影，他正在街头等着他的Trdelink出炉。这是一道捷克的传统小吃，把面团往热乎乎的铁棍上一裹，炭火明烤，吃之前洒上细细的糖粉，分外的香脆可口！

"要我说，吃完Trdelink，转角处的Palacinky也不容错过。"我讨好地说，因为心中有计划。

"我不喜欢吃甜的。"他答。

啥？这不是耍我吗？

"你买的可是卡路里很高的甜食。"我戳破他的谎言。

"我买给女朋友的。"

"妳女朋友人呢？"我边问边四下寻人。

他笑了笑没回答，拿上Trdelink就走，我赶紧跟上。

"房子成交了没？"

"快了，正在谈。"

"你什么时候搬进来？"

"成交了就搬。"

"能不能晚点儿搬？我和室友还没找到住的地。"

"那不是我的问题。"

眼见满怀希望的小鸟已飞走，换来的只是现实的残酷，我放慢了脚步，决定不再惹人厌，就在此时，我看到惊人的一幕：那个冷酷无情的男人把Trdelink丢进伏尔塔瓦河里，河面上巡游的天鹅们马上聚集过来，一口一个地吃掉那些好吃到爆的面团。

好呀！竟然把天鹅说成是自己的女友，这是欺负我无知还是捉弄我愚蠢？两者都让我怒不可遏。

"你的女友好幸福呀！吃的还是人吃的食物。"我忍不住损他一句。

"她当然得吃人吃的食物，妳这不是废话？"

呵！谎话还说得上岗上线，得，老娘陪你玩！

"天鹅都是一夫一妻制，你这是白费功夫，在天鹅的国度里，你什么都不是。"我说。

"谢谢妳告诉我天鹅是一夫一妻制，只是我不明白妳为什么要扯上天鹅？"

"你说Trdelink是买给女友的，我又看到天鹅吃了你买的Trdelink，所以……"

"噢！不，天鹅不是我女友。"他哭笑不得，"我的她几个月前来到布拉格，然后往伏尔塔瓦河纵身一跳淹死了，什么话也没交待，到现在我还是不明白她为什么要这么做，我们在慕尼黑住得好好的。"

我仿佛又看到戈墨，他跳上窗口回头对我凄凉一笑……

"妳怎么了？"那男人抓住我，因为我差点儿不支倒地。

“真巧，一年前我的男友往六楼窗外纵身一跳摔死了，什么话也没交待，到现在我还是不明白他为什么要这么做，我们在北京住得好好的。”

半晌，那男人问：“妳男友是不是也得抑郁症？”

“真巧，一年前我的男友往六楼窗外纵身一跳摔死了，什么话也没交待，到现在我还是不明白他为什么要这么做，我们在北京住得好好的。”

第四章/枉费心机

他叫卢凯孜，德国名Luca，因为"凯孜"听起来像"凯子"，有贬损之意，所以他宁愿朋友喊他的德国名—卢卡。

"Ok, 卢卡，告诉我，你不会从此移民捷克吧？！"

说这话时，我们在米星开的Sicily Café 坐下，我点了摩卡，他点了马琪雅朵，米星还送来一盘刚出炉的黄油饼干。

"有何不可？德国和捷克都是欧盟国，可随意进出，工作和居住都不成问题。"他答。

的确不成问题，但捷克目前经济不景气，失业率从去年的8.2%攀升至今年的8.6%，还有持续增长的趋势，当地人的工作和生活都陷入了窘境，难不成他是来增加失业率的？

"我的专业不成问题，到哪里都不愁吃穿。"他拿起饼干咬了一口，颇为惊艳，"这饼干真好吃，比Leibniz好吃。"

Leibniz是德国的一个饼干牌子，奶味很浓，通常作为宝宝的零食。

我早知道米星有好手艺，所以不加入赞美的行列，注意力很快又回到卢卡的工作上，我问他什么专业会好到不论在哪里都不愁吃穿？

"我是个整形医生，小到打肉毒杆菌，大到隆胸、吸脂，都是我的工作范围。"

原来他就是人造美女的始作俑者，心中不免有些蔑视他的"商业行为"。

卢卡说我错了，整容手术一开始不是为了"造假"，而是为了"修复"。大战期间，很多士兵脸部受创，加上后来汽车工业发达，车祸带来大批的"伤残者"，整形手术才得以从最初的雕虫小技慢慢提升上来，至于后来走向"打造人工美女"的行业乃大势所趋，没什么比赚女人的钱来得更快、更多。他已经替一千多位女性服务过，真正因脸部创伤来做修复的还不到10%.

"你一定很聪明，德国的医生执照不好考啊！"我下结论。

与国内不同，国外的医生是只金凤凰，不仅收入高，社会地位更是无出其右，妥妥的社会菁英。

"聪明得看从什么角度，我五音不全，运动细胞也不发达，而且完全没有理财概念，到现在还是月光一族。"

"不可能！月光族拿什么买房？"我惊呼。

"我的医生执照呀！贷款完全不成问题。"他语带骄傲地答。

早听说国外的医生买房贷款无上限，因为知道终究还得起，没想到在捷克连首付也省了，真是人比人气死人。

"我若生个儿子也让他当医生哈！"我酸溜溜地说。

卢卡不苟同："妳看到的只是光鲜的一面，医生的养成不容易，工作强度之大，不是一般人能忍受的，我的女友就经常抱怨，还说要上医院挂号，这样就能面对面地和自己的男友说上几分钟的话。"

我想起那个跳伏尔塔瓦河的女子，她必定是拥有一副姣好的外貌，否则怎能通过一位整形医生的审美标准？

没想到我又错了，卢卡说他看过太多的造假美女，所以美貌在他眼里成了最不需要考虑的因素。

"茉莉很平凡，但她有一个美丽的灵魂。"他加上一句。

我因此知道卢卡已逝的女友叫茉莉。

"Well，自我介绍到此，现在换妳了。"他点名指向我。

于是我把自己从小到大的经历简单交待一下，顺便提到戈墨，在我的美化下，他成了不朽的传奇。

"她呢？"卢卡看了一眼在厨房工作的米星。

"你等等，我唤她过来。"

我接替了米星的工作，让娇小的她去接受面试。

"米星小宝贝儿，快使出妳的浑身解数吧！新房东若对我们有好印象，'不用移窝'的机率就大大提高了。"我对她耳提面命。

" 呵呵……太好笑了……你再说说……"

自从被学长抛弃后，米星的笑容便如同冬阳，久久才现身一次，她这么笑颜逐开倒还是头一回。

我再一次把眼光落在这个新认识的男人身上，他有细长的脸型、高挺的鼻子、小而有神的眼睛，耳朵虽是招风耳，但耳垂厚，一副福相，最特别的是他的下巴，成了英文字母的W。

在西方，这种下巴是美貌及性感的象征，又叫"天使的指痕"，意即连天使都会忍不住捧起他的下巴，从而留下印记。

Well, 卢卡是不难看，带出去还能"小骄傲"一下，只可惜身高是硬伤，比我高不了多少，肯定没有180公分，被硬生生扫到米星的择偶名单外。

"葳葳，把田园披萨放进烤炉里，卢卡还没吃过真正的好披萨呢！"米星带笑说。

"好咧！"我动作麻利地把半成品塞进这个意式披萨炉里。

卢卡没有拒绝我们的示好，这是个好兆头，看来"守住一方天地"不过是咫尺之遥。

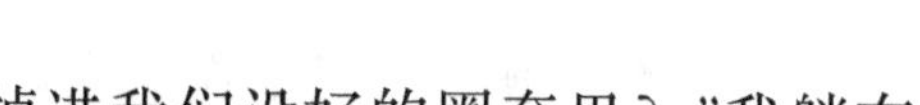

"妳看卢卡会不会掉进我们设好的圈套里？"我躺在米星的床上和她"睡前谈话"。

"不知道，他看起来大智若愚的样子，我们的这点儿小把戏恐怕早被看穿了。"

我们的计划是：**302房有两居，一大一小，房东住大房间，我和米星住小房间，同时负责打扫及做早晚两餐。房租能免最好，不能免也尽量控制在20000克朗以下，这样除了日常开销以外，还能攒下钱为以后的生活作打算。**

"如果他不愿意就糟糕了，我的钱买了熔岩烤炉后，已经所剩无几。"她叹息。。

为了烤出传统意式披萨的风味，米星不惜重金订制了专用炉，纯手工制造，价格不菲。

我也好不到哪里去，水晶制品是捷克的特产，有朋友知道我在布拉格当导游，托我买了水晶制的花瓶、酒具、烛台、灯具……等，允诺给我代购费。没想到千里迢迢寄回中国的货物会化为碎片，我可是里三层外三层地用气囊袋和气泡膜给包裹好的呀！

"国內本来就是暴力快递，妳是菜鸟吗？"米星吐槽。

她说的没错，出国不到半年，我就忘了"中国特色"，真想甩自己两耳光。这下子辛苦攒下的钱都化为乌有，真是不胜唏嘘呀！

"这样吧！"米星翻身面向我，"我去色诱那个忧郁男，也许他会大发慈悲地给我们一条生路。"

我提醒她，卢卡的身高不到一米八。

"在爱情面前，所有预设的条件都是枉费心机。"她说。

第五章/柳暗花明

我接了个波兰+捷克+奥地利+匈牙利+斯洛伐克的13日旅游团，不仅去了奥斯维辛集中营，还吃了有名的维也纳烤排骨。可想而知，当我风尘仆仆地回到家，身心会有多疲惫。

把两个行李箱都堆在玄关，和室友喊了声Hi后，我双腿无力地走向卫生间。

米星正在准备晚餐，两个炉灶齐开，忙得不可开交。

我边如厕边听到哗啦啦的水声，心不在焉地按下冲水阀后，这才注意到米星在厨房里，那么是谁在洗澡？

这一惊非同小可，我赶紧冲出卫生间。

"那个……谁……谁在浴室里？"我话都说得不利索。

"大概是卢卡吧？！"米星答。

大概？……吧？意思是她也不确定。

"晚餐吃什么？"此时卢卡从米星的房里走出来。

我再次受到惊吓，卢卡和米星住在同一个房间里？

没等我清醒过来，一个裹着浴巾，头发湿漉漉的金发女人现身了，她的体态有些丰满，嘴巴飞快地说着捷克语。

"Gut."卢卡用德语回答"好的"。

由于德国离布拉格很近，加上历史原因，在布拉格用德语反而比英语便利，当地人多少懂一些。

很显然，那女人听懂了，她大喇喇地走进米星的房间里，让我雾里看花。

"今天吃Knedliky，我从烹饪节目里学来的。"米星边说边把四个大盘子摆在餐桌上。

Knedliky是捷克人常吃的家常菜，外观像中国饺子，配上东欧人特爱的酸白菜及蘸酱，非常的美味。

"卢卡和妳是什么关系？"觑了个空，我压低声音问米星。

她答房东和房客的关系，前者三天前已搬进她原来住的大房间里，如同我们原先设计的一样，只是房租涨到30000克朗，我和她平分，一人15000克朗，虽不满意，但能接受。

"她……"我的目光扫向那个已经穿戴整齐的女人身上，"又是怎么回事？"

"卢卡今天去面试，她是面试官，由于今晚有Blind Date，约了在国家剧院看舞台剧《三位玛丽亚》，八点钟那一场。那个傻小子便把她带回家吃饭，说吃完饭刚好能赶上第一幕。"

我答好个"借花献佛"，又借浴室又给吃饭，面试官最好录用他，否则卢卡就亏了。

谁知米星说卢卡根本不在乎，前两天有家医院不仅雇用他，还要他马上披挂上阵，因为患者已经上好麻药了，我们的房东却很有原则地说不，因为他不接别人的患者，即使接了也需要几天的工夫去了解患者的身体状况，这样赶鸭子上架的作风不是他想要的……

"也就是说，是医院求着他，而不是相反的那一种？"我问。

"没错，卢卡就是当红炸子鸡，我还想着是不是该去垫高鼻子还是隆个胸，毕竟有个现成的医生人选在。"

我死盯住米星的脸，鼻子很小巧，配瓜子脸合适；胸不坏，没有压迫感。综合以上，我看不出米星有整形的需要，除了身高（奈何这不在整形的范围内）。

"*@¥*%#……"那女人站起来说了几句外星语后，风一样地走人，连盘子也没收。

"你的面试官倒好意思，她不晓得道谢是基本礼貌吗？"我对着卢卡抱怨。

"她说了，而且提到若两位女生想整形，她会亲自接待，医院就在河对岸。"卢卡代为翻译。

哎！怪就怪在我的捷克语不行，误将对方归为蛮夷之邦。

"不过她的感谢听起来很不真诚，像在拉客似的。"我撇撇嘴。

"妳不去得了，反正妳有黄金比例脸，是我看过最美的脸孔，根本不需要动刀。"卢卡对我说。

黄金比例脸指的是五官符合国际认可的黄金比例（双眼、嘴巴、前额及下巴之间都保持了最佳的距离）。

"那我呢？我有没有黄金比例脸？"米星好奇一问。

卢卡仔细观察一下后，说："妳的五官略为密集，但不影响妳成为迷人的女性。"

好呀！怎么说都不得罪人。看样子他对每个雌性动物都采取无可救药的"宽容"政策，这下子我有点儿怀疑他说我有黄金比例脸是胡诌的。

～

"不是说要色诱房东吗？30000克朗的房租虽然便宜许

多，但我们得包办家务，请个阿姨都不止这个数。"我不满地说。

米星承认失败，她说卢卡好比柳下惠，对她的明挑暗逗毫无反应，现在她开始怀疑他的性取向了。

"不是妳想的那样，他有女友，虽然……不在了。"

我接着把那个跳伏尔塔瓦河的女子简单介绍一下。

米星听完后开始天马行空，她担心我们在不了解对方的情况下就敞开大门迎接是非常危险的事，搞不好卢卡是杀人魔王，前女友就是死在他手里，而非自杀……

我要她别混淆了，是我们住到人家家里去，有什么资格说三道四的？要不满意，可随时走人。

米星听了老大不高兴，她说我软耳朵，就因为卢卡说我有黄金比例脸，人心就被收买了。

老实说，我根本不相信黄金比例脸的存在，要有，我早就是校花级别了，何苦现在还单着？

"其实……妳很美，我替妳挡掉了不少的追求者，"米星有些迟疑，最后还是招了，"我跟那些臭男生说妳只对女的感兴趣。"

啥？真是晴天霹雳！我问这是什么时候的事？

米星说打从高一起她就开始散布谣言，因为高考很重要，不想我分心。

听完，我气炸了，现在我知道那些暧昧眼神究竟是怎么回事了。

"米星，妳……"

"对不起啦！我还不是为妳着想。再说，那些苍蝇没一个好的。"

Well, 这是两码子事好吗？谁会高兴被当成拉拉？还好有弊必有利……

"都说谣言止于智者，戈墨果然是智者。"我颇感欣慰。

"不是的，他只是跟人打赌赌输了，被罚和女同志约会一次，没想到有了第一次，还有第二、第三次……"米星弱弱地答。

呵！这玩笑开得也太大了！我翻身不理"始作俑者"。

米星见我真生气了，只好利诱。

"这样吧！换妳去色诱房东，减免的租金算妳的，我……打落牙齿和血吞。"她豪爽地说。

～

米星要我去色诱房东，简直是胡说八道，我怎么可能做这么麻烦的事？

"那个……房租能少点儿吗？"我直捣黄龙，挑明了说，"现在请个阿姨也要30000克朗。"

此时的卢卡站在阳台上，眼睛望着远处的伏尔塔瓦河出神，他不带感情地回答："阿姨不需要留宿，水、电、瓦斯费也没用那么多，她更不会在冰箱里塞满巧克力牛奶和面膜。"

Well, 水、电、瓦斯费有没有用那么多？我不清楚，但承认巧克力牛奶是我放的，我对它的喜爱超乎寻常，好比老鼠爱大米；面膜则是米星的，谁都知道把面膜放冰箱可以保持新鲜度，但这些都是小事，不能成为高房租的理由。

我想耍赖，但见房东冷得像冬天没穿袜子的脚底板，决定改弦易辙。

"这样好了，我每天帮你盯着伏尔塔瓦河，这样你就有更多的时间工作，30000克朗也就看不入眼了，是不是？"我自以为聪明地说。

"毕小姐，"卢卡转身面向我，脸色凝重，"妳是我见过最残忍的人，在别人的伤口上撒盐很痛快是不？要不要谈谈妳那位跳楼的杰出男友？我猜想他一定是受不了妳的尖酸刻薄才轻生，好个蛇蝎女人！"

"你……太过分了！"我气得打哆嗦，"有什么了不起？我搬还不成吗？现在就搬！"

我三、两步跑回房里，拉出行李箱把所有的衣物都硬塞进去，边打包边哭泣，眼睛模糊到无法聚焦。

"扣、扣、"

知道是谁在敲门，我更委屈了，眼泪大颗大颗地滴落下来。

得不到我的回应，卢卡迳自开门进来："妳不跟米星打声招呼就走，这下子她得独自承担房租，妳认为公平？"

米星不知道我把事情搞砸了，她还在咖啡馆里忙活。

"是……是不公平，但……我没别的路好走，只……只能对不起她了。"我仍抽搐得厉害。

"谁说没别的路好走？"他的语气转为温柔，"走，陪我去买Medovnik。"

第六章/干柴与烈火

Medovnik蛋糕的发源地在俄罗斯与乌克兰，但反倒在布拉格被发扬光大，当地人民无不为它痴狂，以致大街小巷都找得到它的身影。

这个大受欢迎的蛋糕背后其实还有一个美丽又哀伤的故事，传说一位绝世美人在宴会上与公爵一见钟情，两人不仅走入婚姻殿堂还生了个可爱的女儿。美人后来不幸因病失明，公爵也在一次狩猎中失踪，多年以后，迟暮的美女凭着味觉、嗅觉和触觉，在女儿出嫁前夕做出这款征服所有宾客味蕾的Medovnik蛋糕，借以表达对公爵的思念……

"所以Medovnik蛋糕又称为爱情蛋糕。"卢卡说。

此时的我们正站在Cukrarna Hajek 的糕点柜前，蛋糕的香气在空气中飘散开来，我恨不得将它们通通扫进肚里去。

"想不想进去坐坐？"卢卡问出我的心中想望。

"不了，最近发胖，嘴巴还是管紧一点儿。"

才和眼前的他怄完气，一下子拉不下脸来，我言不由衷地说不，没想到那个脑筋不会转弯的人竟信以为真，"外带"相间着生奶油和炼乳的 Medovnik 往查理大桥走去，让我后悔不已。

"妳说，天堂的她吃得到我买的蛋糕吗？"卢卡望着伏尔塔瓦河问。

只见圆形的杏色蛋糕在河面上载浮载沉，没多久天鹅大队便全体出动，三两下把蛋糕全吃光，只留下少许残渣随波逐流。

"我认为这不过是求个心安罢了，不过……天鹅倒是吃得很开心的样子。"

看那个忧郁男又开始忧郁了，我赶紧改口："嗯……应该吃得到，听说鬼魂可以穿越，穿过来穿过去，所以没问题，呵呵！"

"如果我说……是我害死了茉莉，妳怎么想？"他语气平淡地说。

他害死了茉莉？难不成被米星料中，他就是个杀人不眨眼的魔王？我紧张得双腿打颤。

卢卡没注意到我态度上的转变，仍自顾自地说话。他说茉莉有一个悲惨的童年，父亲酗酒，母亲是个瘾君子，茉莉总以为只要她表现乖巧，父母终有一天会变好，然而奇迹并没有出现，她被送进了儿童保育院，从此由国家抚养……

故事的开头挺不一般的，我要他接着讲。

"慕尼黑的玛莉亚广场是我们初次相遇的地方，她就坐在老教堂前的台阶上晒太阳，人来人往，她像朵茉莉花，在人群中静静地吐露着芬芳。"

嗯！满浪漫的，我问他俩是怎么认识的？

"我走过去借机问路，茉莉七手八脚地为我指路，我说听不明白，她便起身带路。到了目的地，我以为邂逅到此为止，但她接下来问我能不能带她回家？她会很乖的。后来我才知道她没钱了，身上只有两个铜板。"卢卡笑了，样子有些凄凉，"因为我的上一任女友很不乖，让我心力交瘁，所以我无可无不可地收留了她。"

我说真看不出他会做这么疯狂的事？就不怕对方是个女土匪？

"不，她真的很乖，虽然偶尔会埋怨我太忙，但日常生活基本风平浪静，直到她的父亲找上门来，这才风云变色。"卢卡叹了一口气，"茉莉突然变得容易哭泣，脑子开小差的情况也越发频繁，如果我能早点儿开导她，也许会没事，但当时的我把事业摆在第一位，同时有意去忽视事情的严重性，结果悲剧发生了……"

我试着回想自己和戈墨相处的情况，他一向自视甚高，因为学习路上的一帆风顺，但不代表他没有自卑的时候，他就曾经说过如果能像同校的某某某，起码少奋斗十年，然而这就是他轻生的理由？

"你至少还知道原因，我……连男友为什么离开红尘都不知道。也许是我不够关心他，也或许是我不够有魅力，所以他舍得弃我而去……"

戈墨死后，我从来没有深刻地去剖析自己的内心世界，此时面对同病相怜的卢卡，我终于能放开胸襟去感受疼与痛，不禁流下泪来。

"哭吧！"他走过来拥抱我，"我的胸膛借妳靠一靠。"

卢卡不说则已，一说我的鼻涕和眼泪齐流，糊了他一身。

"对……对不起，回去我帮你洗。"

"没事，太阳晒一晒就干了。"他微笑着说。

"嘟……嘟嘟……"是旅行社的来电，主任要我过去拿行程表，顺便和团员做最后一次的确认与交待。

卢卡问我旅行社在哪里？我答在老城广场里，与米星的咖啡馆就两个blocks的距离。

"那好，我陪妳过去，顺便和米星打声招呼。"

回到家，米星看我的表情就怪怪的，眼光一直跟随着我，我走到东，她飘到东；我走向西，她飘向西。

怪就怪在当我回望她时，她马上低下头，佯装很忙的样子。

"What?"我决定打破砂锅。

"没……没事，我……很好。"她抓起茶几上的杂志，很专心地阅读起来，连书拿反了也不自觉。

我没耐心玩无聊的游戏，要她有事快讲，无事退朝！

"得，"她合上杂志，"说，妳怎么色诱成功的？在哪里？做了几次？"

"什么跟什么？我和房东顶多只是抱一下，我还因此弄脏了他的衬衫。"

"这就奇怪了，那人居然改口不收房租，我以为那必定是风花雪月的结果。"

没想到卢卡真的大发慈悲地放我们一条生路，不，不对，那一定是见我流泪，所以可怜我的缘故，而我偏不接受同情！

米星说我有病，天上掉馅饼也不捡，这是作死的前奏。

"不食嗟来之食，懂不？"我答。

"我不管，我肯定会接受好意，做家务也是很累人的。"

由于工作性质的不同，我经常不在家，家务便自然而然地落在米星的头上，她的反抗心理我能理解。

"这样吧！妳爱付不付，我的15000克朗还是照付。"我折中了一下。

"毕葳葳，妳这是打肿脸充胖子，很快就会捉襟见肘，到时候再低声下气就难看了。"

"妳别管，我不能把仅存的自尊踩在脚底下。"我很有骨气地说。

～

一整天没看到房东，当听到他开门的声音时，我马上跑过去迎接，然后在他坐下的那一煞那，高傲地拿出纸钞……

"米星没告诉妳吗？"他问。

"说了，但我不吃同情，该付的还是付你。"

"那好，"他把钱塞进口袋里，见我还杵在那里，遂问，"毕小姐还有事吗？"

"没，没了。"我尴尬地转身。

"晚安。"他对准我的后背说。

～

就这样？连问都没问就收钱？这也太不慎重了吧？！好歹也得打消我的疑虑，表示他的善心不是出于同情才是……

"嘟…嘟嘟…"是米星的来电，我接听了。

"葳葳，今晚我有事不回去，妳别等门也别打我手机。"

"什么事要待在外面一整晚？夜黑风高的，就不怕被大野狼一口吃掉？"

米星答没事，她会注意安全，要我也注意安全，毕竟孤男寡女共处一室，今晚的我，危险系数不低于她……

我啐了她一脸，她大笑着挂上手机。

想起我和卢卡的处境，一个是干柴，另一个……

"我已经许久没做爱了，他呢？会不会静极思动？"我心想，身体无端地燥热起来。

情定布拉格（简体字版）

米星答没事，她会注意安全，要我也注意安全，毕竟孤男寡女共处一室，今晚的我，危险系数不低于她……

我啐了她一脸，她大笑着挂上手机。

想起我和卢卡的处境，一个是干柴，另一个……

"我已经许久没做爱了，他呢？会不会静极思动？"我心想，身体无端地燥热起来。

第七章/试婚

我是干柴，但卢卡不见得是烈火，我们一夜无事地到天明。

"扣、扣、"是谁一大早敲我房门？

我拿开熊猫眼罩，赤脚去开门。

" What?"

"早餐呢？"卢卡问。

早餐？没早餐干嘛问我？

我忽然忆起昨晚米星没回来睡，即使天亮了也未见踪影……

"好的，我换个衣服就来。"我无奈地答。

卢卡给的优惠房租包括提供早晚餐，既然厨子不在，当然由我上阵。

~

割开黑面包再涂上咸味黄油，然后把GODA奶酪、彩椒、橄榄、烟熏三文鱼通通塞进去，再给他来一壶热咖啡外加鲜榨橙汁，一份既营养又美味的德式早餐就完成了。

我心满意足地看着卢卡大口大口地吃早餐。

"妳怎么不吃？"他问。

"刚起床没胃口。对了，你一大早即起，不仅西装笔挺，还抹了发油，看起来人模人样的，有约会？"

"我找到工作了，就在河对岸，今天第一天上班。"他边吃边答。

河对岸？我问可是那个丰满女人的医院？

"没错，她给了我很好的条件，我打算试试。"

果真吃人的嘴软，我要他发薪水时可别忘了给米星分红，那天的Knedliky是她煮的。

"说到米星，她去哪儿了？"

我答她一夜未归，大概有桃花。

卢卡听了瞪大眼睛，问我是不是真的？我说八九不离十。自从打全职工的捷克阿姨回学校念书，米星又雇了个新人Jan，只有18岁，才上岗没几天，她就夜不归宿，肯定是这个，没别的了。

卢卡恍然大悟地说原来是他，瘦瘦高高的，满脸的青春痘，痘痘若不见了会是个清爽的男孩子。

"你见过？"我惊讶地问。

"妳忘了？那天我陪妳回旅行社拿行程表，顺便又上米星的咖啡馆打招呼，没想到就遇上新员工了。"

我说这个米星够可以的了，老牛竟然吃起嫩草，也不怕男孩子的妈提刀来见她。

话一说完，卢卡差点儿笑岔了气。

"毕小姐，麻烦看一下妳身处何处，老牛吃嫩草是问题吗？还有，这里的母亲会管孩子的床上事吗？"

这倒是真的，"自扫门前雪，莫管儿女床上事"是捷克的家庭写照。

"好吧！我承认错误，该提刀的是米星的父母，那个小伙子竟然诱惑大龄姐姐，简直不像话！"

卢卡问我米星几岁？看着很年轻，不像大龄姐姐。

"不年轻了，她和我一样都奔三，眼看就快成了必剩客。"

卢卡说他没听过"必剩客"一说，倒是知道女人"三十如狼，四十如虎"，而这是有依据的，许多性学专家相信男人在十七、八岁时达到性欲的巅峰，而女人要到三十岁以后才会有。

"难怪昨晚……"我赶紧捂住嘴。

"昨晚怎么了？"卢卡问，坏坏地笑。

我答没什么，昨晚……昨晚我肚子疼。

"下次……妳可以敲我房门，我有药。"说完，他带着谜样的微笑走人。

"什么嘛！他是整型医生又不是肠胃科医生。"我翻了个大白眼，喃喃自语。

～

米星一回到家，我的眼光就紧随着她，她走到东，我飘到东；她走向西，我飘向西。等她回望我时，我马上低下头，佯装很忙的样子。

"What?"她问，并且要我有事快讲，无事退朝！

"得，"我把塑料手套往洗碗槽旁边一扔，人也坐了下来，"说，怎么把小鲜肉弄到手的？做了几次？在哪里？"

米星答没有什么小鲜肉，要我别瞎想。

这就奇怪了，既然这样，昨晚她上哪儿了？

"妳可别告诉我昨晚打游戏去了。"我说。

"我……昨晚去布尔诺了。"

布尔诺？听起来很耳熟，我问她去那里干啥？

"布尔诺的马萨里克大学很有名，我去大学附近的……大宅院参观。"她说得很慢并且时不时将眼光飘向我。

我一时迷惑，难道米星改变主意想上大学了？

她急着否认却对接下来的解释有些气弱："Thor说……说大宅院的草长高了，游泳池的水也该换了。"

我想起来了，前阵子米星的咖啡馆来了个老头儿，一坐就是一整天。他说他在布尔诺有个大宅院，太太死了，现在和儿子住在布拉格。如果米星愿意，他马上带她回布尔诺……

"妳该不会想告诉我，妳成了住家保姆，或者更直白地说，妳和年纪足以当妳爷爷的人上床了？"我含着怒气问。

米星说老头儿其实也没多老，才六十多岁，顶多只能算父辈，而且身体好，在床上还能发动……

"该不会是前男友留下的创伤还在，所以妳自暴自弃？"我问。

"学长的事早过去了，我现在只想找个他爱我比我爱他多的人，如果身高能有一米八更好。"她站起身，"妳能理解最好，不能理解我也管不了，毕竟这是我的生命，妳只是个过客。"

"妳能理解最好，不能理解我也管不了，毕竟这是我的生命，妳只是个过客。"

这几天我都在想米星说过的话。

认识她二十多年了，其间也曾小吵小闹过，但说这么重的话还是头一回，也许我应该停下来重新思考战略，毕竟硬碰硬只会将那对男女越推越近。

"导游，怎么又吃合菜？一路上都吃中国菜，好像没出国门似的。"有团员开始抱怨。

哎！这不是我的错，他们吃合菜，我不也跟着吃？一开始吃是挺不错的，吃多了就倒胃口，尤其海外中国菜都是改良过的，不中不西，辣椒用蕃茄酱取代，动不动就勾芡，别说游客受不了，我也受不了，但中国餐馆会给旅行社回扣，而且是大回扣，利益当前，谁会跟钱过不去？

我安抚团员，并且保证到了瑞士一定有起司火锅可以吃……

此时的我们正站在锦江酒家门口等待一、两个迟到的游客，就等着全体到齐好走进那个门前大红大绿又张灯结彩的中国饭馆。

"太不像话了，厨房里老鼠和蟑螂横行，这不是低价团，妳怎能把我们当猴耍？太不道德了！"一位母亲牵着一个五、六岁的女孩走向我，很气急败坏地控诉。

五分钟前她说女儿想上厕所，我让她先用餐厅的，没想到她绕到厨房观摩了一下，接着"惨案"就发生了，所有的团员因此都冲着我发火。

"这个我也不清楚，是旅行社订的，不是我订的。"

我试着解释，但团员根本听不进我的"官方说法"，一定要我另觅干净的餐厅。无奈之下，我只好打回布拉格总部请示。

"连这种小事妳也解决不了，妳让我怎么说妳？"

我的主任责怪我办事不力，但该解决的还是要解决，她要我转告团员：**另觅餐厅所产生的差价由他们给付。**

可想而知那会是个怎样混乱的场面，大家你一言我一语地轮番攻击我，甚至动手动脚，我怕挨揍，只好答应不补差价，这才平息了众怒。

当团员大口大口地吃着斯洛伐克的特色菜—香辣炖牛肉和炸肉排时，只有我食不下咽，因为他们吃的正是我的伙食费、房租、交通费、话费、漂亮的衣服、崭新的鞋子、时尚的包……

二十个人的团，每人硬生生多用了20欧元的差价，一个晚餐就用掉我400欧元，相当1/4的月薪。

剩下的五天行程，我都在唉声叹气中度过。

"导游，那头狮子怎么了？"有团员问我。

瑞士卢塞恩的一座小公园里有个负伤的狮子雕像，由丹麦雕塑家完成，用以纪念在1792年为了保卫巴黎杜伊勒里宫而逝去的瑞士雇佣兵。

"这是只因为饥饿而死去的狮子，因为它付不起伙食费、房租、交通费和话费，也买不起漂亮的衣服、崭新的鞋子和时尚的包……"我开始胡言乱语。

团员们议论纷纷并且怀疑我有精神问题，但我管不了那么多，转而吆喝他们上车。

"下一站回布拉格，你们可以自费去吃米其林三星餐厅，要地址的我免费提供。"我赌气地说。

～

"怎么了？像吃了大便。"米星跳上床，她的身上有婴儿皂的味道。

我告诉她团员的恶劣行径兼强盗行为，没想到米星却站在对方那一边。

"要我我也不高兴，谁想吃肮脏的食物？何况在旅游当中跑厕所是件烦人的事。"她说。

其实我也不高兴吃老鼠和蟑螂吃过的东西，但差价不应由我出，我也是受害者。

"这简单，让旅行社出。"米星说得理直气壮。

难道我没想过？然而那个老奸巨猾的主任却说是我放弃让团员付费的机会，想要旅行社买单？门儿都没有，并且暗示我再唧唧歪歪就滚蛋！

"真的？好可怕呀！倒不如妳辞职开咖啡馆吧！"米星建议。

我答要开我就开个大的，并且开在Sicily Café 的正对面，把她的客人通通抢过来……

"何必这么麻烦？我把经营权让给妳得了。"

听她这么一说，我从床上爬起："真的假的？把经营权给我，妳打算喝西北风？"

"喝西北风倒不致于，喝皮尔森啤酒还差不多，它是布尔诺的特产。"

我一听不对劲了，赶紧打破砂锅问到底。

原来那老头儿是个急性子，已经跟米星求婚了，米星倒没热昏头，答应先试婚一年，如果各方面都契合再做结婚打算。

"妳……妳……我……"我一时辞穷。

"如果想说反对的话就省省吧！我不希望别离时还有龃龉。"米星把被子拉过去盖住头，一副拒绝交谈的样子。

面对一意孤行的闺蜜，我也只能叹息，然后在满怀心事中走入梦乡……

第八章/米星的邀请卡

我接了个I2天的旅行团，行程包括德国、法国、瑞士、意大利、奥地利、匈牙利、斯洛伐克和捷克，而且是个三十人的公司团。

不说一个老师带三十个学生会有多累，何况我带的是意见多多的成年人，不禁向主任抱怨，再这么下去我注定得单身一辈子，因为根本没有时间约会！

"妳该庆幸没结婚，否则老公就和保姆勾搭上，连孩子也认错妈了。"她不仅没有同理心，还自以为幽默地倒打我一耙。

真想赏给那个没心没肺的肥婆两耳光，万恶的资本主义只会奴役人，而我偏偏是被辗压的可怜虫！

由于这次带的是大团，我有被挨骂的最坏打算，没想到团员的素质超乎想象的高，带起来轻松愉快，让我大呼走运，直到……

我们又来到斯洛伐克的锦江酒家（一个后来被公司除名的餐厅），之所以选择"吃回头草"是因为原本订的特色菜餐厅易主，新老板不愿给回扣，我临时被通知到。

"主任，妳也知道锦江的卫生状况堪忧，团员若吃坏肚子，我们也倒霉。"我打长途电话回总部求助。

"放心，我已经抱怨过，他们答应改善，所以绝对没问题。"

我还想啰嗦，主任忽然在手机那端喂喂喂个不停，然后说讯号不好，她得挂了，接着耳朵便传来嗡嗡嗡的声音。

"Shit."我忍不住骂脏话。

现在怎么办？看到那些和我谈得来的同龄人及几名和蔼可亲的大哥大姐，我犹豫该不该和旅行社同流合污？

"也许……也许锦江酒家真如同主任所说改善了卫生条件。"在现实的压力下，我还是当了一只把头埋在土里的鸵鸟，并且开始自我催眠。

惨剧在入夜后陆续发生，先是有团员呕吐、拉稀，接着恶化，出现盗汗及脱水现象，而且人数急速增加，最后毫无幸免地每个人都中枪。

我因心有芥蒂，只吃白饭外加几片菜叶子，所以逃离了病魔的毒爪，但这不代表我逃离了恶运，因为我开始疲于奔命地将生病的团员一一送往医院。

～

斯洛伐克讲斯洛伐克语，虽然和捷克语很接近，但我不会说捷克语，等于白搭，只好中、英语夹杂，还好医生有经验，一看病征便已猜出一、二，该给药的给药，该输液的输液，一整晚下来，我已经精疲力竭，更糟糕的还在后头，当地卫生机关要我带路指证不良餐厅。

～

我一表明来意，锦江酒家便严阵以待，并且从后厨走出来几名横眉竖眼的壮汉。虽然没能阻止官方人员入内检查，但对付我这个弱女子却轻而易举，不仅推了我几把不说，还发狠话："餐厅若被吊销执照，我杀妳全家！"

说的是普通话，官方人员根本听不懂，还以为我们在小打小闹。

回到布拉格，我马上递出辞呈。

"年轻人就是这么没定性，到哪儿都待不长，别以为国外好找工作，离开旅行社妳只能去端盘子……"主任不屑地答。

她说的没错，我是打算端盘子，因为端盘子也强过做亏心事，到现在我还对那帮团员心怀愧疚，因为这场灾难原是可以避免的。

"真的决定了？"米星问我。

"嗯！"我用力点头。

米星把当初的转让条件原封不动地给我，并且允许我在有盈利的情况下才付款，我感动得无以复加。

"快别这么说，妳也算是帮了我一个大忙，不然临时让我上哪儿找接盘手？"

说这话时，米星正在打包，东西虽不多但也装了好几个大纸箱。

"如果……妳可以随时回来，我会把Jan辞了，让妳打全职工。"我说。

米星站起来给我一个大拥抱："谢谢！哪天……我会回来投奔妳，因为妳永远是我的避风港。"

～

没了米星，我好像是随风飘散的棉絮，不知该在哪里落脚，还好咖啡馆很忙，家务也得做，在忙忙碌碌中，我暂时忘却了失去朋友的忧伤。

"就这样？米星搬去和老头儿住了？"卢卡问。

今天我煮中国饭，三菜一汤，味道尚可。

我答是的，她向来勇往直冲，不计后果，虽然难免伤痕累累但总算不枉此生，因为该尝试的都尝试过了……

"妳呢？是不是勇往直冲型？"

我想了想，答不是，我是优柔寡断型，所以往往错失良机。

想起毕业时曾接到美国加州大学的offer,却因意外得到世界五百强的工作而放弃了；又想到丢工作那会儿，母亲说有个很好的相亲人选，是个富三代，我却因信守和米星的约定，千里迢迢来到布拉格，错过当有钱少奶奶的机会……

"怎么听着像是勇往直冲型？虽然有留学机会,却果断地留在五百强公司；虽然有相亲对象,却毅然决然地远赴他国。"卢卡改写我的"优柔寡断"论。

是呀！一件事有两个面，不见得全是坏事。

"要我说，米星这一嫁也有好处，我的房子不大，三个人太挤了，两个人刚刚好。"他话锋一转。

我笑他贫嘴，然后夹了一筷子的豆荚入口。

卢卡的确如同他所说是个月光族，浪费的程度让我瞠目结舌，才搬进来不到两个月，咖啡机换成蒸汽式的，洗衣机换成洗烘两用，沙发换成全真皮，原本的木地板铺上波斯地毯，连窗帘也换成真丝面料，上面还有手工刺绣花纹。

"怎样，好喝吧？！"卢卡问。

我喝着他递过来的热拿铁，有咖啡的苦、牛奶的香、奶泡的润滑，的确不输我店里的咖啡。

"好喝！"我比出thumbs up.

"那自然是，这是意大利德龙牌子，会自动打奶泡，而且豆粉两用，不是一般机子所能及，即使要价14万6千克朗还是值得的。"他说。

"什么？！14万6千克朗？"我惊叫出声。

"可以制作出六款不同风味的咖啡。"他补上一句。

然后我进而知道浴室的那台两用机要20万，皮沙发要50万，地毯要60万，窗帘要10万，还有一些零零星星的小东西……

"你以为你家开银行吗？"我火冒三丈。

"我家不开银行，但妳以为妳是谁？我用我的钱，干卿何事？"

我顿时像泄了气的皮球，是呀！卢卡说的没错，我既不是他老婆也不是他妈，管他怎么烧钱？就算他把钱全给了叫化子，又能奈他何？

"抱歉，一时角色混乱，你爱咋咋地，我不管了。"

我正要走，忽然被卢卡叫住："妳能跟我解释这张邀请卡是怎么回事吗？"

米星"他嫁"两个礼拜后，我收到邀请卡，邀我这个星期日到布尔诺的大宅院做客，没想到卢卡也收到一张。

"你去吗？"我问。

"去，刚好可以开上我的新车，分期付款买的，每个月只要付两万。"他得意洋洋地说。

面对一个花钱如流水的人，我只能祝福他永远生活在童话故事里。

~

布尔诺是捷克的第二大城市，工业发达，虽然不是观光城市，但也有一些景点，如：自由广场、圣保罗大教堂、摩拉维亚博物馆等。

这么一个相对来说是文化沙漠的城市，却拥有捷克最古老、最大的大学-马萨里克大学，它总共有九个学院，分布在城市的各个角落。

卢卡的车子在学院间穿行，经过一栋栋洛可可式，集古典和帝国主义于一身的教学楼后，停在一片绿荫扶疏之中。

我看到不远处有一栋灰顶乳黄色墙的大宅，像是把房子盖在公园里。

"是这里吗？"我问。

"应该是，四周围都是小房子，只有这个是大的。"

卢卡一说完，一只金毛犬忽然趴在车窗上，结结实实吓我们一跳。

"Milovat，Stop."一个瘦小的女子跑过来，她穿着男式衬衫加牛仔短裤。

这不是米星吗？我高兴地下车和她拥抱，两人又跳又叫的，像幼儿园的小女孩。

"车停哪儿？"卢卡将头伸出窗外喊。

"就停那儿，没人会偷，这附近每户人家都有车。"米星答。

哇！好大的口气啊！果然有钱人就是不一样。

"你们快进来，Thor烤了肋排，香喷喷的，包管流口水。"然后她低头对金毛说，"骨头留给我们Milovat吃哈！"

狗听了拼命摇尾巴，很高兴的样子。

Milovat？怎么听起来像渣男学长送的金毛犬名字—米勒？

我还没细问，米星已经打开古铜色的铁门，一栋古式大宅正张开双手迎接我们……

第九章/爱的饥渴

气派的大门和挑高的门厅、圆形的拱窗和转角的石砌，连续的拱门和曲折的回廊，加上明亮如镜的瓷砖、水晶垂钻的吊灯、纯黑香木的桌子、精美细雕的橱柜……米星的家宛如童话世界。

"我来介绍，这是Thor, 今天的大厨。"米星指向那个有着岁月痕迹但身体仍硬朗的"老公"说。

"Ahoj."他向我们问好。

接着米星把我和卢卡介绍给Thor认识。

我是捷克语的哑子，除了打招呼用的"Ahoj"外，基本只能微笑，但卢卡不同，他会德语。据不完全官方统计，捷克约有1/3的人口能使用德语沟通，偏偏Thor不在那1/3內，所以卢卡不得不祭出他的三脚猫功夫，比手划脚地和捷克人聊上。

"走，我带妳参观房间。"米星拉着我的手离开厨房。

这是栋有五个房间的大宅，每个卧室都很宽敞，有六角形观景凸窗和雕花衣柜，走的是田园风，壁纸清一色选择花卉图案，看着很清爽，而且空气中有芳香剂的味道，不知道的人还以为房间内摆满了鲜花。

"刚开始我是摆放鲜花的，但想遮住气味还是有难度，最后不得不使用味道更浓的芳香剂。"米星解释。

我问想遮住什么气味？她答老人味，Thor的体味很重，她挺受不了的。

"既然嫌弃人家，干嘛巴巴地赶来送死？"米星一提起，我便把埋藏在心里多时的疑问拿出来讨论。

"Thor 的 狗 是 金 毛 犬 ， 让 我 想 起 了 逝 去 的 米 勒 。"她有些哀伤。

"啥？难不成妳嫁给狗？"

"也不是，Thor年轻时长得像……他。"

谁？学长吗？No way. 一个是捷克人，一个是中国人，哪里像？脚趾头像吧？！

米星为了印证自己所言不假，她跑回主卧室把Thor年轻时的照片拿过来。

那是张团体照，几个大男生勾肩搭背地在滑冰场合影，我很快将目光锁住左边第二位，猛一看，的确长得像学长。（噢！忘了提，米星的渣男学长是少数边疆民族，浓眉大眼的，是有那么点儿欧罗巴人的味道。）

"这是Thor吗？胡子呢？"我问。

我怎么也无法将那个在厨房里和卢卡唠嗑的老人和相片里的年轻人联想在一起，因为相距太大了。

米星答是Thor没错，把胡子刮去，再将皱纹抚平就是相片中的人了。

"So? 妳想告诉我，妳爱上了山寨版学长？"

"我从来没说过我爱Thor, 这不过是个意淫的过程，通过和某人的影子生活，达到自我救赎的目的。"

我将她的话在脑子里顺了顺，难不成试婚的重点在"试"，试过后就拜拜？

她答没错，顺便也享受一下有钱人的生活。

米星毫无愧色地承认自己的物欲，让我一时无法接受，印象中的她不是这样的人。

她反问我不是这样是哪样？难道我没做过挥金如土的美梦？

"是做过，不过……"

米星把我的话截了去："我和妳的不同之处就在于妳还停留在做梦的阶段，而我已付诸行动，何况只是一年的期限，时间到了，我还会是妳眼中的米星。"

"……时间到了，我还会是妳眼中的米星。"

到底我眼中的米星是怎样的人？她体贴、讲义气、厨艺佳，会在你需要安慰时，陪你通宵达旦；会在你义愤填膺时，将对方骂得狗血淋头；也会在你饥肠辘辘时，呈上一碗热气腾腾的打卤面……

这样一位可人儿，除了身高矮了点儿外，实在无可挑剔，如今的她却告诉我要利用那位可怜老人达到自我救赎及享受富裕生活的目的，我怎么都无法将说话的人和脑中的人连上线。

看着和金毛犬玩得愉快的发小，她的笑容是这样自然，一点儿也不像心机婊。我迷惑了，难道就因为我一向的反对立场，让她一时赌气说了玩笑话？

"一定是这样的，他爱她，所以她爱他，中间没有任何利害关系。"我如是想着。

~

白色瓷盘上有一大块涂上丰厚调味酱的肋排、一个挤上酸奶酱的烤马铃薯以及一小碗香甜酸爽的迷迭香圆白菜沙拉，加上口感清爽的皮尔森啤酒，这顿饭吃得酒足饭饱、宾主尽欢。

因为言语的不通，我和掌厨的老人在餐桌上基本无交集，但"吃人的嘴软"，再怎么着也得跟他道谢。于是我要求米星代我传达谢意，并且赞美食物的美味可口。

" jídlo……dobrý……děkuji……" 米星说，翻译成中文就是"食物……好……谢谢……"

那个满脸胡子的老人用含糊不清的腔调答不客气，接着是一长串的外星语，我猜他是说有空常来玩之类。

" Dobrý."我答好。

此时卢卡和米星同时望向我，像看到鬼似的。

"怎么了？"我压低声音问显然捷克语比较厉害的那一位。

"没事。"卢卡答，但瞒不住嘴角的笑意。

我再转头问米星，她说她也听不懂，但眼睛在笑。

~

"刚刚老先生说了什么？"一上车我就迫不及待地质问卢卡。

"都说没什么了。"

他仍不愿说，于是我提出交换条件，只要他如实翻译，我便以秘密相告。

"得，Thor说他儿子35岁还未婚，如果妳感兴趣，他可以安排Blind Date."

原来这就是外星语的内容，难怪……

"让他放马过来，姐正饥渴着。"我豪爽地说。

卢卡问我是真是假？我答是真的。

他半天没说话，后来想起与我的约定。

"妳有什么秘密相告？"

本来我想告诉他有关米星的"奇思妙想"，但又觉得牵扯到闺蜜的隐私，很不道德，于是……

"秘密就是……姐正饥渴着。"

卢卡笑了："这不算数，几分钟前妳才说过，谈不上秘密。"

"那怎么办？没有其他秘密了。"

原以为卢卡会就这个话题死缠烂打，没想到他反问我想不想听他的秘密？

好呀好呀！我最喜欢听秘密了，尤其是男人的。

"我的秘密就是……我也正饥渴着。"他说。

第十章/ PRESL

我和卢卡沉默地回到家，他进他的房，我进我的房。我和衣躺在床上，刚开始还能听见隔壁房间传来唏唏嗖嗖的声音，但很快便停了，卢卡说明天一早有手术，想必此刻已经上床就寝。

时间往前推四个小时，车子绕过圣保禄教堂，停在一栋白色巴洛克宫殿式建筑前，上面写着"Barcelo Brno Palace"。

"我们参观皇宫吗？"我明知故问。

"布尔诺没有皇宫，"卢卡很严肃，"妳来还是不来？"

正因为那几秒钟的无语，他判断"我来"，于是停好车，拿上服务员给的计时卡，我们一同走进豪华酒店里。

卢卡再次发挥"花钱如流水"的本领，他要了一间精致套房，即使被告知无钟点房，他得付一整晚的费用也在所不惜。

房间约四十平米大，有法式落地窗和简约家具，三面采光。下午五点钟，阳光呈橙红色，让人有跌入时光隧道的感觉。

卢卡把收费的保险套拆封，搁在床头柜上，然后笔直地走向我……

"窗帘没拉上。"我提醒。

"别管它，这里是顶层，没人会看见。"他边说边吻我，顺便协助我将外套脱了，衬衫脱了，粉色小脚裤脱了，胸罩脱了，蕾丝丁字裤脱了，白色棉袜……

"不脱袜子，茉莉做爱时从不脱袜子。"他说。

我把脱了一半的袜子重新穿回去。

"叫我宝宝。"

"什么？"卢卡停下动作。

我说戈墨做爱时管我叫"宝宝"。

"好的，宝宝，让我们开始滚床单吧！"他将我甩向席梦思床，人也顺势爬了上来。

该怎么说？整个过程非常的诡异，床上有四个人，我和卢卡分别和想象中的人上床，即使清楚地知道对方不是那个人，还是努力去迎合。

"声音再柔软一点儿，像唱歌一样。"卢卡说。

于是我娇柔作态，嗯嗯呀呀的像婴儿在自语。

"那个……再用力点儿，手移到下面。"换我提示。

卢卡果然照作，我也因此很快达到高潮……

事后，我俩都累瘫了，久久不发一语。

"我更了解茉莉了。"我有感而发。

"我也更了解戈墨了。"他附和。

我问卢卡这算不算变态？他答算，而且很变态。

"那么以后别做了。"我说。

"好，别做了。"

一连数日，我和卢卡严守"男女授受不亲"的最高原则，非必要，连话也少说，深怕越雷池一步。

"今天的汤咸了点儿。"他还是没忍住。

"那别喝了，吃蛋，蛋我没放盐巴。"

他听话地吃了一口虾仁炒蛋，说："妈的，怎么连虾也没抹盐？让人怎么吃？"

奇怪，我记得抹了呀！赶紧尝一口，原来我把糖当成盐了。

"这是最新吃法，叫做'糖炒虾仁蛋'，听过没？"

卢卡说他没听过，倒是听过因食不下咽而饿死的例子，而他不想成为受害者。

"好啦！下次我注意点儿，最近老心不在焉的。"

谁知卢卡说他最近也经常心不在焉的，几次手术都发生小失误，还好及时补救过来，他害怕再这么下去会出人命，而他不想被吊销执照……

"这么严重？你得专注点儿，手术台上无侥幸。"我说。

我们又沉默了一会儿，卢卡才说他还是把房卖了回德国，看不到我就不会想入非非……

"你还想怎样？"我愤而甩了筷子，"我都委屈到这种程度了，你这是要把人逼疯，是不？"

卢卡说他从来没想过要逼疯我，反倒他自己快疯了，并且举出例证："曾经有一只被阉割的猫从高处跳下自杀而亡，为什么说是自杀？因为猫的弹性很好，即使从十层楼一跃而下也不见得会死，但这只猫这么义无反顾，可见生无可恋……"

"你倒底想说什么？"我没了耐性。

"我想说……我想念茉莉，而妳想念戈墨，我们何不通过某种仪式与他们相见？"

听完，我闷不吭声地吃宫保鸡丁，连辣椒、花椒、蒜头都不放过。

大概被忽视的滋味不好受，卢卡打算离席，我忙叫住他。

"说好了，我们是跟各自的爱人做……爱，这有本质上的差异。"我说，又吞下一瓣蒜头。

"Gut."卢卡笑了，说晚上十点见，同时提醒我别忘了刷牙，他挺受不了大蒜的味道。

就这样，我和卢卡白天是房东和房客的关系，到了夜里便成了彼此的性伴侣。噢! 不是，是性伴侣的替身。

我们小心翼翼地模仿对方爱人的模样，有时我甚至觉得自己是茉莉，她的每个动作和反应，我都很熟悉；卢卡也一样，举止表现越来越像戈墨，当他唤我"宝宝"时，我能感觉到那个天人永隔的人又回来了。

$\sim$

Jan是个好员工，事做得多，话说得少，还会简单英语，我们合作得非常愉快。

" Extreme pizza ， please. Number 3." 他说 3 号桌要一个至尊披萨。

我答至尊披萨卖完了，问能不能换成玉米鸡肉披萨? 同样有玉米和鸡肉。

Jan问过客人后回来报告Ok，但请加上黑橄榄，因为客人喜欢橄榄味。

这真糟糕！黑橄榄还没来货，已经缺了两天。

我正想要Jan传话，谁知他上洗手间了（做老板的总得让员工有解手的时间，不是吗？），于是我迳自走向3号桌。

" olivy......ne......"我说，翻译成中文就是"橄榄……没有……"，我还不会说"黑"这个字的捷克语。

" It's ok, never mind." 他答没关系，态度很温和，而且说的还是我听得懂的英语。

我认出他来了，最近这个有书卷气的男人隔三差五就往我的咖啡馆跑，大概是附近的上班族，总是西装革履的。

" I hope you like this coffee shop. If you don't like our service, please let me know. I am the owner of this shop." 我说。

他笑着回答他喜欢这家咖啡馆，也喜欢我们的服务，如果不喜欢会让我知道，Miss Bi.

毕小姐？他认识我？

我重新打量他，瘦高的身材，细长的脸，浓眉大眼，很像米星的渣男学长。

" Are you Thor's son?"我忐忑不安地问他是不是Thor的儿子？

" Yes, I am."

完了完了，这辈子都离不开学长的魔咒。

回到厨房，我把生披萨放进熔岩烤炉里，忽然想到："米星是否知道还有个年轻版的山寨学长人选？"

～

有了性生话，在布拉格的日子仿佛如鱼得水，身心都舒畅许多，直到……

"这个给妳。"早餐桌上，卢卡递给我一个牛皮纸袋，打开后，里面是花花绿绿的纸钞。

我问他为什么给我钱？

他答买菜需要钱，个人用品也需要钱，像是化妆品、衣服、鞋、包什么的。

"所以这是买春钱？"我感觉胸口的活火山就要爆发。

"不算是，我感谢每晚妳给我的快乐。"

卢卡一方面否认，一方面又承认身体得到快乐，让我怒不可遏。

我把牛皮纸袋扔过去，抱怨给得太少，再怎么着也得十倍百倍地给。

那个脑子不会转弯的男人很无辜地表示他也有开销，这已是最大程度的给予……

我站起身来把碗盘放进水槽里，话懒得说一句。

学长又来了，噢！我的意思是长得像学长的人又来了。

他坐在靠窗的三号桌，中午的阳光斜斜地打进来，他……就在阳光里。

我走过去问他需不需要拉上窗帘？他答不需要，他喜欢阳光，接着把书从公事包里拿出来，我看到封面上的人很熟悉，有白色眉毛及胡子。

"Do you like Laozi?"我问他喜欢老子吗？

他答喜欢，老子是智者，他影响中国人的思想。

我说谈到影响，孔子更胜一筹，到现在还阴魂不散的……

就因这么随口一提，他问我能否坐下来谈谈孔子？

我看了一眼店内客人，歉然地表示没时间，也许哪天有空……

"正常人"都听得出这是推脱之词，但我忘了他是外国人，听不懂话中话。

" What time do you finish your work? I've lessons until 5:30pm."他说。

Lessons? 他是学生还是老师？

从接下来的谈话中，我因此知道他是B大的哲学系副教授，名字叫Presl。

第十一章/扫地出门

近六点，老城广场的路灯一个个亮了起来，像仙女的魔棒似的，童话王国立即变得五光十色、绚丽多彩。

Presl进来时，我正把最后一个咖啡杯洗完。

" Do you finish your work?" 他问我是不是工作完毕了？

和餐厅不一样，咖啡馆的生意是白天忙，夜里清淡，所以把上半夜的工作交给Jan足矣。然而这里的工作结束，不代表我就清闲了，卢卡还在家里等我开饭呢！

想至此，我要Presl稍等，然后一通电话打给房东报备，没想到对方关机了。他曾说过手术当中不接来电，看来也只能先斩后奏。

本来想在店里把晚餐给解决了，但Presl说再怎么着也得请"老师"吃点儿不一样的，还因知道我曾经是一名导游，问我对吃饭的地有什么好建议？

其实我带团总去次一点儿的餐厅，因为受欢迎的店是不给回扣的，但当导游就是有这等好处，耳濡目染下，我还是知道几家好味道的餐厅，尤其知道捷克人普遍爱喝啤酒，我带他来到Pilsner旗下的Kolkovna啤酒花园。

我们要了一份香肠拼盘、一份洋葱大蒜汤及两盘奶油鸡肉意面，当然还有捷克人最爱的Pilsner Urquell啤酒。

Presl 说汤淡了点儿但意面和香肠好吃，他会向朋友推荐。

我转而问他在布拉格待多久了？他答十多年，打从读大学起到现在，之前住在布尔诺的大房子里。

" I've been there. It's a fantastic house."我说。

他没问我为什么去过那里，反而说那栋房子给他带来美丽的回忆，到现在还能忆起母亲站在大门口唤他回家吃饭的情景……

我要他形容一下自己的母亲，他说他的母亲是个仁慈又大度的人，父亲在年轻时曾出轨过，但后来还是回家了，可见一斑。

" Do you know Miss Mi?" 我小心地问他是否知道米星？

他答父亲曾提起过他正和一位可爱的中国女子同居，人还没见过，但既然是我的朋友，可见是个好女孩……

间接被人赞美，让人很受用。我又问他是否介意自己的父亲临老和别人同居,尤其还是个年轻女孩?

他答那是父亲的人生，他当然不介意。

听完，我大松一口气，米星总算安全了，这要搁在中国，早闹得鸡飞狗跳，尤其还牵扯到一栋价格不菲的豪宅。

谈到自己的父亲，Presl也趁机加油添醋。

" My father said you're a charming woman and it's true."

我没料到Thor对我有这么高的评价，而那个貌似一本正经的学者竟然也甜言蜜语地附和起来。

"Oh, thanks!"除了道谢，我不知道还能说些什么。

" 嘟......嘟嘟......"关键时刻，卢卡打来电话问他的晚餐在哪里？

" 我现在和朋友吃饭，你自己下饺子吃，冰箱里有冷冻成品。"我压低声音说，虽然Presl显然听不懂。

卢卡问我那朋友是男的还是女的？我答男的，是Thor的儿子。

" 妳什么时候跟他勾搭上的？现在在Blind Date吗？我不管，妳马上回来，我不会使用炉灶。"

面对纠缠不清的人，我只能把前主任的那一套挪过来用。

" 喂喂喂，听得见吗？奇怪，没声音了，大概信号不好，待会儿打给你！"我匆匆挂上电话并且未雨绸缪地关了机。

Presl问我是谁打来的？我答房东。怕他进一步细问，我赶紧转话题，问他知不知道孔子是没落的贵族，主张"有教无类"......

一顿饭下来，我把肚里知道的至圣先师全挖出来，还好学生时代够认真，敷衍一下外国人还是够用的。

～

走出餐厅，Presl说和我谈话很有意思，希望我不会觉得他无聊。

Well, 一开始我很抗拒和学者聊天，也有会"无聊一晚上"的心理准备，但三个小时下来，我发现他不是冬烘先生，对于新事物也能接受，譬如讲完孔子，我谈到比尔盖滋在西雅图的高科技房子，他马上表示这是大势所趋，不止食衣住行会有改变，学校甚至会消失，只要打开面前的电脑进入学习园地，源源不断的知识就会传送过来......

我说如此一来他就失业了，他答那正好，他一直想静下心来写作，刚好找到借口。

"这样言之有物又不无聊的男人为什么到现在还单着？"我心想，心里很不解。

按理说Presl长得不坏、家里有钱、工作又体面，应该会是女孩们趋之若鹜的理想对象才是。

我很想问他，但今天不是Blind Date，我不好开口，只能将问话吞进肚里。

回家后，我看到桌上有一盘水饺，卢卡坐在客厅里，正在看《Tagesschau》，那是德国的新闻联播，只需花15分钟就能快速了解德国一天的时事。

"德国今天有什么新闻？"我跋上拖鞋，"都说了和朋友聚餐，你大可不必为我留晚餐。"

卢卡答今天的新闻是有个来自德国的整形医生不幸在布拉格饿死了，因为他的家务员渎职，让他吃半生不熟的饺子……

半生不熟？怎么会半生不熟？我用筷子夹起一个白白胖胖的饺子入口，天哪！里面硬梆梆的，这要怎么吃？

"你煮水下锅了吗？"我问。

"嗯！"

"有没有注入两次冷水再滚一下？"我又问。

他反问为什么？不是水滚了就能捞出吗？

我的老天！这是煮水饺该有的常识，不是吗？我赶紧系上围裙，在平底锅上倒油，打算把半熟的水饺变成煎饺。

"煎饺比水饺好吃，妳下次还这么做。"卢卡边说边又塞进一只元宝。

我说慢点儿吃，没人跟他抢。

"怎么样，Thor的儿子很无聊吧？！"他幸灾乐祸地问。

我答还行，就是不太敢和他开玩笑，怕显得自己low.

"妳是low,还是别高攀，找个清洁工或卡车司机嫁了算了。"

"什么话？！"我睨了他一眼，"要嫁我也嫁给千万富翁，米星都能，我为啥不能？"

卢卡说没想到我这么物欲，茉莉就不这样……

"茉莉有病知道不？身无分文就在大街上央求一个愣小子带她回家，也只有你把她当宝贝！"

"那戈墨呢？他为什么叫妳'宝宝'？因为跟他上床的女人太多，怕叫错名，所以一律称宝宝，也只有妳把他当成不朽的传奇！"

我猛力拍打桌子，饺子还因此在盘子上跳了两下："姓卢的，我告诉你，咱们的床上协议就此做罢，和一个脑袋不清楚又尖酸刻薄的人上床，我觉得可耻！"

说完，我气冲冲地回房，并把房门用力甩上，连睡梦中的人也会因此惊醒。

～

一连数日我和卢卡展开冷战，家里冷得掐得出水来。

"这个月的房租还没交。"他面无表情地说。

"用我的卖春钱付。"我正在拖地板，头抬也不抬地答。

"那个……也好久没卖春了。"

我停下手中的动作，很不可思议地看着他，他一脸无赖相，让人作呕。

"房租已经晚了一个礼拜没交，要嘛赶紧上床，要嘛滚蛋！"他没看出我的反感，反而乘胜追击。

我愤而甩了手中的拖把，说："滚就滚，再待下去，不死也半条命！"

没料到当我把两个行李箱拖出房外时，他低头了。

"我开玩笑的，房租不付也行，这年头找个家务员也不容易。"

"黄页上多的是，环肥燕瘦都有，任君挑选。"

"但他们不会讲中国话，也不会煮中国饭。"

我接着告诉他中国餐厅里有免费的华文报拿，广告栏里有上海阿姨，也有广东厨娘，价钱都不贵，他负担得起。

"那好，妳走吧！把钥匙留下。"他说。

事情急转直下，让我措手不及，原以为没有我，他会生不如死，肯定求爷爷告奶奶，直到把我留下为止，没想到……

我无奈将钥匙交出，他做了个请的动作，我后脚才跨出，大门便在身后上锁。

就这么被扫地出门？我真是欲哭无泪呀！

第十二章/ CK小镇

一直等到Jan熄灯、锁上大门离去，我才偷偷摸摸地回到Sicily Café 。

创业维艰，我断不可能花800克朗去住一晚的酒店，也不可能叫出租车跑两小时的远路去投奔米星，所以挤在咖啡馆凑和着过成了目前惟一的选择。

不幸的是，米星接手这家店时把所有的沙发座都拆了，换成单个的咖啡木椅。可想而知，睡在木椅拼成的"床"上会有多不舒服。

果然我彻夜难眠，以致隔天一早顶着熊猫眼开门营业。

" Are you ok?"我把焦糖玛奇朵和双重芝士火腿吐司递给Presl，他问我还好吗？

我答很好，谢谢他的关心。

话一说完，我看见卢卡奕奕然从窗前走过，然后不出意料地推开Sicily Café的玻璃门......

Jan将他带到2号桌，同样靠窗，我示意由我来，Jan便转身忙别的去。

"美式咖啡加鲔鱼松饼。"卢卡看完菜单后说。

我答没有。

"那么……卡布其诺和吞拿鱼沙拉。"

"也没有。"

他无奈地合上菜单，说给他来杯白开水。

"抱歉，今天停水了。"我仍不假辞色，连水龙头的水也不屑给他喝。

卢卡说我是故意的，我无愧地承认就是故意的，怎样？！

他深呼吸一口气，硬是将怒气压下去，好言好语地说今天来是为了接我回家，趁着午休，他有时间帮我把行李拉回去。

"不必，我已经找到落脚地了。"

他问我是哪个落脚地？可别住到廉价酒店里，那里妓女、酒鬼、瘾君子扎堆出现，一个不小心就会惹祸上身。

我答傻人有傻福，不劳他费心，顺便提醒他现在没人帮着做家务，还是趁早回去洗衣、拖地兼做饭，也许上床前还抽得出十分钟看电视新闻。

" Excuse me, Weiwei."Presl 转过头来，" Could you give me some tissues, please."

Presl想要几张面纸，我给了他，然后重新回到2号桌。

"他为什么叫妳葳葳？妳认识他？"卢卡没好气地问。

我答当然认识，他是Thor的儿子。

"敢情昨晚妳和他睡一块儿了？"

本来想否认，但再一想，老娘想跟谁睡还轮得到他管？

"没错，不用穿袜子做爱，让人身心舒畅！"

他挖苦我那么快就找到下家，可见是个厉害角色，又说他总算看清楚我邪恶的本质，得，Ahoj.

捷克语的"你好"和"再见"都是Ahoj，看卢卡很生气地走了，可见说的是"再见"。

把房东气走后，我意兴阑珊地回到厨房，直到Jan把一张对折的A4纸交给我，说是3号桌客人给的，我才知道Presl走了。

我湿着手打开纸，发现这是一封不卑不亢、中规中矩的邀请信，不带情感，倒像是公文来着。

Presl在信中说明天是星期六，他想去CK小镇玩，问我愿不愿意一道去？来回要六个小时，过一夜比较不赶，但如果我不想过夜，他负责送我回家……

想到最近诸多不顺，自己极需休养生息，虽然游山玩水很烧钱，但心理健康也不容忽视，所以没考虑多久便决定放自己两天假，只是咖啡馆早上十点开门，Jan要到中午12点才上班，而且周末生意好，我一走，怕那孩子忙不过来。

我一说完自己的烦恼，Jan便提到他的女友能前来帮忙，只要我付费。

乖乖，我以为Jan是个腼腆的大男孩，没想到已经有女友，真是太小看人家了。

" Certainly, please tell her to be here on time ." 我当场敲定。

棘手的事解决后，我找到邀请信上留的手机号，发了确认短信过去，很快便收到回复：**See you tomorrow 10 am.**

Presl说明天早上十点见，我要他九点过来，总得让开车司机吃饱后再上路。

Presl 进来时，我正把纯黑麦面包从烤箱里拿出来。这种面包需要长时间发酵，从准备到烘焙完毕得花十五个小时，还好我睡在咖啡馆里，否则根本是 Mission impossible.

" Please sit down. The breakfast will be ready soon." 我要他找个位子坐下，早餐马上就好了。

他要我慢慢来，自己则坐在老位子上看书。

我在切片面包里加入火腿、奶酪、腌渍鱼及捷克人最爱的甜酸菜，然后一切为二放在白色瓷盘里。

Presl 称赞好吃，问我为什么不把这个重口味的三明治放进菜单里？我答因为面包制作很麻烦，得有人随时盯着才行……

他因此问我昨晚是不是睡在咖啡馆里？我期期艾艾地答是。

" Why?"

原以为他会像其他尊重个人隐私的欧洲人一样保持缄默，没想到他打破砂锅，倒叫人一时语塞。

还好 Presl 及时踩刹车，转而问我泡的是什么茶？味道很清香。我答玫瑰奶茶，原料有干玫瑰、红茶、牛奶及蜂蜜，能养胃兼养颜，是很好的饮品。

十点一到，我把店交给 Jan 和他的女友，Jan 问我何时回来？我犹豫了一下，答明天……也许。

和一个初识的男人在外过夜，我感到不安。Presl 大概也意识到这一点，上车后他有意无意地表示我们可以选择住酒店式公寓，有厨房及各自的房间，如果不放心，房间还可以上锁……

我笑笑说有什么不放心的？堂堂 B 大副教授若有逾矩，这世界就太黑暗了。

~

CK小镇据说是欧洲最漂亮的小镇之一，由于两百多年来远离现代文明，小镇的街道和建筑尚保存着中世纪的风格，有大量的哥特式、文艺复兴式及巴洛克式建筑。

除了和布拉格一样的红顶房屋外，小小的CK小镇竟然还有约40座的城堡，都建于岩石山丘上，其中最有名的是克鲁姆洛夫城堡，站在城塔往下看，可以看到被伏尔塔瓦河成马蹄形围绕着的镇中心。

望着美景，我问Presl为什么选择我陪他上CK小镇？

他答因为直觉告诉他，我不开心，他乐得当一回解救天使。

原来不开心察觉得到，看来我隐藏得不够好。

" Can you tell if I'm happy or not now?"我问他是否能看出我现在开不开心？

Presl看了我两眼后，说我现在开心了一些，因为眼睛里的忧郁少了。

一个认识没多久的男人竟也能读出我的忧伤，我的心因此被撩拨了一下。

离开城堡后，我们来到拉格朗特街，它是小镇最主要的一条街，其青灰色的石板路两旁是色彩鲜艳的建筑，而美丽的橱窗内则陈列了各式各样待售的手工制品和食品。

我买了香皂和啤酒洗发精，Presl则买了葡萄酒及几包干香肠，他说干香肠切一切就能入口，是下酒的好佐食。

晚餐我们在名气很大的洞穴餐厅用餐，店内很暗，所以墙上不仅有照明灯，每张桌上还点着蜡烛，反倒显得灯火通明。尽头处有个大烤架，他家的猪肘子就是这样现烤出来的。

我点了鲈鱼套餐，Presl点了烤猪肘，配上泡沫丰富的捷克啤酒，美哉！

吃饱喝足后回酒店，今晚的落脚处距离城堡和小镇中心都很近，两卧室，空间很大，缺点是位于顶层，尖塔式设计让房间的部分高度连一百八十公分都达不到。我倒好，通行无阻，Presl就有麻烦，走路得非常小心，以免撞上滑坡式的横木。

我说这有个好处，提醒他买房别买顶层。谁知他早买房了，离我的咖啡馆只需步行20分钟，是个三居室，其中一位租客最近刚搬走。他说如果我愿意可以搬进来，租金是每月20，000克朗。

我很快分析一下，房租贵了，但不用做家务；地点远了，但在接受的范围内；房东换了，这倒好，不用跟卢卡大眼瞪小眼……

"Deal."我很快和他达成口头协议。

Presl说既然这样，让我们喝酒庆祝一下！

想到终于解决了"房事"问题，不用再睡木椅床，是该好好庆祝一下，于是我拿起盛满酒的高脚杯和未来的房东蹴杯。

第十三章/意外的访客

晚餐时我喝了一瓶啤酒，已经微醺，回到酒店又和Presl对饮葡萄酒，虽然想节制，但是干香肠很好吃，边吃边喝，无形中又喝了好几杯。

都说酒混着喝容易醉，因为不同原料所产生的化学变化易使脑神经混乱。迷迷糊糊当中，我记得自己又哭又笑，好像谈到戈墨，也提到那个讨厌的前房东，拉拉杂杂地胡言乱语，再有意识时已经是隔天一早的事。

"Good morning."Presl对我说，他正在厨房里忙活，培根的香气飘散开来，很有家的感觉。

"Good morning."我睡眼惺忪地坐下来。

那个居家型男人问我蛋要单面还是双面？我答双面，蛋黄别煎熟。

虽然咖啡壶烧的咖啡不能和我店里卖的媲美，但热食加热饮，加上眼前男人温柔的话语，让我一时有了错觉，以为自己过上了夫妻的寻常生活。

"Anybody who marries you will be a lucky girl."我有感而发。

他问为什么？我答因为他符合一切女人的幻想。

"My ex-girlfriend comes from China.She never said she was a lucky girl."他忽然报料自己的前女友来自中国，但那女人从未说过自己是幸运女孩。

这倒新鲜，我问他俩后来为什么分了？他答因为他是不婚族，女友等不到一纸婚约，所以离开了。

莎士比亚曾说过不以结婚为目的的谈恋爱都是耍流氓，Presl明显耍流氓，难怪女友要弃他而去。

Presl说我误会了，大文豪的原话是："All for the purpose not to marry out of love is where bullying."，直译过来的意思是"没有爱情的婚姻都是不道德的"。他当然也响往爱情，但在自由面前，爱情显得微不足道，为了避免不道德的婚姻，只好选择不婚。

"Oh, I am sorry." 我说。

Presl笑问我为什么要说遗憾？

我答像他这种黄金单身汉却不婚，让越来越多的大龄剩女情何以堪？我就身受其害，选择性越来越少了……

"I thought you already have a boyfriend." 他说他以为我早有男友了。

这……难道昨晚的酒醉让我把曾犯下的丑事全交待了？真恨不得挖个地洞钻进去。

Presl要我别多想，昨晚我是说了一些，但断断续续的，他也有些迷糊，好像我的男友自杀了，后来又跑出来一位医生，然后又是房东。因为我和房东吵架，所以他推断医生才是我现在的男友……

我赶紧否认，说自己还单着，所以有恐慌症。听说每增长一岁，可婚的对象就减少百万，想到每天都有无数个青年才俊在我面前消失，恨不得胡乱抓一个，因为我太害怕孤老一生。

"HaHa! You are very funny."Presl笑说我很有趣，又说显然他父亲搞错了，因为很明显我是奔着结婚去的，和他的婚恋观大不相同，但不阻止我们成为朋友。

"Yes, we can be good friends."我完全同意他的说法。

虽然错失了良缘，但比起嘴上不饶人的卢卡，我更喜欢无攻击性又学识渊博的新房东。

圣维特教堂是CK小镇的地标之一，这座教堂建于1439年，后来经过多次的扩建和维修，现在仍使用着。

适逢星期日，我和Presl散步至此，教堂的钟声忽然响起，小镇居民络绎不绝地前来做礼拜。

Presl问我要不要进去坐坐，感受一下宗教氛围？我无可无不可地答应了。

捷克人主要信奉罗马天主教，牧师在祭坛前洋洋洒洒地用捷克语说着心灵鸡汤，我是一句也没听懂，倒是Presl很投入，一副虔诚的模样。我正想问他是不是教徒，教堂后方起了骚动，原来教堂禁止拍照，一个不明所以的游客正大拍特拍，遭到教会职务人员的制止。

"哪里来的土包子？"我心想。

没想到下一秒卢卡便出现在眼皮底下，让我很错愕，原来土包子是他，我赶紧起身拉他往外走。

"你怎么来了？"我很生气，虽然不清楚自己在气什么？

"这个周末公休，没什么事可干，所以上小镇逛逛。"他看了一眼跟随我走出来的Presl，"妳到底还有没有一点儿女性的矜持？别人要看低妳了。"

我说我的事不用他管，他管好自己就行了。

"我管不好自己，洗衣机不会用，蕃茄牛肉面也没妳做的好吃，妳还是回来吧！我承认错误，不再提茉莉和戈墨的事刺激妳。"

现在承认错误是不是稍嫌晚了？

"Weiwei, do you want something from the convenience store?"

见Presl正要借故走开，我忙把他拉向自己："让我介绍一下我的新房东，这是Presl。"

一丝失望在卢卡眼前闪过，但他很快稳住情绪，说自己口渴了，还是去买瓶水喝。

见那人离去，我突然有了失落感。

Presl问我走掉的人是不是我口中的医生？我答是。

"Well, he needs to see the psychotherapist."他喃喃地说卢卡需要看心理医生。

我对他投去狐疑的眼光，Presl只是笑笑，不置一语。

回到布拉格，我的新房东帮我把两个大行李箱搬回家。新居也在三楼，照样没有电梯，每天得把爬楼梯当锻炼。

"Do you like your room?" Presl问。

我答不仅喜欢，而且喜欢得不得了。瞧！墙壁是水蓝色的，像大海一样宁静；地板是泰柚的，很是高级；床是Queen size的，翻两翻也不会滚到地上；书桌是黑檀木的，自有一股深沉，还有还有，房间朝东，推窗就能看到楼下静谧的小路……

Presl说那好，晚上他大显身手，正式欢迎我的加入。

~

他真的准备了一桌子的菜，有培根炒土豆、烤鸡肉串、炸面饼、烤肠以及用茄子、柿子椒、洋葱和奶酪闷出来的烤蔬菜。

该怎么说呢？捷克人普遍没有烹饪天份，只是把食物弄熟罢了，而且每道菜都像在油中浸过，油不啦叽的，实在暴殄天物。若偶尔有味道很好的错觉，那也是食物本身的美味，跟煮食的人没半毛钱关系。

为了忽视食物的不堪入口，我把注意力集中在公关上，同桌还有一对印度裔夫妇，他们住在另一个房间，目前在布拉格大学读博士班，算是高级知识份子。

我问他们结婚多久了？他们回答十年，有五个孩子，都留在印度，目前由爷爷奶奶照顾着。

看来留守儿童不只中国有。

饭后我抢着洗碗，印度夫妻连客气一声都没有，双双进入房间。

Presl善心地提醒我不需要洗碗，请客吃饭是他乐意的，我不需要有负担。

" I'm happy to do it. Don't mention it." 我反而要他别和我见外。

等我把最后一只碗也洗干净，一回头，Presl正倚墙微笑看我。

" What?"

他笑笑答没事，转身进房间。

~

日子相安无事地又过了好几天，直到一通电话打破宁静。

"葳葳，妳在哪里？都敲了半天门了，怎么还不开？"是米星的声音，听起来老大不开心。

我还没告诉她新近发生的事，她肯定跑错地了。

"我搬家了。"我说。

"没事搬什么家？快，闺蜜正需要避风港。"

我曾告诉米星，一旦她想投奔我，我二话不说敞开双手迎接。

"妳待在原地等我，我速速前去解救妳！"

说完，我拿上包走出房门。

"Where are you going? It's so late."Presl正在客厅看本地新闻，问我这么晚了上哪儿去？

我告诉他"米小姐"半夜找我，我得去迎驾。

Presl大概也闻出不寻常的味道，但他没多问，只说陪我去，开车只需五分钟。

想到不用在黑夜里走一段长路，我心怀感激地接受他的好意。

第十四章/龃龉

"没想到Thor的儿子长得这么好看，大大超乎想象。"米星躺在我床上，我们又同床共枕了。

"谁问妳这个来着？妳还没回答为什么半夜跑来找我？"

米星叹了口气说当初的抉择太草率，跟老头儿同居后才发现问题一箩筐。首先老人睡得浅，早上五、六点就醒，而且说睡就睡，看个报纸也能突然鼾声大作；再说个人卫生，一天洗两次澡，刷五、六次牙，依然去不掉身上的老人味及口臭；还有还有，偶尔行个房，就像在大冬天里发动一辆年代久远的二手车，得试N次后才能开跑，她还是豆蔻年华，犯不着把大好青春都赔送进去……

"那好，妳回来吧！我把Jan辞了，虽然他是个好员工。"

没想到米星反过头来又开始细数老头儿对她种种的好，包括给她一张信用卡的副卡，想怎么刷就怎么刷，而且不限制她玩，三更半夜回家也不过问。有一次她玩疯了，清晨才进门，Thor只问她吃不吃早餐？

"妳到底想怎样？又要马儿好，又要马儿不吃草，不能全天下的便宜都让妳占尽。"

米星反问我为什么不行？而且她也不是没有付出，女人的青春有限，她把最美的时光都奉献出来，理应得到回报。

面对闺蜜的"变脸"，我忍不住问："以前的妳不这样，我记得妳会为爱全心付出，包括金钱。"

米星答以前是以前，现在是现在，以前她笨，替别人养老公；现在她变聪明了，让别人养自己……

我不能说米星错，不经一事，不长一智，也许曾经的付出和收获不成正比，让她的思想有了天翻地覆的改变，她目前的"现实"不正是对过往的一种反击？

"不说这个了，这次为什么离家出走？是打算故作姿态还是从此不告而别？"

她答皆不是，而是Thor的心脏出了点儿问题，医生建议在医院里多待几天检查一下比较保险，所以她借机到布拉格和我叙旧。

"Thor进医院了？妳怎么不随侍在旁？"我问。

"只是做检查，又不是真的生病，而且我不懂捷克语，在那里只会碍事。"米星答得理所当然，我却觉得哪里怪怪的。

"对了，妳为什么搬家？而且卢卡怎么了？也搬家吗？敲了半天门无人回应。"

我为什么搬家？呵！因为房东说话不经脑子，以伤害我为乐，至于他有没有搬家？这不清楚，好几天没见他人了……

米星突然坐起，眼睛发亮，坏坏地问："告诉我，你俩有没有那个那个？"

我迟疑了一下还是承认有肉体关系，但不涉及情感，甚至把"四人同床"也给交待了。

"乖乖，我还以为妳是纯洁的小白兔。看来我们都是不虚伪的人，我对金钱膜拜，妳对性欲膜拜，咱们势均力敌，谁也别笑话谁。"

无端被米星拖下水，我心郁闷不已，但没说反对的话。

哎！我的确是闷骚型，外表清纯无邪，內心却热情如火，几天没那个，人生便从彩色转为黑白，我开始想念那些穿袜子做爱的日子。

~

早餐一向"自扫门前雪"，我告诉米星厨柜里的Emco谷物是我的，冰箱里的Malko牛奶及红苹果也是我的，她就凑合着吃，吃完得洗碗盘，别堆着让人生厌……

米星嘟囔着说知道了，要我赶紧上班，少啰嗦！然后一翻身又沉沉入睡了。

这公寓通常我是最晚起床的那一个，其他三个人都有早课，早早便出门，但中午时间一到，我还是能见到Presl，因为他的午餐一向在我的咖啡馆里解决。有时他说想吃烤鱼或其他捷克家常菜，我还会外出为他买来，所以他乐得天天上我这里报到，然而今天的情况特殊，已经12点半了，Presl惯坐的位子上还是空无一人。

此时一对情侣走了进来，直奔3号桌，我马上歉然地表示这张桌子有人预定了，请他们改坐别桌。看得出来情侣有些小失望，毕竟靠窗的风景更美些，但我管不了那么多。

直到下午1点半，我才承认Presl今天是不会来了，心中五味杂陈，他该不会出事了吧？！

~

Presl没来，卢卡却来了，他说要最快的餐，饮料随便，能止渴就行。

看他往3号桌走去，我没阻止，反正Presl是不会来了。

不到十分钟的时间，我给他总汇三明治外加美式咖啡，看他狼吞虎咽的样子，好像饿死鬼投胎。

"昨晚有突发状况，抽脂客人突然停止心跳，我和另外一名医生全力抢救，好不容易心跳才又回来，赶紧将她转送全科医院。为了这件事我得接受调查，写了一整晚的报告，偏偏今天一早还有隆胸手术，吃没吃好，睡没睡好，我觉得自己快挂了。"他边吃边说。

因为过了午餐高峰期，我有时间坐下来谈话，于是问他突发状况错在他吗？

他想了想说一半一半，顾客本身过于肥胖，身体机能也不好，抽脂本来就存在较大风险，至于他……最近睡眠不好也占了部分原因。

"为什么睡不好？"

"妳这不是明知故问？和妳怄气能睡好吗？"

我拒绝他的"栽赃"，难道认识我之前他就从来没睡过好觉？

他答之前有茉莉，再之前有Miss A、B、C、D……

我建议他每晚上单身酒吧，看对眼了也许能带走一位或两位孤枕难眠的姑娘……

"我才不，单身酒吧多的是人妻，我不想惹麻烦，还是妳好，知根知底。"

如果卢卡诚心认错，甚至对我表白，情况会有所不同，但他只是表达想要我回去做爱的意向，让我的自尊心受损。

"就会欺负我，我是单身没错，但不见得就得跟你上床。"我心想，并且为了阻止卢卡的进一步侵略，不惜把Presl抓来当男友。

"那好，我不再打扰妳，Ahoj."他走了，并且在桌上留下700

克朗，远远超过餐费。

我追了出去，他竟然小跑步起来，让人很无语。

~

我打给米星，她没接，踌躇一会儿后，我还是上中国餐馆外带炒饭和炒面。

以前在校时，米星只要没事就会连续睡上24小时的长觉，我猜想她还躺在我的床上呼呼大睡。然而我错了，当我提着晚餐回家时，房间里空无一人，连Presl也不见了，他通常六点左右到家。

我一直等到夜里11点才等来消失的两人，Presl很快回他屋，米星则一蹦一跳地进来，像得了小红花的小女孩。

"上哪儿了？"我没好气地问。

米星说中午巧遇Presl，两人约了吃饭又参观了布拉格城堡，大学教授就是不一样，对古迹了若指掌，比我这个正牌的导游讲得还仔细，如果他改行当导游，肯定能吸引一群粉丝。

"副教授就副教授，干嘛给他升迁当教授？妳这人就是这样，喜欢故弄玄虚。"

米星对我吐舌头，像极了熊孩子。

我刚当上导游那会儿很不自信，曾央求米星充当游客，让我先实习一下，没想到我的青涩表现成了她攻击的对象。

为了表示我早已非吴下阿蒙，我问她Presl有没有说布拉格城堡有多样化的建筑风格，包括罗马式、哥特式、巴洛克式、文艺复兴式等，而圣维特大教堂是历代皇帝举行加冕典礼的场所，塔顶有大钟，钟楼是俯瞰布拉格市景最美的地方？

米星很认真地回想一下，说这倒没有，不过他说了，当阳光打进圣维特大教堂的五彩玻璃窗时，折射出的七彩光影能让玻璃上的圣经故事显得栩栩如生，这让不识字的信徒也能领会基督教的教义……

"嗯！这的确是Presl的语言表达方式，总是想到普罗大众，从平民的角度看问题。"

"看来妳跟他很熟嘛！"米星有些酸溜溜地说。

"当然熟，我们是朋友，谈过老子和孔子，也谈过人生哲理，不是仅有一面之缘的人所能及。"

"那可不一定喔！有些人认识多年也比不上认识几小时的人，缘分这东西很奇妙，往往在初见面的一刹那就知道两人合不合？能不能走长远？"

我笑问她的"特异功能"怎么没表现在其他交友上？渣男学长和Thor就是活生生的例子。

"毕—葳—葳—"米星扬起声，声音干巴巴的，"妳是受过死亡创伤的人，到现在还得意淫和死人做爱才能达到高潮，我可怜妳，所以不跟妳吵！"

啥？这岂不是在伤口上撒盐？我怒发冲冠，要那个不要脸的贱货马上滚，越远越好！

"滚就滚，有啥稀奇？！"

米星冲出房外，留我一人在愤怒中翻腾，久久不去。

第十五章/互别苗头

米星冲出房外，其实我还是担心的，虽说布拉格的治安尚好，但单身女子在半夜里独行总是危险，然而我终究拉不下脸来，尤其她那样毫无忌惮地损人，但凡有感觉者都不可能噤声。

翻来覆去了一整夜，直到闻到咖喱味，我才知道新的一天又开始了。

印度夫妻早上偶尔也有不吃咖喱的时候（譬如迷迭香煨土豆、印度豆腐、扁豆、素香肠、香蕉胡椒吐司片……等印式早餐），但大部分的时候还是吃咖喱猪肉或鸡肉配烤吐司。如果我说自己是被咖喱味给叫醒的，不知有没有人会相信？

听到大门关上的声音，我知道那对夫妻上课去了，接下来该轮到Presl登场。通常的情况是梳洗过后，他会打开电视边看新闻边吃早餐，可疑的是今天没有听到新闻播报的声音，而且动作也轻了很多。

等Presl一走，我也该起床了。昨晚留给米星的炒面还原封不动地摆在冰箱内，我打算放进微波炉热一热当早点，谁知……

"妳怎么在这里？"我双手叉腰质问。

米星正和衣躺在沙发上，身上盖着的被子一看就是Presl的（当他的房门洞开时，我曾不小心瞄到）。

"昨晚那么晚了，出去很危险。"她毫无愧色地答。

我说那好，现在是白天不危险，她可以走了。

"其实当那对夫妻离开的时候，我就想起身跟着出去，没想到Presl起床看见我这副可怜相，抱来被子盖在我身上，我不好意思马上拍拍屁股走人，不得不又多待了几分钟。"

"Well, 眼瞎的人走了，妳也不用不好意思，现在就可以拍拍屁股了。"我无情地下逐客令。

她倒不啰嗦，用过厕所后立马走人，我反倒有些戚戚然。

虽然米星不应该提戈墨，但我也有错，我不也把渣男学长和老头儿扯进来？

12:30，PRESL惯坐的位子上还是空着，我的心沉到谷底。

完了完了，我被他制约了，中午见不到人就像得了失心疯，而且胡思乱想，竟然怀疑他又跟米星约上了。

我气急败坏地冲出咖啡馆，想在熙熙攘攘的人群里找到那个熟悉的影子，可惜老城广场上万头攒动，无一是我认识的人。我颓然地回到店内，做什么都不带劲。

Jan问我怎么了？我答没什么，然后动手为自己泡了杯Death Wish.

据说这款"死亡之愿"是全球咖啡因最高的咖啡，含量是普通咖啡的两倍多，具有惊人的提神效果，与其他同类型的咖啡比，这种咖啡的口味更丰厚些。

没想到刚喝完"死亡之愿"，精神马上一振，因为……我看到Presl推门进来了。

"Death Wish, please." 他说。

大概闻到我喝的咖啡香，他也要了杯，我立马将咖啡豆倒进机子里。

"Do you want something to eat?"我把做好的咖啡递上去，顺便问他想吃点儿什么？

他答不了，来时的路上已吃过。

虽然他没点东西吃，而且打开电脑啪啪啪地打起字来，分明拒绝交谈，但我的心是欢喜的，因为Presl又回来了。

我们的晚餐一向也是"自扫门前雪"，室友们一起聚餐很少见，通常的情况是印度夫妻先用厨房，吃饱喝足后换PRESL。

Presl有时会下厨，但大多时候是吃微波炉食品。我呢，偶尔也下厨，但更多时候是吃从咖啡馆带回来的剩货，因为再不吃就得扔垃圾桶，而扔的全是钱。

这一天，我看见Presl打开冰箱踌躇了半天，大概下不了决定吃哪个。由于自己也厌倦了吃咖啡馆的三明治，刚好今天下班弯到超市买了葱、肉末和黄瓜，我说让我煮碗炸酱面请他吃，面条就用家里有的。

"Oh，thanks. I love Chinese noodles."他一脸欣喜。

本来想问他为什么喜欢吃中国面？后来转念一想，肯定是他的中国前女友煮给他吃的呗！中国人不论走到哪里都带着中国胃，尤其捷克菜没有想象中的美味。

我把水煮了，葱和黄瓜切了，再将肉末放进大碗里弄散，加入盐、糖、胡椒和料酒腌一下……

Presl问我需要帮忙吗？我答不需要，陪我聊天就行，然后我问他最近忙些什么？他说忙着写论文，打算发表在《Philosophical Review》杂志上。

我又问这可是今天中午他晚到我咖啡馆的原因？他答不是，而是跟米小姐上医院看他父亲了。

Thor进医院检查身体，这我早知道，但米星是怎么回事？她不是说自己不懂捷克语，待在医院碍眼吗？

我心里犯嘀咕，一个不留神竟将手指给切了。

" Are you ok?" 他问我还好吗？

我答皮肉伤不碍事，然后自己到医药柜拿创可贴贴上，重回厨房。

此时Presl提醒我水滚了，我赶紧下了鸡蛋面条。

～

"米星该不会想父子通吃吧？！"我躺在床上望着天花板瞎想。

闺蜜选择跟老头儿同居，本身就存在极大的变数，何况她一早表明尝够富贵生活就撤，加上年轻版的学长出现了，还是个颜质佳的学者，这带出去多风光，而且身高超过一米八，足够让她对得起后代子孙，怎么看都是绝佳人选，她极有可能见风转舵，但……

我想到米星即使犯花痴，Presl也未必乐意，她是父亲的同居女友，按伦理和辈份，我不认为堂堂副教授甘愿冒千夫所指的险，米星想"父子通吃"根本行不通，不过是自取其辱罢了。

为了这个"想当然尔"的想法，我终于能放下心结入睡。

～

时间的巨轮又往后推了几天，Presl照例中午过来用餐，趁着给他送餐，我说他的学生真幸福，老师不仅学识好还长得帅，上课成了一种享受。

Presl反问我是不是开玩笑？我答不是，如果学生时期能遇上他，我肯定科科都考A……

说这话时，我的眼光忍不住被窗外的男女给吸引住，那是米星和……卢卡。

"Excuse me." 我向Presl说了声抱歉后赶紧去追，但说时迟那时快，他们的影子早已消失在茫茫人海里。

是米星和卢卡吗？还是我一时头热眼花？

我开始有了不祥的预感。

∼

晚上六点从咖啡馆走出来，袋子里有没卖出去的鸡肉卷和芝士塔，我不用担心晚餐问题，但还是拔了通电话，问那人打算怎么解决他的晚餐？

卢卡很讶异我会主动打给他，问我是不是吃错药了？我答没吃药，今天咖啡馆有没卖出去的小食，如果他想吃，我负责外送。

"真是太阳打西边出来，我感激得痛哭流涕，妳想来就来吧！我等妳。"他说。

∼

与想象中的凌乱不同，没有我，房子依旧整齐干净。

"看来没像你说的过得那么惨。"

"那是因为我有家务员的关系。"他解释。

"家务员？谁？"

我刚问完，米星便开锁进来，手里提着一袋蔬果外加一条法棍。

原来这就是他的家务员。

"妳怎么来了？"米星看见我没一丝喜悦。

我说来看看卢卡有没有阵亡？又问："妳怎么也在这里？"

米星答她离开老头儿，闺蜜又和她闹别扭，她无处可去，还好前房东不计前嫌收留她，她现在是全职的家务员，每天过得很充实。

"只是做家务？"

"不然呢？"米星怒视我，"如果陪睡就不是这个价了。"

卢卡听完噗嗤一笑，说看我们两个女生斗嘴挺有意思的……

我和米星同时要他闭嘴！

"不行，妳不能住这里。"我下逐客令。

"不住这里住哪里？而且妳是以什么身份说话？这是卢卡的家，不是妳的，只有他有资格叫我走。"

我败了，而且败得一塌糊涂。米星不仅没走，反而变本加厉，煮了晚餐不说还频频为卢卡夹菜。

"吃，很少看到那么肥美的芦笋。"

"给你一勺青豆虾仁哈！这是鲜虾,不是冷冻的。"

"南瓜好，南瓜补脑，你是用脑的人，多吃点儿。"

……

. . . .

我的鸡肉卷和芝士塔躺在纸袋里无人理睬，连我自己也没了胃口。

"你们吃吧！我回去了。"我起身。

"我送妳！"那个体贴的男人说。

我看了一眼米星，她故意不看我，把八宝酱丁猛力塞进嘴巴里。

"好，你送我。"

我突然有了和闺蜜互别苗头的想法。

第十六章／无言以对

卢卡陪我走回去，熙熙攘攘的人群在身边走过，有白色人种、黑色人种、拉丁人种、印度人种、东南亚、东北亚……他们说着各国语言，交流着彼此的交流，欢快着彼此的欢快。

放眼望去，只有身旁的卢卡和我是同文同种，我的心因此和他靠近许多。

"那个……搬家后,妳是否快乐?"

"为什么这么问?"

"就是想知道。"

卢卡这一问，让我开始思考Presl对我的意义。

如果卢卡是同龄的普通人，有寻常的悲伤与欢喜，那么Presl则进一步成了神圣不可侵犯的偶像，他像是从课本里走出来的胡适、康有为、鲁迅之类的人物（虽然两者的人种不一样，思考的角度也不一样）。

"我很快乐。"我笃定地答。

“那好，祝妳和他白头偕老、永浴爱河。”

卢卡误会了，但我没纠正，因为还生着气。

“陪我去买乳酪派吧！”没等来我的“否认”，他有些消沉地说。

捷克的乳酪派含有浓浓的肉桂味，我不太喜欢，何况今晚米星煮了丰盛的一餐，想不通卢卡还会饥饿。

“你没吃饱吗？”我忍不住问。

“好久没给茉莉买甜品吃了。”他解释。

下午两点，正是阳光最好的时刻，几只小猫在店门口嬉戏，我把客人吃剩的金枪鱼碎末拿到屋外，猫咪立即围了上来，喵喵喵地喊饿。

我蹲在台阶上，很满足地看着牠们狼吞虎咽，直到一大块黑影笼罩住我。

那人背对着阳光，我花了好几秒才辨识出来。

“Ahoj.”我起身向他问好，并且让出路来。

来者是Thor，我突然有了不祥的预感。

那老人推开门往3号桌走去，看来他们父子有相同的喜好。

知道自己的捷克语只够问早道好，我差了Jan去问客人需要什么？

“One cappuccino, please.”Jan说Thor点了一杯卡布奇诺，于是我把咖啡豆放进机子里。

当我把有着心形拉花的咖啡端给那位老人时，他开口跟我要米星，把“米星”说成“米西”。

我答不知道她在哪里，然后摇摇头又耸耸肩，故意表现出一副天真无邪的样子（虽然我和闺蜜闹矛盾，但胳臂还是往内弯的）。

Thor很失望，以为会从我口中套出有用的信息来。

我要他别烦恼，"失之东隅，收之桑榆"，凡事往好处想，也许下一秒米星就会出现……（说的是英语，也不管他听得懂不懂）。

他点头向我道谢，大概猜出我在安慰他。当我以为应付了一件棘手的事而大松一口气时，没想到……

"给我来杯冰咖啡，渴死我了。"米星推门进来并且大声嚷嚷。

我仿佛看到被我精心堆砌的积木轰然倒塌。

"米西，"老头儿站起身来，"&$@%#*……"

米星见状，拔腿就跑，Thor随后跟上，嘴巴不清不楚地念叨着，不知道的人还以为米星抢了老人什么东西。

我无奈地坐下来，将桌上的卡布其诺一饮而尽。

"这下子老头儿肯定会回头找我！"我唉声叹气。

果不其然，回到家第一眼就看到Thor坐在客厅里看电视，看的是动物频道，一只狮子正在啃斑马……

"Ahoj!"我笑得很不自然，并且打算静悄悄地溜进房内，然而在厨房里洗碗的Presl适时叫住我，代他父亲寻问米星的下落。

我还是答不知道，米星进咖啡馆是意外，任何人都可以进来喝杯咖啡，我无权知道他们打哪儿来……

Presl做了同声翻译，我又看见老人失望的表情，让人很心酸。

"*@#%@¥……"话一说完，Thor起身走了。

没等我问，Presl主动解释夜深了，他父亲到临近的酒店住下，明天一早回布尔诺。

哎！大老远跑一趟却无功而返，真是遗憾！

没想到Presl说该遗憾的是米星，她把他母亲的珠宝全带走，他父亲回头找她要是看在过去的情谊上，既然她躲着不肯现身，两人只好法院见了……

什么？！我没想到米星堕落至此，竟成了江湖大盗！

" Please tell your father to wait. I know where she is."我只好承认知道米星在哪里，请他父亲暂缓行动。

Presl对我投来狐疑的眼光，但我管不了那么多了，摊上一个狐朋狗友，只能跟在后面擦屁股。

米星听了急跳脚，她说自己不是小偷，是Thor主动送给她的。

我问都"送"了什么？

" 一块百达翡丽表、两条珍珠项链、四副耳钉、两个玉镯子外加几枚戒指。"她答。

我说同居不过两个多月，这出手未免过于大方？

" 我哪儿知道？那天他捧着个珠宝盒给我，嘴巴叽哩呱啦地不知讲啥，我问是不是给我的？他点了点头，现在又反悔了，真是的！"

我大概猜得出是语言不通所造成的误会。

" 现在怎么办？"我问。

" 他要就还呗！我连他给的信用卡都留在床头柜上，还有什么值得留恋的？"

于是我要她将珠宝拿出来，回头我交还给Presl.

"还是由我亲自还吧！这万一要少了什么，还真说不清楚。"米星答。

我有些恼怒她不信任我，但转念一想，她说的对，没交接好，我岂不是拿石头砸自己的脚？

~

我没拿石头砸自己的脚，却因此招来隐患。

Presl和米星不仅在3号桌上大和解，两人还谈笑风生，把几千年前的古人抓来开会。不听则矣，一听吐了一缸子的血。

米星张冠李戴地把《鼓盆而歌》给了孟子，再把爱因斯坦的《相对论》拿出来胡诌一番，说中国早有《相对论》，《西游记》一书就曾描写孙悟空从天上回到花果山后发现猴子们都老了，可谓"天上一天，人间一年"，这与日后爱因斯坦提出的《相对论》有异曲同工之妙……

简直教坏外国人！

可是Presl不这么想，他说米星的见解很有意思，哪天可以深入探讨，会是个好课题云云。

我的老天！真不知该说什么好，我得赶快制止这种无厘头的对话。

" Presl, I guess you will be late for your lesson."我提醒副教授上课要迟到了。

他看了看腕表，同意我说的，马上起身告辞，没想到米星也跟上。

"我上超市采买，顺路送Presl一程。"她对我说。

"妳省省吧！35岁的男人还需要妳送来送去？"

米星对我扬扬眉梢，一副欠揍的样子。

～

印度夫妻用过厨房后，不见Presl接班，我有大难临头的感觉。

食不知味地吃了碗面，还因吃的是号称全球最辣的韩国Habanero Ramyun泡面而一把鼻涕一把泪。

"What's wrong with you?"Presl进到厨房，看我一脸惨状后问。

我答自己被辣哭了。

他笑着说我真幽默，和米星一样。

和米星一样？我问什么时候米星也变幽默了？

"She said the reason she is so short is because she focused all her energies on developing her brain, so she must've forgot to grow."Presl传话，翻译成中文就是米星之所以长得矮小是因为她把所有的精力都用在发展她的智慧，以致身体忘了成长。

呵呵！的确很幽默。

知道米星对Presl伸出魔爪，并且试图以内在掩盖外在的缺点时，我有了空前未有的危机感，遂告诉Presl，米星的男友身高得超过一米八，好达到"改良品种"的目的，可见身材矮小对她而言是心病，况且她的净身高不若外表所见，因为鞋底长期配有增高垫……

然而我的"使坏"并没有达到预期的效果，Presl反问我："So what?"，又说米星很可爱，他已经邀请她明晚来家里用餐。

这是啥跟啥？我提醒他别忘了那个可爱的女人曾经是他父亲的同居女友。

"So what?"他再次反问我那又怎样？

这还需要明说吗？简直让人无言以对。

第十七章/二见钟情

通常我会在晚上六点离开咖啡馆，知道今晚米星要来，特意提早两小时回家，就想看看那两人在搞什么名堂，好棒打鸳鸯！

Presl和Thor都是好人，我不愿看他们父子反目成仇，加上当闺蜜该有的道德正义感，我要米星离开泥淖，走向人生的康庄大道。当然，还有个小小的私欲，我不希望心目中Presl的学者形象受到玷污，这好比听到胡适说脏话或看到康有为裸奔一样，画面极其不协调。

爬楼梯时，我隐约闻到肉香，打开门后，味道更浓烈了。

" Presl, what are you cooking?"我问Presl煮了什么？

半天得不到回复，我又再问了一次。

那个高佻的人转过身来，我才发现厨子不是Presl而是Thor，这是怎么回事？难不成今晚是复合之宴？

Thor看见我很开心，叽叽喳喳地说着捷克语，我一句也没听懂，倒是听到"gulas"一词，这是捷克最有名的一道美食，类似炖牛肉，据说本来是匈牙利的菜式，却被喜食的捷克人偷去，成了国菜。

因为看过电视的烹饪节目，知道制作gulas的方法很繁复，要按照时间先后添加二十三种不同的调味料，整个制作过程大约需要四个小时，吃时搭配馒头片，配菜是甜酸黄瓜和腌过的小卷心菜……

可见为了挽回米星，Thor不惜花费长时间准备佳肴，这份心意还是值得喝彩。

此时Presl从外面进来，手里提着至少一打的啤酒，我知道待会儿的用餐时间肯定超过三小时。

为了避开两男一女会有的尴尬场面，我识时务地出外避风头，免得被卷入风暴里。

Presl见我往外走，问我去哪里？我答随便逛逛。

～

夜晚的伏尔塔瓦河神秘而静谧，激流撞击桥橔的声音很澎湃，像极了交响乐曲（听说捷克作曲家斯美塔就是因为听到伏尔塔瓦河的激流声而写出著名的交响乐《我的祖国》）。

然而今晚的目的地不是查理大桥，而是国家大剧院对面的Café Slavia，它是布拉格最传统的咖啡馆之一，同时也是旧时艺术家及共产主义反叛者集会的地方。

我点了一杯苦艾酒细细品尝，甭管家里正腥风血雨，至少我还有一方宁静，然而……

当我看见Thor向吧台要了同样的苦艾酒时，惊讶到下巴差点儿掉下来。他在这里，代表共进晚餐的是Presl及米星，难不成老人"燃烧自己，照亮儿子"，把那两人送作堆了？

Thor没发现坐在角落的我，让我多少松了口气，与言语不通的人说话很费劲，真难为米星了，换作我，同居一天都待不下去。

我把卡夫卡的《变形记》拿出来阅读，在这个捷克最著名的小说家当年流连忘返的地方，喝他常点的苦艾酒、读他写的书，我的浪漫情愫正无可救药地漫延开来……

回到家，宾客尽散，厨房已收拾干净，看不出曾经觥筹交错过。

我梳洗一下后上床，还好隔壁没有传来妖精打架的声音，这让我大松一口气，原来今晚不过是一场普通的聚会，吃吃喝喝完毕便作鸟兽散。

接下来的几天，一切寻常，老城广场还是游客如织；咖啡馆的生意还是差强人意；Presl中午时分还是坐在他惯坐的位子上……直到米星推门进来才打破这个周而复始的轮回。

"给我两杯焦糖玛奇朵。"她说。

难不成待会儿还有客人来？我没多问，给了她两杯。

"坐下吧！一杯是点给妳的。"

我环顾四周，客人果然少得可怜，米星真会挑时间，我只好坐了下来。

"前几天Presl邀我去他家，没想到宴无好宴，原来是替他父亲摊牌，连晚餐也是老头儿煮的，难怪我觉得炖牛肉吃起来有熟悉的味道。"

"老头儿人呢？"我明知故问。

米星说她一看Thor在场，马上掉头想走，后者的动作比她还快，主动离席，只留下Presl当说客，不外他父亲还惦记着她，凡事好商量，希望她回头……等等。

我问游说是否成功？

"当然被我打回票，妈的，老人就是一块大海棉，能把年轻人的精力全吸光。和他在一起，我快速老去，他倒好，一天比一天青春洋溢，好像吸毒品似的，欲罢不能。"

我又问她和老头儿同居可是被迫？

"妳难道就没有做错决定的时候？我现在已经后悔了，如果时光能倒流，我绝不会如此任性！"

"我看Thor也不是死缠烂打的人，说开了应该不会再纠缠妳。"

"妳知道这不是症结所在。"她嗫嗫地说。

当闺蜜就是有这等好处，对方的一举手一投足，哪怕是声音的高低都能让人立马心领神会。

"妳的症结所在是妳更喜欢Presl，所以把老爸丢到九霄云外。"

"哈！猜对了，妳真是我的福星，三生有幸认识妳是我毕生的荣耀……"

我中止她的拍马屁行为，要她有话直说。

"帮我追Presl."

果然如同我想的。

我要她洗洗睡，Presl是不婚族，只享受爱情的甜蜜而不想担责任的那种，与她想象的"老婆孩子热炕头"有很大的差距。

"妳别管，只要让我上船，我负责让船夫驶向彼岸。"

"不行，这是不伦之恋，我不助纣为虐。"

"这样吧！妳帮我追Presl，我帮妳追卢卡，咱们各取所需，皆大欢喜！"米星笑嘻嘻地说。

老天！她该不会以为是卢卡不要我吧？！

米星说她不清楚我和他的关系，只是卢卡打算把房卖掉回德国，她想着也许我想挽留……

卢卡要回德国？这是怎么回事？我决定问个明白。

下班后我回卢卡家，是米星开的门。

"房东还没回家，妳先坐会儿，晚餐马上好。"她给我一个加菲猫式的微笑。

我还没答应帮米星追 Presl，所以她像个丫鬟似的，一副谄媚相。

坐下来翻看一会儿杂志后，卢卡进门了，看见我在，他不动声色，还是我先开口打招呼。

"来蹭饭的？"他问。

"算是，不知你何时回德国，所以先来吃顿别离饭。"我答。

今晚米星煮了西班牙海鲜饭，黄澄澄的米饭中点缀着硕大的虾子、螃蟹、黑蚬、蛤、牡蛎、鱿鱼等，热气腾腾，令人垂涎。

"你们吃哈！我还有事。"米星解下围裙。

我问她有什么事？不能吃了再走吗？

她答今晚国家博物馆前有个露天音乐会，她不想错过。

待米星走后，卢卡才说露天音乐会是上礼拜的事，今晚国家博物馆前死寂一片。

"哎呀！你怎么不早说？米星去了岂不是扑了个空？"

谁知卢卡说米星早知道了，上礼拜他们两人才联袂参加过。

"这就奇怪，她为什么要撒谎？"

“为了给我们制造机会呗！”

真是的，如果吃一顿饭就能化干戈为玉帛，世界上就没有那么多怨偶了……

“你真的想回德国？”我没忘记此行目的。

“嗯！这里没有可留恋的……人。”

“我以为至少还有茉莉值得留恋。”

“真奇怪，我现在想不起她的面容了。”

我说不可能，他们又不是露水鸳鸯。卢卡信誓旦旦地答是真的，那天当他把乳酪派丢进伏尔塔瓦河，发现任凭他想破头，茉莉的五官还是模糊一片，反倒我的脸孔很清晰，一颦一笑历历在目……

“关我什么事？”我红了脸。

“对不起，”卢卡盛了一碗饭给我，上面布满了海鲜，“我太自大也太轻浮了，能让我们从头来过吗？就只有妳和我，没有别人。”

看来他想结束“四人行”。

我拿起叉子不知该先吃什么，他的表白让人措手不及，好比穷惯了，突然看见满室珠宝，一时只能目瞪口呆。

“米星看出我的苦恼，答应帮我追回妳。我说能追回最好，不能追回，我也祝福妳，因为Presl的确优秀。”

我反问他是否觉得自己不够好？

“我也好，就是对自己在乎的人故意表现不上心的样子，我已经因此失去茉莉，不想再失去妳。”

幸福来得太快，我说让我好好想一想再答复他。

“没关系，妳慢慢想，想好了告诉我。”

他扒了一口饭，被藏红花染黄的米粒粘在他的嘴角，样子很滑稽。我没点破，自顾自地吃饭。

这是第一次我觉得西班牙海鲜饭好吃，我尝出了虾的甜、螃蟹的鲜、鱿鱼的嫩，像把整个海洋都囫囵吞下肚。

卢卡说我若喜欢，他买张机票带我去西班牙吃道地的海鲜饭。

这大概就是被人宠爱的感觉吧？即使晚了一点点儿，同样令人欣喜。

我突然有了疑问："这算二见钟情吗？"

第十八章/减肥之旅

在伏尔塔瓦河河畔有一栋介于新巴洛克、新哥德与新艺术之间的建筑—跳舞的房子，它建造于1996年，灵感来自四十年代美国红极一时的踢踏舞明星弗莱德和金格。瞧！左边的玻璃楼是舞后金格，右边的白楼是弗莱德，白楼楼顶的半球形设计是他的礼帽，而陡然伸出的阳台则是弗莱德搂住金格腰的那只手。

卢卡和我就约在这幢充满艺术气息的跳舞楼顶层吃法国菜，他说让我们有个浪漫的开始。

于是六点离开咖啡馆后，我回家换衣服，到高级餐厅吃饭当然得穿正式点儿，随便穿穿会吃闭门羹的。

当我身着乳黄色小开衫搭配苹果绿一步裙，头系粉红色发带，脚登白色漆皮高跟鞋走出房间时，Presl对我行注目礼，到了目不转睛的程度。

"What?" 我摸摸头发又扯扯裙子，怕哪里出丑了。

"Spring is coming." 他说春天来了。

我感到迷惑，天气已经微有秋意，他怎么说春天来了？

原来Presl的意思是我的穿着让他想到绿茵上开满了黄色的小花，而粉色的蝴蝶正在空中飞舞，很有春天的气息。

哇！想象力真丰富，我谢谢他的赞美。

他转而问我是否有约会。

我挺不好意思地承认了，他紧接着问我是和那位医生约会吗？

我很惊讶他的"直觉"，难道生活中我不小心泄露了秘密？

Presl说我多心了，因为我的男性朋友不多，除了医生、前房东、咖啡馆的雇员之外，他不认为还有第四种可能，而其中"医生"的呼声最高，所以……

既然这样，我索性大方承认。

Presl因此祝我有个愉快的夜晚，然后转身在他的汤里加入马铃薯，看来今晚的他打算喝蔬菜汤。

～

本来想叫出租车，但看到黄红相间的电车驶来，我不由分说地跳上去。

电车是布拉格的象征之一，到现在还是交通主力，只是车速实在太慢，一站地能驶七、八分钟，也是世界奇闻！

在沉闷而温柔的叮咚声中，我随车走进一栋栋古董般的中世纪建筑群里……

下了电车，我往前走去，还得走几百米才抵达"跳舞的房子"，看来穿高跟鞋走路实在是失策呀！

"要不我们换鞋穿？"

听到熟悉的声音，我转过头去，是卢卡。

"上电车前我唤过妳，妳没听见，我只好跟在电车后面小跑步，还好行车速度不快。"他解释。

我看了他一眼，与我的"慎重其事"不同，卢卡像是去参加露天音乐会，休闲得可以。

"你的身上有浓浓的消毒水味道。"我说。

"没办法，今天开了四台，一下手术台，我就急匆匆赶来。"

这样的形象实在不适合吃浪漫的法国菜，我遂说还是把用餐拘谨的法国菜留在下次吧！

布拉格的酒吧到处可见，有街头的、有店面的、有豪华的、有简朴的、有带餐的、有不带餐的……我们很容易就找到一家飘着啤酒花香气的带餐酒吧，据说已有500年历史，门口有一座老钟，辨识度很高。

推开门后，我们立刻被酒吧内的热烈气氛所感染，手风琴和圆号的旋律在耳边回荡，不同肤色、不同语言的人齐聚在这里，无一例外地被醇香的啤酒所俘虏。

我们叫了他家的自酿黑啤酒，果然入口清香、泡沫丰富，有回甘的滋味。

"今天的四台手术都是做哪方面的？"我问。

"一台隆乳，其他三台都是抽脂的。"他答。

也难怪，捷克人喜欢大口吃肉、大口饮酒，甜品又多奶油，所以男女一结完婚，个个都像吹了气的球，圆滚滚的。

"抽出来的脂肪怎么处理？扔掉吗？"我喝了一口南瓜汤，果然奶油味十足，这真是一个大爱奶油的民族。

卢卡答抽出来的脂肪如果不填补到自己的身体里，譬如胸部或臀部，那么会被当成医疗废弃物处理掉。又说今天他抽了整整三大管的脂肪，它们呈橘色液体状，还能看到里面的颗状物，很恶心，所以他一向不喝橘色的汤。

我看着浅盘里喝到一半的南瓜汤，顿时有了呕吐感，对卢卡投去怨怼的眼神。

"呵……呵呵呵……对不起，"卢卡捂住双眼，"请继续，我不看就是了。"

老天！是他恶心还是我恶心？我把盘子一推，唤来服务员将"脂肪"带走。

卢卡仍笑个不停，于是我决定"依样画葫芦"地"以眼还眼"。

"我妈说灌香肠就是把肉糊灌进肠衣內，而用来做肠衣的有动物的大肠、小肠、盲肠、甚至食管和膀胱也会被拿来做肠衣。"看卢卡正在品尝德国血肠，我赶紧说恶心的话。

"谢谢妳普及肠衣知识，为了补充妳未完成的部分，让我告诉妳这血肠里有什么？"他熟练地用刀划开盘中物，"看到没？有血、舌头、肉末、面包屑和燕麦，兼具腐败的气味，妳要不要也闻一闻？"

听他这一说，恶心感再度袭来，我捂住嘴冲向洗手间……

等我一身狼狈地回到座位上，桌上的大肠小肠已不见，只剩下我点的猪排和油炸奶酪。

"妳还好吧？"他问。

我要他别猫哭耗子假慈悲了！

"对不起，恶心的话不再说，妳安心吃饭吧！"

他真的不再提"凶杀案现场"，反而说起南部的一座小城Trebon，想要欣赏捷克的田园风光，非它莫属。

"你去过特热邦？"我问。

"没，听同事说的。"

我答听说的难免加油添醋，和事实不一定相符。

"那么让我们一探究竟，看看是否如同所说的那样美好。"

按照卢卡的计划，两天的行程足矣，骑自行车去，来回十个小时，保管减肥。

"十个小时？杀了我吧！"

"那好，坐大巴去，等妳想抽脂时再回头找我。"

其实穿一步裙时我已感觉到腹部有点儿紧，拉链也拉得勉强，所以半信半疑地问："我真胖了？"

这都得怪捷克的猪肘太好吃，加上最近迷上甜甜圈冰淇淋，即由师傅烘焙出一个热乎乎、外焦里嫩的甜甜圈甜筒，然后在里面填满冰淇淋、果酱和巧克力酱，想不胖都难。

他答还好，离杨贵妃只有一个双下巴的距离（传说杨美人有三下巴）。

卢卡的话无异原子弹爆炸，瞬间升起巨大的蘑菇云，几百根火柱烧得我面目全非。

"去去去，"我点头如捣蒜，"十个小时就十个小时，什么时候去？"

他夹起一根猪排塞我嘴里，说："就这周末。"

我说一定啊！减肥是女人毕生的事业，他可不许黄牛。

"不会的，就算上刀山下油锅也去！"他信誓旦旦地答。

周末没刀山可上，也没油锅可下，然而卢卡还是黄牛了。

他在电话中猛道歉，说病人已经上好麻药，可是主刀的医生竟然在关键时刻跑厕所，大概吃坏东西了，他不得不上阵，这是个大手术，估计得花六个钟头以上的时间。

我安慰他没关系，自己在附近骑自行车减肥也一样。

挂上手机，我感到莫大的失望。为了这两天的"减肥之旅"，我把Jan的女友叫来咖啡馆帮忙，同时租好自行车，买来头盔、骑行服及挡风镜，卢卡一毁约，这些准备都付诸流水了。

" What's up?"Presl问我怎么了？大概我坐在客厅里闷不吭声太久了。

我把我的遗憾告诉他，没想到他说他也爱骑自行车，就让他陪我完成"减肥之旅"吧！

"这样好吗？我该不该知会一下卢卡？……不对，他正在手术当中，肯定关机了。"我心想。

既然卢卡在忙，我和他人骑会儿自行车有什么不可？

于是我告诉Presl就在市区骑一骑，天黑前回来。

" Deal."他率先走出房门。

第十九章/意外之旅

我和Presl骑着自行车在市区绕了一圈后往丘陵骑去，坡度虽不大，但也费了好一番功夫。途中经过城堡画廊、圣维塔大教堂、旧皇宫、火药塔、黄金巷……最后在高处停了下来眺望全城。

布拉格是全球第一座整个城市被指定为世界文化遗产的城市，在金色阳光的照耀下，那一片片的红瓦显得如此耀眼，尤其屋顶的天窗形态各异，仿佛一双双美丽动人的眼睛。

适逢整点，一位身着中世纪古服的吹号手在钟楼楼顶对着东、西、南、北四个方向依次吹奏同样的乐曲，让人仿佛穿越时空回到当年帝王巡视疆土的年代里，我不禁赞叹布拉格的美丽。

Presl 深以为然，并且问我是否继续骑行？

想到我的减肥大业才刚刚开始，而且还不到正午，遂点了个头。

没想到Presl左拐右绕地带我骑出了布拉格，沿途都是乡间小路，非常有情趣。

约莫骑了两个钟头后，他在一个路边家庭咖啡室停了下来，问我要不要休息一下？

"Yes." 我气喘吁吁地答。

咖啡室很简陋，咖啡只有即溶的，餐点只有三明治和热狗，但在又饥又渴下，我们把粗食当成山珍海味一扫而空。

Presl说依据沿途的指示，我们离库特纳霍拉不远，它以银矿开采出名，有个十四世纪的王宫，看完王宫骑回布拉格，天黑前估计能到家。

想到临时出门，我连手机、钱包都没带，既然Presl说天黑前能到家，我无可无不可地答应了。

结果骑了一个多小时，连个加油站也没见着，Presl要我别慌，前方肯定有路标指示。果然半小时后看见地图了，这才惊觉我们走错路，离库特纳霍拉十万八千里，倒是离特热邦很近，不到二十公里。

Presl问我要继续前行还是返回布拉格？

眼瞅着日已西斜，往前行不到一个钟头就有饭吃，往回走要四个小时，而我已饥肠辘辘且精疲力尽。

"Keep going. I need food and drink." 我答继续前行，我需要食物和饮料。

～

一抵达特热邦，看到有吃又有喝，我仿佛看见失散多年的亲人，不禁热血澎湃，然而PRESL要我等等，他说身上仅有的零钱已付给了家庭咖啡室，现在只剩信用卡，我们得找一家接受信用卡的餐厅（也就是说那种家庭食堂和路边摊必须果断放弃）。

为了找到看起来高大上的餐厅，我和Presl又多骑了十几分钟，直到听说接受信用卡，才坐下来点餐：沙拉、大蒜汤、烤肉、烤肠、炖饭、苹果蛋糕，外加两杯冰啤。

Presl要我别忘了这是"减肥之旅"，我答自己太饥渴，没办法思考，等脑子能运转后再想卡路里的事。

他听完哈哈大笑，拿起冰啤和我干杯。

啊！大口吃肉、大口饮酒的人生，夫复何求？

Presl问我要不要打电话给医生报平安？想到我用的是他的手机，将来解释起来很麻烦，遂婉拒了。

"嘟……嘟嘟……"Presl接听，三两句话后，他将手机递给我。

真是奇了，难不成是卢卡打来的？

"喂！妳在哪里？"听到米星的声音，我着实吓了一跳。

"在……在特热邦。"我答，同时望向Presl，他倒很镇定，正在吃沙拉。

米星果然质问我为什么在特热邦？而且还和"她的他"一起。

我把前因后果简单交待一下，米星下令要我和Presl立即打车回布拉格。

"不可能的，我们骑了一天的自行车，累得要死，更何况自行车是租来的，我们还得骑回去，打不了车。"我答。

米星在电话那头沉默了一会儿后，果断说她马上打车过来，问我住哪家酒店？我答不知道，还没找着，也许待会儿打给她。

挂上手机，我才想起自己没带换洗衣服，应该让她顺便带过来才是。

没想到Presl听完我的叙述后立马关机，我问怎么回事？他答从布拉格到特热邦开车得三个小时，没有司机会跑这么一趟远路，就算愿意，车资恐怕不是无业游民的米星能负担得起，更别说大黑夜里单身女子搭车会有多危险！

想想也对，米星只是一时脑热，我们可不能助长她的任性妄为。

"Where should we stay tonight?"我转而问他今晚落脚何处？

他答能接受信用卡的便宜旅馆。

我也知道副教授的收入不会太高，马上提出回布拉格后把钱补上。他说不必，出外骑自行车是他提议的，况且带错路，让我不得不在外头过夜，心中很过意不去，所以还是由他买单。

Presl的高风亮节再次让我折服，如果不是因为他的不婚主义，我恐怕很难抵挡他的魅力。

特热邦不大，可供住宿的地方也不多，但我们还是找到接受信用卡的干净旅馆。

因为和卢卡已经确认恋爱关系，我很执着地要了两间单人房，Presl没有异议，很快便各人入各屋。

一进房间我便感到无比的诡异，说不上是哪里不对劲，等洗完澡穿上浴袍走出来，这才发现原来是梳妆台的镜子正对着床，难怪感觉房间里还有别人，虽然那个"别人"显然是我自己。

开了电视，几个频道都讲捷克语，听是听不懂，但有声音总比没有好，于是我无可无不可地看着，想尽快让自己进入梦乡，然而……我还是觉得房间里有第三人，除了床上的我、镜子里的我、还有……

我抬起头来寻觅，终于发现那人来自墙上的油画，画里的猫头鹰分明有张人脸，吓得我夺门而出。

"I think there is a ghost in my room." 我赤足跑去敲Presl的房门，说我的房间里有鬼。

他听了哈哈大笑。

我说是真的，没开玩笑。

于是Presl问我想怎样？我答想和他换房睡。

遗憾的是他的房间和我的一模一样，镜子对着床，油画里的猫头鹰也有张人脸。

"Never mind." 我很失望地说算了。

回房一躺下，座机便响起，是Presl打来的，他说唱歌给我听，也许有助我尽快入眠。

哈！求之不得。

于是Presl便以浑厚的男中音唱着我听不懂的捷克民谣，在抑扬顿挫的优美歌声里，我终于沉沉睡去……

吃完早饭，我们骑上自行车漫游，这里简直是自行车的天堂，连小孩也骑上小车，跟着父母一起环湖。

当我们停下来大喘气时，Presl提到不远处有个城堡，问我要不要参观一下？

反正今天也没什么特别的安排，既来之则安之，看看也好，于是我们往卢森堡家族的城堡骑去。

卢森堡家族曾经统治过捷克，查理大桥的修建者查理四世即是这个家族的成员。

参观过这座宏伟城堡后，我才知道中世纪的欧洲只有勺，没有刀叉；又知道他们的炼金师没炼出金子，倒是炼出一些乱七八糟的化学物质，这和秦始皇当年想炼长生不老药有异曲同工之妙。

从城堡走出来已近中午，Presl说请我吃这个城市的特产—鲤鱼。我答随便吃吃得了，他说就是随便吃吃才请我吃鲤鱼，在特热邦，鲤鱼像薯条一样普遍。

Well, 如果有人告诉我生鱼肉前菜、炒鱼腩、鱼蓉汤、炸鲤鱼条，炖鱼肉蔬菜……等，算随便吃吃，我认了。

酒足饭饱后，我们往回家的路骑去。

Presl说特热邦之旅完美收官，我同意，如果不是在公寓楼底发现看似等候我多时的卢卡……

第二十章/替身

卢卡就坐在楼前的阶梯上，神情很萎靡。

"你……你怎么在这里？"我下了自行车。

"来看看妳是否安全到家，"他站起身来，"显然妳已安全到家，那好，我走了，午饭还没吃呢！"

已近黄昏，卢卡却说还没吃午饭，可见已等了一段长时间了。

此时Presl借口上楼，待他走后，我告诉卢卡自己和Presl骑自行车去了，本来只想在附近逛逛，不知怎的迷路了，查过地图后发现离特热邦很近，索性就上那儿瞧瞧……

"特热邦是否如同我同事所说的那样美好？"他问。

我想了想，给予肯定的答案，它比布拉格清静，空气中还有硫磺的味道，是个能洗温泉的城市……

"我以为妳会等我一探究竟，所以下了手术台便急着找妳，如果不是米星告诉我实情，我差点儿报警了呢！"

虽然无一句丑话，但我还是听出其中的责难之意。

"对不起，事情的发展不在计划内。"我说。

他答没事，看来我并不讨厌 Presl，他何不做个顺水人情成全我俩？

"什……什么意思？"

卢卡深深看我一眼，什么话都没说地离去。

看着他落寞的背影，我很想唤他回来，但开不了口，只能眼睁睁地看着他消失在巷尾……

~

我开门进屋，闻到茶香，Presl 问我医生去哪里了？

我答医生吃饭去了，我猜。

他紧接着问我为什么没跟去？

" Because ……he is angry."

他没进一步细问，递过来冒着香气的大吉岭红茶，喝过热饮后，我果然感觉好多了。

" I will cook spaghetti. Do you want some?"体贴的男人说他要煮意面，问我要不要来点儿？

我点头。

骑了五个小时的自行车后，我乐得有现成的晚餐吃。

Presl 煮的是家常意大利面，在面条中加入蘑菇、西红柿、蒜、西兰花、迷迭香，最后洒上胡椒粉即成，虽然作法简单，又是"素"面，但不知怎的，特别好吃，我问他是怎么做到的？

他答煮意面有诀窍，面条得煮九分熟，而且要在滚水里放油和盐。放油是为了不让意面粘在一起，放盐是因为面条没有咸味，所以要增加味道。

我说原来他是煮意面的高手，真是失敬！他答是前女友的功劳，他不敢居功。

前女友？来自中国的那一位？

Presl承认，同时爆料前女友结婚了。

"I am sorry."遗憾之余，我问他是否后悔？

他答一点儿也不，两个人在一起合则来，不合则去，一旦结婚就复杂多了，他不认为自己有时间和精力去解决这类棘手的事。

我说他活在乌托邦里，他笑笑没回答，算是默认了。

∽

客人点了披萨，我弯腰把缀满牛肉、玉米粒、洋葱、豌豆、黑胡椒、马苏里拉奶酪的饼皮放入熔岩烤炉里，然后直起身将围裙卸下。

已经六点，该下班了，我把咖啡馆交给Jan.

没想到一走出咖啡馆，一盆水便毫无预警地洒向我，让我成了十足的落汤鸡。

"搞什么？"我怒目相视。

米星将手中的红色塑料桶往旁边一扔，无事似地转身走人。

我怎能咽下这口气？

见我跟上，肇事者拔腿就跑，其实也没跑多远，卢卡的家就近在咫尺。

∽

"说！干什么泼我水？"我一身狼狈地问。

"让妳长记性！"她一脸无畏地坐在沙发上。

我问她长什么记性？先挑衅的是她。

"不，先挑衅的是妳！妳知道那晚Presl关机后我是如何度过的？整夜失眠。妳怎能这样？吃在嘴里看在碗里，妳已经有卢卡了，而我……什么都没有。"

我说她误会了，我和Presl连嘴都没亲过，何况我的终极目标是走向婚姻殿堂，而Presl明显给不了这个。

"少骗人！妳能发誓对Presl从没有非分之想？就知道妳不乐见我好，一直都是。"她愤恨地说。

我不乐见她好？这从何说起？

她答跟学长那会儿，我持反对意见；跟老头那会儿，我看衰；好不容易看上Presl，我非但不帮忙还跟他走得近，这是闺蜜该做的事吗？

我没想到米星把我的好心当成驴肝肺。

"我承认对Presl动过心，但也只是想想而已。现在有了卢卡，我的心全在他那里，所以即使和Presl在外过夜，我们也是各人睡各屋不逾矩。"

我一说完，米星带着谜样的微笑道："好了，我没别的问题要问，卢卡，你可以出来了。"

看卢卡神色不自然地从他的房里走出来，我红了脸，真是的，怎么就没想到他在家？

"你俩欠我一份人情，我走了，十点前不会回来。"

米星走了，我和卢卡杵在客厅里两眼相望，不知该如何打破沉默。

卢卡凝视我好一会儿后走回房间，再出来时，手上多了条大浴巾："妳……湿了。"

他用浴巾轻轻为我擦拭，我被他的温柔举止感动了，斗大的泪珠滚落下来。

"别哭，再哭十条浴巾都不够用。"

听他这一说，我破涕为笑，啐他一句：谁理你！

他笑了笑，没有停止手中的动作。

脸干了，发也干了，但擦不干我湿漉漉的衣服。

"把衣服脱了吧！家里有烘干机。"他说。

当烘干机发出哔哔声时，我从床上坐起："衣服干了，我得走了。"

"回来吧！"卢卡从后拥住我，"回来和我一起住。"

我答不行，我若回来，米星住哪里？

卢卡说米星住一间，我和他住一间，互不干涉。

"搬家得提前一个月通知房东，还得付违约金，我没想好，还是缓缓吧！"

他听了有些失望，但没有勉强我。

回家已近十点，客厅里没人，还好，省去交谈的麻烦。

我很快上床，但辗转难眠。

卢卡说要摆脱"四人行"，他也的确努力了，但临门一脚还是把我当成了茉莉，让我如鲠在喉。

" 会不会离开茉莉他就不行了？"

" 妳得给他时间，妳不也脑子开小差想到戈墨？"

" 那是因为卢卡不小心唤我'宝宝'的缘故。"

" 那么谁让妳撅起屁股来着？也难怪卢卡想起茉莉。"

……

就这么着，我和卢卡心照不宣地把那件事给做了，并且忽视床上依旧是四个人的事实，这也是我犹豫着要不要搬回去住的原因，"提前通知"和"违约金"不过是借口而已。

" 难道这辈子我和卢卡都得成为别人的替身？"我想着，內心有莫名的恐惧。

第二十一章/食人花

Presl 照例在中午时分过来用午餐，我问他要不要试试新菜式——海鲜面＋土豆浓汤？他答好，又问我什么是粽子？今天上课时，他的中国学生说端午节要吃粽子。

端午节快到了吗？哎！在国外生活总是这样，常常忘了过节。

我想起自己最爱的嘉兴粽子，糯而不糊、肥而不腻、香糯可口且咸甜适中，尤以鲜肉粽最投我所好。

" Yes, we eat Zhongzi on Dragon Boat Festival. It's a kind of rice dumpling wrapped in bamboo leaves to form a pyramid."我承认端午节吃粽子，而粽子是一种用竹叶包成菱形状的饭团子。

他问我像不像寿司？寿司也是饭团子。

我赶紧答不，两者有天壤之别，但……该如何解释呢？一时真抓不到头绪。

" Don't worry. I will make Zhongzi for you."米星从我背后出现，吓了我一跳。

"妳哪儿来的粽子？"我没好气地用普通话问。

米星不理会我，大言不惭地对Presl说自己是魔法师，这周末肯定变出粽子来，欢迎上她家品尝。

呵呵！好个上她家品尝，把卢卡的家当成自己的家，还真不客气呀！

因为米星的邀约，Presl投桃报李，问她要不要一起用餐？他买单。

" Thank you."米星毫不犹豫地坐下，还指定要吃芝士焗三明治加法式浓汤。

我答今天海鲜市场没送龙虾来，煮不了法式浓汤。

"那么随便来个喝的，动作快点儿，饿死了！"

我很讨厌米星一副趾高气扬的样子，明显想在Presl面前矮化我，但来者是客，只能把怨气往肚里吞。

～

千万别误会我是只白眼狼（不久前米星才撮合我和卢卡），其实我挺乐见她有男友，只是不苟同她追求的对象，尤其PRESL是我房东，还是老头儿的儿子，海外华人的圈子本来就小，我不想闺蜜成为茶余饭后的谈资，连带把我的名声也搞臭了，毕竟"近朱者赤，近墨者黑"、"物以类聚、人以群分"嘛！

～

卢卡和我约了晚上一起吃越南菜，还是米星推荐的，说是在布拉格四区的越南村里。

和其他城市比，布拉格的私家车算少的（大概大家习惯乘坐公共交通工具之故），所以卢卡的车在宽阔的马路上畅行无阻，约莫二十分钟不到就抵达目的地，只是下车后不免让人有些失望，餐厅的门面很小，看起来有些萧条。

"也许食物是上乘的，否则米星也不会推荐。"卢卡读出我的担忧。

哎！既来之则安之，反正人生地不熟的，我也没得选了。

进去后，环境看着还行，也就坐了下来，没想到一坐下就后悔。首先，服务员一个个像耳背，叫半天才有反应，菜也上得慢。这还不打紧，点的西贡咖喱鸡跟一个小奶锅差不多大，里面只有少数几块鸡肉沉浮着，量太少，几口就没了。再说海鲜菠萝炒饭，没啥海鲜，菠萝切得很小很碎，虾子基本没有，米饭还少得可怜。还有还有，菜单上的椰子糕看上去很大一个，其实直径不过三公分大小，刚好一口一个……

"越南人看起来很瘦小，难不成就是因为食量小？"我压低声音问。

卢卡答没事，多点几样就饱了，被我阻止。一个服务不咋地，口味又一般的餐厅，我只想快快走人。

没想到厄运还没完，结账时那个一脸横肉的收银员将账单甩过来，态度之差可见一斑。卢卡递上信用卡，她哗啦啦地说起越南话，看着像在骂人，卢卡也来气，正想回骂两句，我匆忙丢下现金，转身拉卢卡走人。

疯狗咬人，犯不着也去咬疯狗。

然而走出餐厅，我还是免不了吐槽，难不成米星眼花，连这种餐厅也推荐？！

"A-hah,"卢卡指着前方不远处的中国商店，"米星要我顺便买糯米、香菇、虾米、粽叶，我想这就是她推荐那家越南餐厅的原因。"

布拉格没有华人超市，早听说要买干货只能上越南村，这可不，眼前就有一家中国商店，生鲜食品没有，香菇、虾米、面、油、花生……等，倒是可以掏一掏。

想到米星为了一己私利，赔上我和卢卡的美好晚餐，是可忍孰不可忍？我偏要破坏她"以吃粽子为名，行约会之实"的计划。

～

星期六回到家，Presl正要出门，时间6:30PM.

我明知故问地问他上哪儿？他答去米星家吃粽子，又说为了礼貌起见，他打算买一束花送她，问我有什么好建议？

米星曾说她不喜欢黄菊，这花让她联想到丧礼用的花圈，于是我怂恿他买黄菊，说那是米星最喜欢的花。

" Are you sure?"他问。

和我的捉弄不同，Presl说在捷克，黄菊代表"单相思"，如果送异性黄菊花，它有"不要追我"之意。

哈！正中下怀。

为了减轻负罪感，我问他是否想追米星？他答不可能，米星不是他的菜。

知道Presl内心的真实想法后，我反倒同情起自己的闺蜜来，这下子她的热脸就要贴冷屁股了。

" Buy lavender. Mi Xing also likes it."我收起自己的恶作剧，转而建议Presl买薰衣草。

薰衣草的花语是"高贵"，不会让人对号入座或有不好的联想。

～

" Coming."按了门铃，米星铜铃般的声音响起，像浸过蜜似的。

开了门，她接过Presl送的花，脸上亮得发光，但下一秒就石化了，因为她看到立于Presl身后的我……

"来检查妳包的粽子合不合格。"我早先一步跨入屋内。

空气中果然有五花肉和竹叶的味道，如果猜得没错，粽子里应该还加入板栗。奇怪，那晚我们没买这一味。

"哪儿来的栗子？"我问。

"妳以为只有中国人吃栗子？"米星不屑地反问。

原来布拉格的山丘上有栗子树，满山遍野都是栗子，弯腰捡就有，不花钱的。

Presl证实她的说法，并且不忘科普一下：欧洲栗分两种，一种叫马栗，不可食，是七叶树的果实，刺少且短，果子呈球形，顶部光滑；另一种可食的刺多且长，果子呈半球形，顶部有个小帽子。

" Are you sure you got the right one?"Presl 转而问米星是不是捡对了？

米星答放心，栗子是在超市买的，说捡到的不过是开玩笑。

Presl说那就好，因为七叶树的果实含有大量的皂角甘，吃了会中毒。

"我倒希望某人会因此中毒而亡。"米星用普通话说，明显是讲给我听的，但我假装没听懂。

～

"I LIKE ZHONGZI. IT'S REALLY YUMMY."

听到心上人喜欢粽子，米星马上表示剩下的粽子可以让他打包带回家。

Presl 说他不懂如何加热，我跟着表示愿意效劳。

"要不要妳也帮他吃？"米星问我，脸色很不好看。

我答Presl若不反对，这个忙我倒是可以帮。

"不要脸！"她涨红了脸，一股气从嘴巴冒出，还夹杂星点泡沫，我觉得口水肯定喷到粽子上，顿时失去胃口。

"Oh.Oh.Oh.Calm down. Calm down."Presl不明白为什么我们会忽然吵起来，急着灭火。

我站起身，要Presl跟我回家，米星则威胁若Presl现在离开，她马上从窗口跳下去。

"Oh my God."我翻了个大白眼，气急败坏地先一步走人。

戈墨带给我的恶梦还未消除，我不想再添一桩悲剧（米星真够可以的了，知道我的软肋在哪里，一棒打下去，痛得我眼冒金星）。

走出公寓楼外，我不由自主地往上瞧，那个泛着黄光的窗口像个血盆大口，我能想见Presl就是一只误入食人花的可怜虫，正被米星一点点儿的蚕食鲸吞……

"Presl."我冲着窗口喊。

第二十二章/谢谢你还爱我

那个窗口很快出现一个人影，我们四目交接，他像拿着放大镜观察古文物的老学究，严肃中带着迷惑。

不知怎的，我对着他淌眼泪，心里委屈透了。

Presl离开窗口后，我拭去泪水，真是的，我竟像个无助的孩子似地对着一个男人梨花带雨。

没多久，Presl走出楼外，很自然地将手搭在我的肩膀上。

" Let's go home."他说。

走没几步，我忽然有心电感应，转身面向背后建筑物的三楼，那个窗口站着一个人，一个气愤非常的女人。

抢回Presl，我一点儿也不开心。

虽然我不赞成米星追Presl,但明着搞破坏，很伤友谊，考虑再三，我决定主动求和。

手机响了好几声，米星没接，于是我打给卢卡，想让他帮看米星在干啥，没想到他竟然关机了。

我躺回床上，辗转难眠，总觉得五爪挠心，像有什么烦心事正在进行。

~

空档年（THE GAP YEAR）指学生离开学校去经历一些课本以外的事，比如外出旅行或者工作，一般会选在离开中学进入大学之前，相当于我们的"成人礼"。

Jan说空档年结束了，他打算回学校念书，就做到这个月月底，感谢我给予他工作机会……

Oh no! 不可以，培养一位得力助手很不容易，他怎能拍拍屁股走人？简直晴天霹雳，比"被分手"还骇人。

" I'm happy you will go back to school. Good Luck." 纵使百般不愿意，场面话还是要讲的，我祝他好运，还说自己很高兴他即将回学校念书。

Jan笑着说谢谢，然后转身清洗杯盘，那是他的工作之一。

眼瞧着那孩子就要走了，我上哪儿找人？此时米星的身影出现在脑海里。

对，让米星回来工作，帮卢卡做家务不可能有好薪水，何况熟门熟路的，她很快就能上手，我也能借机修复两人的关系。

主意一打定，我打给米星，可惜她还是不接，可见这回她真生气了。

我转而打给卢卡，这次他没关机，但也不接电话，太奇怪了，难不成两人说好一起人间蒸发？

想起那晚把Presl抢回来之后，卢卡已有两天没和我联系，这种现象不常有，除非他连续开了好几台手术，累到连酱油瓶倒了也懒得扶正。

我决定下班后一探究竟。

是米星开的门，身上系着粉红色围裙，俏丽的短发上还别了个小巧的同色蝴蝶结，让我联想起HELLO Kitty.

"卢卡呢？在家吗？"我往里探了探头。

米星马上挡住我视线，说卢卡在医院里，还没回家，有什么事在这里说，她负责转告。

我推开她进到屋内，就不信她说的。

"我警告妳，这是私闯民宅，我有权告妳！"她语带威胁地说。

"告吧！"我无所谓地答。

才两天没见，卢卡的屋子看起来不一样了,哪里不一样呢？

家具还是那一套，灯具没变，墙纸依旧带花，甚至连风吹的方向也跟从前没两样……等等，风？

我望向阳台，果然落地窗半开着，风是打那里吹来的，我走了过去。

这公寓的优点除了位于老城区，去哪儿哪方便外，阳台还能俯瞰伏尔塔瓦河，拥有绝佳的视野，然而这么美的景致此时却被晒衣架上的蕾丝内衣裤给破坏了，这是咋回事？

和中国的"旗正飘飘"不同，欧美国家不时兴在阳台晒衣物，怕影响观瞻。他们习惯用干衣机，只有特殊衣料及内衣裤才手洗，而且一律晒在浴室或隐秘处。

我和米星同住时，她就常抱怨这样不卫生，怕内衣裤因此长霉，如今她却堂而皇之地将它们晒在阳台上，也不怕邻居告状？而更让我起疑的是，这得多亲密才能做到不惧在他人面前展示自己的贴身衣裤？

"女孩要懂得矜持，妳把内衣裤晒在阳台，也不怕男人想入非非？"我说。

"要想入非非，即使捂得严严实实的，照样想入非非。男人呀！都是双面人，人前一套，背后一套。"她答，然后将手中腌好的肉往油锅里放，发出嗞的一声。

我想起今天来的目的，除了确认他们两人安全外，我还想为那晚的使坏道歉，同时给她一个进账的工作机会。

"米星，对不……"话没说完，有人开门进来。

"卫生巾没货了，害我……"说话的人是卢卡，看见我，忽然结巴了，"妳……妳怎么来……来了？"

什么时候他俩变得如此亲密？两天前还"相敬如宾"，两天后卢卡就成了可以代买卫生巾的人。

"你没帮我买过卫生巾。"我冷冷地说。

卢卡很狼狈地答："要不，下次也帮妳买。"

我说不必，我不把男人当丫鬟使，然后头也不回地走了。

他没有追来。

～

很明显，卢卡和米星的关系不一般了。

我没吵也没闹，甚至一滴眼泪也没掉，闺蜜当久了，我太清楚米星那一套，只要她觉得自己受冷落，我怕什么，她来什么，屡试不爽。

高二那会儿，班上曾来了个转学生，人有些闭塞，胆子也小，我向来同情弱者，所以总找她说说话，希望能帮助她早日融入团体，没想到米星愣是因此不理我长达半年之久，直到转学生又转学才恢复邦交。后来我听说那人是"被转学"的，因为舍管阿姨抓到她私藏淫秽照片。

我压根儿就不信有人会笨到把没穿衣服的美女照片带进宿舍，何况那人还是个女的。

还有还有，米星自己也坦言曾因有男生爱慕我，遂造谣我只爱女生不爱男生，以此吓退来者……

我把这一切归究于她的不安全感。

米星的性向没问题，这点是肯定的，否则她也不会因为学长的背叛，到现在还走不出来，然而这次我真生气了，虽然一开始我也有错，但我和Presl是清白的，没想到她真跨界，把我的男人给睡了，让我欲哭无泪。

" What's wrong?"

大概我的脸色很不好看，正在吃晚饭的Presl抬起头来问我是不是有什么不对劲的事？

我答没有，然后走过去将他盘子里的肋排拿走一根，边吃边回房。

~

Jan帮我把征人广告贴在窗户玻璃上，注明应聘者得会说简单英语，工资面谈。

贴好广告，他转身进店，我则替窗前的小花小草洒水沐浴，再拉上遮阳棚，这样临窗的客人就不会被阳光直射到。

"当妳的客人真幸福。"

"是吗？我以为当我的男人才幸福。"我转过身面对卢卡。

他看了我好一会儿后说："对不起。"

一句"对不起"成了压倒骆驼的最后一根稻草，我强忍住泪水，高傲地说："没关系，你是自由的。"

"如果我说我还是爱妳的，妳会不会觉得我矫情？"

有句话说："失去某人，最糟糕的莫过于他近在咫尺，却犹如远在天边。"，而我恰恰有此感觉。

"谢谢你还爱我，但……对我而言，爱如果那么容易就变节，那一定不是真爱。我已经意识到这一点，你也应该有所觉醒才是。"

说完，我转身进店，把卢卡关在门外。

第二十三章/攻城

第一位应聘者是个很胖很胖的捷克女人，胖到连进门都需要侧身，而开放式厨房小得只容得下她一人转身（意思是有她没有我，有我没有她），加上我不想让客人误会咖啡馆的食物卡路里高得吓人，所以……我让她回家等通知。

那女人离去前还问我认不认为她很胖？我答一点点儿胖。

她笑着说我嘴巴甜，我想她已经心知肚明面试没通过。

第二位应聘者是个头顶着一头乱发，满脸络腮胡的男子，看不出年纪，因为脸孔躲在一堆毛发后。

他说他已经两天没吃东西了，只要给他一顿吃的，他立马上工。

我给了他总汇三明治和黑咖啡，然后在候选名单上打个叉。

第三位应聘者骑着哈雷摩托车前来，他说他打算环游世界，没想到才第二站就告缺粮，不得不赚点儿盘缠，如果我能提供住宿最好，不能的话，他就在店里打地铺……

Oh my God！怎么雇人这么难？

趁着客人不多，我走到店外呼吸新鲜空气，顺便排解一下郁闷的心情，没想到就这么与米星相遇了。

"妳这是怎么了？"我问。

米星撑了把伞，身上穿着一件宽大的男性衬衫（也许是卢卡的），胸部大了两号。这不打紧，从头顶至下巴还绑了一圈绷带，鼻子上贴着纱布，上眼皮红肿，一副伤兵的模样。

"美人改造需要时间。"她答。

果然是进了卢卡的整形工厂了。

"怎么没让他改变妳的身高？妳最缺的是这个。"我又问。

米星说她还没那个勇气把脚剁了，再把骨头拉长接回去，所以还是朝着"麻雀虽小，五脏俱全"的目标前进。

"这下好了，枕边人亲自替妳操刀，万无一失了。"

"这还得感谢妳把Presl带走，否则我也不会向卢卡下手，那晚我们……"

"够了，我不想听你们如何风花雪月，妳若喜欢他就带走，走得越远越好。"

没想到米星撒腿就跑，让我很错愕，不会吧？！我的逐客令这么管用？

" Hi ， are you waiting for me?"Presl 向我走来，问我是否在等他？

" Er……Yes. Yes. ……Sure."我慌忙承认，并且让开身来，请他进店。

敢情米星逃跑的原因是因为他，而非我的逐客令？

为Presl倒白开水时，我说他今天来早了，披萨熔岩烤炉都还没预热完毕呢！

结果他说他在等人，我问是谁？他还没来得及回答，一个留着狮子头发型的女人适时推门进来，身上的黄色波希米亚连身裤很抢眼，脖子和手腕处还挂着好几串叮叮当当的民族风首饰。

"My ex-girlfriend, Eva." 他介绍。

原来她就是Presl的中国前女友，不是结婚了吗？怎么又回布拉格？我有太多疑问。

"妳好，我是这家咖啡馆的老板，同时也是Presl的租客，久闻妳的大名，今天总算见上面了。"我说。

"噢！是吗？Presl经常提起我？"她问，很高兴的样子。

我答也不是经常，偶尔提起，又问她想吃点儿什么？我们有招牌鸡肉卷和巧克力马芬，都是今天做的。

Eva说来杯不加糖的黑咖啡吧！这礼拜是她的减肥周。

"No way. You're not fat at all."Presl不苟同。

那个一身精肉的女子马上反问怎么没胖？大腿宽了一吋，脸也圆了，好处是胸部因此多了一个罩杯......

听得我差点儿吐血，这狗粮撒得莫名其妙，人妻还没一点儿分寸，要被人看低的。

与我的保守想法不同，那两人就像久别重逢的情侣，Eva甚至喂Presl吃糕点，一点儿也不忌讳。

他们坐了两小时，我也心神不宁了两小时，怎能这样？太不像话了！

趁着Presl先走一步，而前女友还留在原位补妆，我赶忙为她续了杯咖啡，顺便坐下来。

"我叫毕葳葳，Presl大概上课去了，妳是来度假的吧？！打算待几天？"我问。

Eva答Presl不是去上课，而是帮她买洗漱用品；她也不是来度假的，打算在此长住，还有，她两点钟有个interview，应征当酒店的前台人员。

"买洗漱用品？长住？住哪儿？妳不是结婚了吗？"我丢出去一长串的问题。

"Presl答应让我暂时在他的客厅住下，江湖还讲道义，何况我们曾经那么亲密过，至于婚姻……现在离婚已经不像从前那样离经叛道了。"

我担心的事还是发生了，这是阴谋，Eva婚姻受挫后，打算卷土重来，再次攻城……

"据我所知，Presl是不婚族。"我提醒她。

"原来妳也知道他不婚，"她捂住嘴笑，"如果不是这个原因，我才不会回中国闪婚。现在好了，成了离异妇女，身价又掉了不少，只好重回西方世界，也只有西方人对离婚的女人还算宽容。"

这个婚恋市场是怎么了？大龄女不仅要跟年轻女孩竞争，还得跟二婚女一较高下，还能让人喘口气不？

"我看妳的个子挺高的，Presl的二人座沙发睡起来恐怕不会太舒服，妳还是趁早找个住处搬出去。"我提出良心建议，其实是不愿心目中的偶像被纠缠。

"我没打算一直睡沙发，等那对印度夫妇搬出去，我就要睡回双人床上。"

印度夫妇要搬？什么时候的事？我赶紧问。

"听说那男的在南部城市找到一份教职，很快会搬出去，怎么，Presl没对妳提及？看来你们的关系很一般啊！"

Eva又笑了，我发现她很爱笑，只是这次笑得让人很不舒服。

"的确很一般，每天中午准时到我店里报到，没事还对我嘘寒问暖一番，没什么比这个更一般的了。"我说。

这次Eva的笑脸僵住了，我也借机起身，因为有位大帅哥正推门进来，我得上前服务。

~

回到家，毫无意外地看见Eva及堆在客厅里的两个大行李箱。

" Eva has cooked Chinese food. Do you want to sit down and have some?"Presl语气平淡地对我说Eva煮了中国菜，问我要不要坐下来一起吃？

"一起吃吧！菜煮多了。"Eva也开口邀请，听着像是请人当食物垃圾处理器，怕暴殄天物。

"不了，你们吃。"我也有骨气。

正要进房间，恰巧听到那两人的话屑子，Eva说她的捷克语不够流利，今天的面试大概无望……前夫给了她一笔赡养费，不多不少，她打算拿来做点儿小生意……

" I feel hungry now. May I sit down?"我转而说自己肚子饿了，问能否坐下来一起吃？

米星的Sicily Café 买的不过是十年的经营权，每月还得交房租，十年一到，经营权自动归还原主人。

当初她转卖给我时，误以为自己就要当上少奶奶，乐得慷慨不收我钱，只声明赚到钱再给她。然而从接手到现在，刨去所有开销及我的个人支出，基本只能算打平，甚至还没攒够买一个Gucci 女包的钱，现在听Eva这么一说，我有了让她入股的念头，一来有钱还米星，二来省去一笔雇人的费用。

Eva听完表示没想过开咖啡馆，让她考虑一下。

等我从洗澡间出来，她叫住我，问我既入股又当伙计，利润如何分配？

"五五分。"我答。

"好，一言为定。"

我没料到她的决定下得如此之快，简直像在坐喷射机。

她解释幕后推手是Presl，他说我是好人。

我是好人？哈哈！我当然是好人。

知道Presl对我有好评价，我心怀感激，尤其对方还是我敬重的人……

"好人不一定办好事呀！"她感慨，"记住，我是回来攻城的，妳可别拉我后腿喔！"

第二十四章/真命天子

本来我上早班（10 am～6pm），伙计上晚班（1pm～9pm），Eva一来，知道Presl的午餐总在咖啡馆里解决，硬是要跟我对调。这一来，除非我早起，否则和Presl见上面的机会大大减少了。

想起Eva说过她是来攻城的，要我别扯她后腿，为了合夥人之间的和睦相处，我只好委屈求全。

～

印度夫妇搬出去的前夕请我们吃晚餐，为了这一餐，咖啡馆提早打佯。

当我和Eva回到家，立即被浓烈的咖喱和洋葱味所折服，这得放多少香辛料才有这个效果？

四人座的餐桌很快挤进五个人，上面摆满了菜。开胃菜是黄豆泥、咖喱饺、黄瓜奶露，热菜是什锦咖喱鲜蔬、菠菜奶豆腐、咖喱鸡、印式烤三文鱼，饭后甜点则是米布丁及加了生姜与小豆蔻的马萨拉茶。

印度人的主食是米饭和烤饼，我极爱烤饼，味香又有嚼劲儿，至于米饭……虽然饱满纤长，颗颗分明，但对吃惯松软香米的中国人而言显然太硬，反正不合我胃口。

用餐完毕，Presl把写上我们三人祝福语的卡片送给那对夫妇，然后分别拥抱他们，这离别的仪式便算完成。

隔天起床后，我发现客厅已恢复原来的样貌，Eva大概已经搬进印度夫妇的房间里，真快！

Presl通常中午12点半左右抵达咖啡馆用餐，时间可长可短，待到一点以后也不是不可能（如果下午的课不那么赶的话）。

这一天我推门进店，碰巧Presl还没走，桌上除了喝到一半的咖啡外，还摊了好几本书，其中竟然有《孙子兵法》和《三十六计》。

"Hi, it looks like you are very busy."我走过去，说他看起来很忙的样子。

Presl答的确很忙，最近他对中国古代的兵家计谋和军事思想产生兴趣，打算发表论文，又说全世界的军事学校及情报组织都应该看《孙子兵法》和《三十六计》，这两本书实在是人类史上的瑰宝，巧妙地利用了心理学、政治学、战略学……等。

说得我脸上讪讪的，真对不住老祖先的大智慧呀！竟沦落到让一位老外教育我中国的文化遗产有多丰富、可贵！

Presl没发现我的窘境，借机问我"远交近攻"和"假道伐虢"的不同。

我答前者是联络距离远的国家攻打邻近的国家，后者是先利用甲做跳板去消灭乙，达到目的后，回过头来连甲一起消灭。

他说听起来没多大差别，本质是一样的……

想着还是在他问出更艰深的问题前遁逃比较不尴尬，遂说自己也很忙，祝福他早日完成论文。

回到厨房，Eva正在煎培根，油脂向外流，刚好让位于平底锅边缘的土豆片也裹上香喷喷的猪油。

我戴上塑料手套开始洗小山也似的碗盘。

"Presl 有没有给妳出难题？"Eva问。

我答有，他问我"远交近攻"和"假道伐虢"的不同之处。

Eva听完大笑两声，她说那不算难题，Presl问她"先知者，不可取于鬼神，不可象于事，不可验于度……"是啥意思？

我问她怎么答？

"我告诉他想先知道事实的真相不可以问鬼神和大象，也不可以用尺去量……"

我说她教坏外国人，她答那些裹脚布的东西早还给老师了，谁还记这个？

"看来，也只有我能帮Presl了。"我心想。

～

知道PRESL正在收集论文资料，EVA又太不可靠，我便想尽一份绵薄之力帮助他（自己的语文程度虽然一般，好歹也比老外强，不是吗？）。

花了四个晚上的时间，我终于把《孙子兵法》里的原文及译文消化完毕，再把《三十六计》里每一计的代表意思全背下来，才算有点儿当老师的底气。

隔天趁着Presl吃完午餐走出咖啡馆，我迎上前去，装作偶遇的样子。

" Is it time for work?" 他明知故问。

我笑说上班时间的确到了，又问他论文进展如何？他答很缓慢，还在摸索。

然后我告诉他自己的工作时间从下午1点到晚上9点，如果需要，我乐意帮他。

Presl听了很高兴，他说愿意付我家教的费用。我答不必，自己只能在不忙的时候稍微指点他一下，所以别期望太高，顺便又提醒他，晚上七点过后客人会少一些。

他笑着说记住了。

没想到当晚Presl就来报到，他点了冷藏柜里的三明治，笑说这样我就不用忙着煮他的晚餐，能有更多的时间上课。

其实打伴前还有很多清洁工作要做，但我还是在招呼完其他客人后走到3号桌为他答疑。其间有几次因故走开，但课还是断断续续上着。

8:40 pm, 我不得不喊停，因为碗盘没洗、桌子没抹、地也还没拖。

" Let me help you cleaning the kitchen."他说要帮我清理厨房。

我答不需要，但他还是挽起衣袖来。

在 Presl 的帮助下，咖啡馆很快打扫干净，我锁好门和他结伴回家。

到了公寓楼下，我要Presl先上楼。

" Why?"他问。

我答瓜田李下，总得避避嫌。

" You are very cute."他笑着摸摸我的头，然后转身上楼。

我摸着他摸过的头发，第一次有了心跳的感觉。

难道是他？我的真命天子。

第二十五章/世纪会谈

Eva不难看，肤白、身高刚好、体形还匀称，就是个性太张扬，让人挺受不了的。

"木头椅坐着不舒服，还是换成沙发座吧！"

"妳的杯盘怎么全是白的？像在宜家餐厅用餐似的，应该用英国骨瓷餐具才好，我尤其喜欢带花卉的。"

"别再喂食猫咪了，狗来富猫来穷，懂不？"

"昨天的意面没煮出味道来，注意点儿，来者都是回头客呀！"

……

Eva的口吻明显把自己当老板娘，而我是她的员工。

"没煮出味道？客人说的？"我捡了其中一句问她。

"没说，但盘内剩下一半的食物，不正是铁证？"

那四位韩国游客进来时，我是注意到的，她们像从同一个加工厂出来，除了服装和发型有辨识度外，几乎就是姐妹脸孔，连身材也同样的凹凸有致。

"听说现在的女孩子为了减肥，流行只吃一半，虾只吃半条、汤只喝半碗、连苹果也只啃半个。"

"如果真是那样倒还好，怕就怕不思进取还找借口塘塞，那就不妙了。"

不思进取？说的可是我？

好吧！让我告诉你，我是如何不思进取的。

我们的糕点一向跟烘焙坊订，我上早班那会儿，总会顺路去取，Eva一来打破这个惯例，她说咖啡馆一开门有很多事要做，何况一大早不会有人点蛋糕吃，还是由我去取最佳……这是"官方说法"，实情是烘焙坊隔壁就是港式茶餐厅，Eva极爱他家的叉烧，刚好由我顺便帮她买外卖。

还有还有，劳役的工作不知何时全落在我头上，大到清洗排油烟机，小到擦拭桌椅全归我，她只负责点餐及与顾客嘻嘻哈哈，我早心里堵得慌。

"是呀！我不思进取，所以忙得油头垢面，连上厕所也用跑的；我不思进取，所以煮完意面，转身还得清点杂货店送来的货；我不思进取，所以不仅帮妳跑腿买外卖，还把堆积如山的碗盘洗好。妳倒好，只负责貌美如花及用不流利的捷克语撩人。"

Eva听完后笑脸不见了，她指责我说话不公平，这老城广场光咖啡馆就不下二十多家，我们的装潢一般，餐饮也一般，店主人还是亚洲脸孔，拿什么吸引顾客？当然是亲切的服务呀！所以虽然她的捷克语不咋地，还是拿出来献丑，又问我难道没发现最近银发族客人多了许多？这是谁的功劳？没有顾客，其他再好也白搭，要不是为了这家店，她还懒得理那帮人！

听她这么一说，的确，最近"老"客户增加不少，而且Eva也不是全无用处，当厨房水管堵塞时，就是靠她和那个只会讲捷克语的水管工沟通的。

"好吧！我同意妳也替我们的咖啡馆做出贡献，但拜讬妳别把我当丫鬟使，我们是合夥人，没有谁高于谁。"

Eva很委屈，她说她以为我们一直是"分工明确"，没想到我是这么想她的，好，她会管好自己的嘴，不再做"良心建议"。

合夥做生意就是有这等坏处，要嘛做哑子，保持表面上的和谐；要嘛各自为政，谁也别理谁。显然后者是不智之举，尤其我们的咖啡馆目前只能做到收支平衡，不能再让它风雨飘摇了。

于是我低头，说自己太小鼻子小眼睛，希望她大人有大量；她也承认错误，说以后会注意劳力均衡的问题，不让我有"低人一等"的感觉。

一场危机就在双方各退一步的情况下化解了。

PRESL是个好学生，为了写好论文，几乎每晚都上咖啡馆报到，而且时间总选在Eva下班后，让我不禁怀疑他仍在乎她，怕她吃醋。

"What's honey trap?"这一天，他问我什么是"蜂蜜陷阱"？

我答在人造蜂蜜内添加白糖或果糖冒充蜂蜜即为"蜂蜜陷阱"。

Presl听完满脸疑惑，我探头过去，原来他正在读《三十六计》中的《美人计》，而《美人计》被翻译成"Honey trap"。

我告诉他"美人计"一来可以消磨敌军将帅的意志，二来可以增加士兵们的怨恨情绪，好比春秋时期，越王勾践便是呈上美女西施取悦夫差，让他迷恋女色而丧失警觉，最后越国得以打败吴国。

Presl说听着像是参孙和达丽拉的故事。

话说3000多年前，力大无比的参孙带领希伯来人打败腓力斯人，腓力斯人心有不甘，但又对拥有神力的参孙无可奈何，于是让美丽绝伦的达丽拉去色诱他。

参孙没能抵得住诱惑，他向达丽拉透露自己的神力来自于头发，当晚达丽拉便趁参孙熟睡时剪掉他的头发。失去神力的参孙很快沦为腓力斯人的阶下囚，受尽了凌辱……

我说红颜果然祸水，"倾城倾国"指的就是这个。

就因为"就事论事"了几句，Presl说我是可以讨论严肃事情的人，不像Eva，她完全没概念。

我也注意到了，跟Eva谈时事还是历史典故，她仿佛是石器时代的猿人，但问她哪家商店在打折，她却能如数家珍，甚至拿中国的价格和捷克的比，然后得出是否值得出手的结论。

" But……you love her."说这句话时我有微微的醋意，不能讨论严肃的事情又如何？不是全天下的男人都想找脑子不空的女人作伴。

面对我的问话，Presl不吱声，让我多少感到气馁，原以为他会否认依然爱她。

～

自从那次"世纪会谈"后，Eva改变许多，不仅说话客气了，偶尔还会洗洗碗或抹个桌子，当然，主要劳动力还是我，因为她得忙着做公关好争取回头客。

"十号桌的客人一定不是夫妻。"Eva把收来的杯盘放进水槽后说。

我转过头去，那是一对中年男女，男的有几分书卷气，女的像文员，两人再平凡不过。

"何以见得？"我把薯条放进油锅里，发出滋的一声。

"男的给女的拉开座椅，还温柔地问她想吃啥？"

我说这很寻常，夫妻之间也会做同样的事。

"一听妳说话就知道没结过婚，我那个冤家一度完蜜月就原型毕露，别说拉开座椅了，上餐厅只会点自己想吃的，自私得很。平时要嘛粗声粗气地对我说话，要嘛沉迷在网络游戏里，叫半天没反应。"

这是第一次听Eva提起她的前夫，话里有诸多不满。

"I am sorry.我不知道妳的前夫这么糟糕。"

Eva听完笑岔了气，她说不是只有她的前夫糟糕，所有结过婚的男人都这么糟糕。

"那妳还回来攻城干啥？如果妳所说的属实，Presl婚后也会如同妳的前夫一样糟糕，妳这是从一个坑跳到另一个坑。"我边煎德式香肠边挑出她的语病。

Eva解释攻城不表示结婚，同居也行，反正自己婚都结过了，不觉有啥稀奇，而且她也没想要孩子......

她不解释则已，一解释，我所有的希望都落空了，两个不婚主义又互有好感的人在一起就像马德堡半球一样，八匹马都拉不开。

"妳的意思是只要不结婚，那男人就不会变糟糕？"我不耻下问。

她答理论上是，另外还有个前提—这个男人不能有对奇葩父母，否则一样糟糕。

第二十六章/香水风暴

Eva说若不是Presl坚持什么狗屁不婚主义（在她看来是文人的乌托邦幻想），她断不会嫁给连结婚服都能穿出六〇年代老味道的男人。

"告诉妳这男人能抠到什么程度：牙膏用完得剪开，把里面的残留部分刮出来还能用上两次；上超市直奔清仓区，那些临到期的产品能低到一折；两元一包的鸡蛋面条用清水煮一煮，加上葱末和花椒油又是一餐……"

客人不多时，Eva发发牢骚无所谓，偏偏临饭点了，她还是说个不停，可恨的是我非但不阻止还鼓励她接着讲。

"还有还有，吃个煎饼还自带鸡蛋，这样能省两块钱；浴缸里的水不能倒，得留着冲厕所……"

送完五号桌要的墨西哥卷和蘑菇汤，我赶紧跑回厨房捡起刚才的话题，说穷人的孩子早当家，在那个环境长大的，难免一个钱扳成两个用……

"什么穷人的孩子？他家在京城有好几间房，光收租就是一笔不小的收入，可我那口子过得比穷人还穷，为啥？做给我看的，不让我养成坏习惯。"

我哈哈大笑，直说不可能。

"是真的，死鬼跟我度蜜月时，住的是如家、宜必思、汉庭这类的经济型酒店，但他跟家族出去度假，住的是索菲特、香格里拉、希尔顿这类的五星级酒店，若不是在他的外套口袋内发现房费收据，到现在我还会以为'节俭'是他的家风。"

我问她怎么婚后才发现老公是个防卫心很强的人？

"闪婚懂不懂？从认识到结婚不到一百天，连他家的姑嫂叔婶都还没认全就戴上婚戒，妳说这婚结得是不是太仓促了？当初看他是名牌大学毕业生，人也老实，做的是会计工作，薪水虽不高但有房有车，还能要求什么？我年纪不小了，对方更是拉警报，糊里糊涂便把证给领了，现在我的肠子都悔青了。"

我告诉她结婚初期总有个磨合期，她觉得男方抠门，搞不好男方还觉得她懒惰成性，搭伙过日子就是这样，不能由着性子，得互相包容……

Eva说女性成长的书看多了，就会像我一样，总说些隔靴搔痒的话，即使她能包容"防她像防贼"的老公，她的前公婆也容不下她，离婚是迟早的事。

"不会吧？！既然容不下妳，当初何必同意举行婚礼，做这些劳师动众的事？"我问。

Eva答也许相亲那会儿前公婆并没有太多的意见，但合八字时忽然发现她属羊，这下子不得了了，民间有"十羊九不全"的说法，女性不是中途丧偶，就是没儿没女，这岂不是断了他家的香火？还好当时她的抠门老公力挽狂澜，坚持"非她不娶"，前公婆才勉为其难地接受，但原罪已种下，所以后来当他们夫妻小吵小闹时，前公婆非但没有劝合，还煽风点火，让裂痕加大，直至无法挽回的地步。

"不会吧？"我张大嘴巴。

"说了妳可能不信，度完蜜月回来，我发现前婆婆把我所有的黑色和白色的衣服全扔了，还买了不少红色的衣服给我。她说红色代表喜庆，黑色和白色代表有丧事，我又是属羊的，命中带煞气，得尽量避免招来祸事才好……妳说这婚姻还能继续吗？有这等奇葩婆婆，我也是醉了。"

婆媳本来就是天敌，自古以来鲜少有和谐的关系，我说如果老公待她不错，多少能冲淡这类的不愉快，偏偏……

"哎！我前夫除了防卫心重了点儿外，对我还是可以的，但……"Eva住嘴了，似有难言之隐，"但他的床上功夫实在差劲，简直是幼儿级别，很难相信他是近四十岁的成熟男人。"

"这……这就没救了。"

"曾经沧海难为水，前夫越糟糕，我就越想起Presl的好，不婚又如何？他的床上功夫可是师傅级别，我想过，即使不能走在一起，当炮友也是不错的。"

Eva的口无遮拦让我瞠目结舌。

"妳可不许想入非非喔！Presl是我的。"她巧笑倩兮，在我看来却是笑里藏刀。

Eva要我别想入非非，我越不去想就越想，很好奇师傅级别的床上功夫是怎样，我甚至想象PRESL裸体的样子……

" Excuse me. Are you there?"Presl问我在吗？

" Oh, yes."我赶紧把天马行空的思绪抓回来，真是的，上课期间竟然幻想对方裸体的身躯，也没那个谁了。

意外地，Presl这次没问我《三十六计》和《孙子兵法》，反而问我中国人如何表达谢意？

我答方式有很多种，最常见的是送礼物，对方喜欢什么就送什么。

"Tell me what you like."他直接了当地问我喜欢什么？

敢情他是向我表达谢意？我问为什么？

他答因为我帮助他学习，而他没付我家教费用。

我说朋友间帮个忙不算什么，请他别在意，但两天后他还是给了我一个包装精美的小盒，里面是带玫瑰香气的香水，其流线型的金色瓶身恰恰是我喜欢的。

我满心欢喜地收下礼物。

我哼着歌把玛格丽特披萨放进熔岩烤炉里，又心情大好地在浓缩咖啡上做出心形拉花。

"好香啊！"Eva靠近我。

"是的，我也喜欢阿拉比卡咖啡豆的味道。"

"我不是指这个。"

"噢！罗勒叶及马苏里拉奶酪的味道很浓郁，的确很香。"

"我也不是指那个。"

我问她到底是什么味道很香？她答是我身上的Dior Jadore香水味。

"妳的鼻子真灵，连哪个牌子的香水也闻得出来。"我笑说。

"我当然知道，因为是我买的。"

一时只觉天旋地转、风云变色。

"为什么是妳买的？"我停下手中的拉花动作，眼睛瞪着她。

那女人无畏地解释Presl感激我百忙之中抽空为他答疑，所以想买份礼物表达谢意，她便当仁不让地接下这个任务，还说适合中年女性的香水有很多种，她特别选了淡香水，因为太刺鼻的她受不了。

中年女性？我不过三十初头就被列为中年人？还有，送我礼物为什么选她喜欢的？这将我置于何地？

是可忍孰不可忍？我把拉花拉到一半的咖啡置于案上，转身解下围裙。

"妳去哪儿？"Eva问。

"回家洗澡！"我答。

第二十七章/尽弃前嫌

Eva六点离店，再怎么不爽（何况还有一个好学不倦的学生等着我），洗完澡我还是回到Sicily Café。

" Excuse me. Are you there?"Presl问我在吗？

" Oh, yes."我答在，意兴阑珊的。

他问我怎么了？我答没什么，此时有客人唤我，我借故走开，再回来时，3号桌已没了Presl的影子。

我开门进屋，空气中有烤肉的味道。

" 回来了？"Eva的声音很高昂，似在炫耀，"今晚我们吃烤肉。"

想到自己包里装着的冷冻三明治，顿时没了胃口。

"哪里来的腌肉？看来我们真的劳力不均，我都累成一条狗，妳还有时间腌肉。"我酸溜溜地说。

"天地良心，韩国超市就有腌好的肉，烤炉也用一次性的，既方便又快捷，用完还不需清洗，直接扔进垃圾桶得了。"

我将眼光落在那些香味扑鼻的牛、羊、猪、鸡肉上，肠胃搅成一团，似在抗议美食当前却无福消受。

"请慢用！Please enjoy your meal."我中英文并用地祝福他俩用餐愉快，然后高傲地走回自己的房间。

巨大的落差和失落感排山倒海而来，我，三十一岁，守着一个鸡肋似的咖啡馆，连个男朋友也无，更可悲的是每天还得看着心目中的男神和失婚妇女秀恩爱，真他妈的如鲠在喉！

"扣、扣、"我走过去开门。

"肉烤多了，Presl让我拿过来给妳吃。"Eva手捧着一盘色泽焦黄油亮又脂香四溢的烤肉，虚情假意地说。

"是他的意思？为什么他自己不亲自送给我？"再次被当作食物垃圾处理器，让我怒火中烧，"不必，今晚我吃了烤猪肘和帝王蟹，肚子饱到不行。"

然后在Eva说出更惹人厌的话之前，我赶紧合上门。

"扣、扣、"没五分钟，又有敲门声传来。

真够烦人，不吃还不行？我愤怒地打开门。

"I guess you don't mind to eat some yummy BBQ."Presl说他猜我不介意吃些美味的烤肉。

本来想再次拒绝，但看到Presl真挚的笑脸，我改主意了，就想挫挫Eva的骄气。

"No, I don't mind at all. In fact, l love BBQ."我收下他的好意。

没想到他接着问我喜不喜欢他送的礼物？

我先答Yes, 想了想， 又答No, 还挑了个不冷不热的借口， 说Dior Jadore香水是中年妇女用的，适合像Eva这样的年龄层，我才三十岁零九个月，正当蜜桃成熟期……

面对我的风话，Presl有些招架不住，连话都讲得不利索。

" Then……goodnight . Don't ……Don't forget to brush ……brush your teeth after eating."他跟我道晚安， 又提醒我别忘了刷牙。

我答自己不会忘了刷，还问他要不要试试我的桃味牙膏？ 好闻到飞起来。

" Oh no. Thanks! Maybe ……maybe next time."谢我过后， 他转身离开，不是我多心，那样子就像落荒而逃。

" 妳是怎么了？ 犯花痴？ 想把Presl 吓跑吗？ "关上门， 我做自我反省。

想把Presl吓跑倒不致于， 顶多只是撩他， 眼看他就要被Eva抢了去， 我能不打保卫战吗？

~

" 昨天的烤肉好吃吧？ "我正在做账， Eva泡了杯咖啡给我， 随口一问。

" 还行， 有韩国辣酱的味道。 "

" 都说是在韩国超市买的， 当然有韩国辣酱的味道。 "她坐了下来。

我下意识瞄了一眼店内客人， 只有两桌， 四个人加起来近三百岁。

" 放心， 有客人进来时， 我会回到工作岗位。 "她说。

我提醒她自己正在做账， 没空风花雪月。

" 要风花雪月也不找妳， 我找Presl。 "

好个小贱货！Presl算是遇上蜘蛛精了。

"说说妳和Presl是怎么认识的？"我边按计算器边问。

"那年我上尼泊尔玩，住在青年旅舍里，下楼时撞上Presl，就这么认识了。"

果然和所有异国情侣一样，他们也有个浪漫的开始。

"你们认识多久后确认恋爱关系？"说没空风花雪月，我还是往那个方向去。

"多久？妳是说上床？"她想了想，"没多久，两天吧！"

才两天就上床？我说她够不矜持的了。

"拜托！是Presl主动的，他问我什么是'无为而治'？我答说来话长，让他上我房间详谈，就这么滚到床上去，他若不问我那个狗屎问题就没后来什么事了。"

我根本不信她，她那个人呀！连店里的男客人都要撩两句，怎么可能是Presl主动出击？

"妳回到布拉格也有好一段时间了，Presl有没有再次主动？"我低下头去佯装忙着做账的样子，但耳朵是开着的，就想知道答案。

"当然有，他主动对我嘘寒问暖，还主动清洁我用脏了的厨房……"

我抬起头正色地说："妳知道我不是问这个。"

"还说不风花雪月，"她站起身，微愠，"明明就是偷窥狂！"

偷窥狂？我怎么就成了偷窥狂？

Eva走后，我唉声叹气起来，看来因为Presl，我病得不轻。

～

米星来我店里时，我正在给窗前的小花浇水，如果不是她唤我，我恐怕认不出她来。

她的胸部又大了，大概是D罩杯，下巴尖了，鼻子挺了，连皮肤也变白皙了，但这些都远不及她水桶般的腰身来得抢眼。

"看来妳有幸福肥。"我说。

"的确很幸福，"她摸了摸自己的肚腩，"还得谢谢妳！"

"谢我什么？"

米星没回答我的问题，只是频频喊饿，说她一天吃五餐，有时刚吃完，肚子又饿了。

"妳得减减肥，才三十岁，别过早有家庭主妇的体形。"我边说边打开玻璃门，让米星先行一步。

~

米星点了水果沙拉和鸭肉卷，饮料选了牛奶。

"我记得妳不爱喝牛奶。"我问。

"人是会变的，现在家里的冰箱塞满了鲜牛奶，我把它当水喝。"

Well, 天要下雨，娘要嫁人，米星爱喝啥的确不干我事。

我耸耸肩，回到厨房。

~

Eva问我坐在3号桌的那个矮个子是谁？我答是我的发小兼闺蜜。

"她几个月了？怕有两、三个月了吧？！"Eva又问。

我要她别瞎说，米星还是未出嫁的姑娘。

"这年头带球走的未婚女还会少吗？妳那闺蜜不仅小腹微突，胸部还大得出奇，分明是孕妇才会有的身形，肯定错不了。"

我吞了好几口口水才把受惊吓的心给压下去。

不会吧？！这么容易就受孕？卢卡不戴套的吗？……我有太多疑问。

我把米星要的水果沙拉和鸭肉卷呈上，牛奶给了她两杯。

"谢谢！"她大快朵颐起来，像饿死鬼投胎。

我坐了下来，目不转睛地看着她吃。

"怎么？没看过我吃饭？"她含糊不清地问。

"不是没看过妳吃饭，而是没面对面看孕妇吃饭过。"

"没什么不同，都是嘴巴一张一合。"

"几个月了？谁的？"

"两个多月，卢卡的。"

我推算一下时间，骂她猪脑袋，怀孕了还整形，也不怕生出畸形儿？

"妳这不是废话，我若知道自己怀孕还会整形吗？就是不知道才整的。"米星拿叉子戳水果，戳出一个个小洞，"卢卡现在也很懊恼，手术前我的血液HCG值超过5，有受孕的可能，他曾建议再做进一步检查，也不知哪个筋不对，我信誓旦旦地跟他保证绝不可能怀孕，他才动刀子，没想到……"

知道大势已定，再责怪也无用，我转而要她安心养胎，不想做饭时可以上咖啡馆来，总有吃的。

"对不起。"应该说谢谢的时候，米星却说对不起，但我明白她的意思。

我要她什么都别说了，过去的就让它过去，孩子出生后，我就是干妈。

"谢谢！"米星终于道谢，眼睛泛着泪光。

第二十八章/占卜

不是我大肚量，知道闺蜜和自己的男友有染那会儿，我也曾咀咒她喝水呛死、睡梦中睡死、游泳时淹死……再不然被从天而降的鸟屎击毙也行，但生气归生气，冷静下来后，我发现自己和卢卡之间的问题多多，他没那么爱我，我也没那么爱他，与其不咸不淡地继续交往下去，倒不如就此打住。

从某方面来说，米星的介入其实是解救了我。

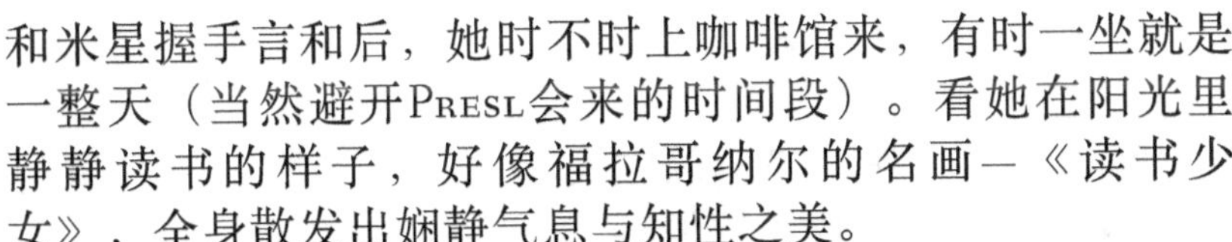

和米星握手言和后，她时不时上咖啡馆来，有时一坐就是一整天（当然避开 Presl 会来的时间段）。看她在阳光里静静读书的样子，好像福拉哥纳尔的名画—《读书少女》，全身散发出娴静气息与知性之美。

"妳读什么？"我递给她一杯牛奶问。

"《天然格斗少女》，好看得不得了。"

她接着详述故事大意：青空高中女子摔角社的社员南千薰，外表可爱又甜美，在校受到广大男同学的追捧，惟利是图的社长便把她当作摇钱树赚取社费，有时还会假借特训的名义让她去做宽衣解带的事，漫画里有满满的养眼镜头……

呃！从天堂掉到地狱的感觉大概便是如此。

"妳不觉得该读一些育儿方面的书籍吗？再不济，正能量的书也成，毕竟这是胎教的一部分。"

"我读的就是正能量的书呀！每天让我笑颜逐开，有什么比这个更好的？"她答。

我翻了个大白眼，话懒得说一句。

~

"妳能不能说一说那个矮个子，让她别再嗑瓜子了？瓜子壳嗑了一桌子不说，声音还特响，吵得我头疼。"Eva埋怨。

我答米星是孕妇，咱们得包容点儿，况且她天天上我们咖啡馆消费，也算是忠实客户。

"可是本店谢绝外带食品，如果每个客人都像她一样，我们就要喝西北风了。"

我也知道在咖啡馆里嗑瓜子有碍观瞻，但鉴于她是前店长，我们又刚和好，难听的话还是缓缓再说吧！

~

"太可恶了！竟然将我们的咖啡馆当成占卜室，这生意还做不做？"Eva气急败坏地说。

孕妇的口味很奇怪，前阵子米星迷上嗑瓜子，没多久忽然不嗑了，还说光闻瓜子的味道就反胃。这才消停没几天，她又迷上塔罗牌，不仅买书研究，还身体力行，把78张牌摊了一桌子，没事抓人练习，中英文夹杂，把那些老先生、老太太唬得一愣一愣的。

"好，我去说说她！"我脱了塑料手套说。

把咖啡馆当成占卜室的确不像话，再怎么好的交情，我也不能坐视不管。

"洗牌！"我走过去，话都还没说上一句，米星便要我洗牌。

我接过牌，在她铺好的黑色桌布上洗牌，米星提醒我得边洗牌边心无杂念地默述想要推测的问题。

洗完牌后是切牌，然后选牌。

米星将我选中的牌依次入位，接着根据牌阵为我开牌和解读。

"妳工作上的压力过大，使妳有种被束缚的感觉，寻找新的工作方向，尽管有阻力，但最终会带来事业上的第二春……爱情上妳屈从他人，自以为这是必要的付出，其实不过是被迫的选择……要避免恶意的规劝，别把自己带进死胡同里……"

我问她讲完了没？讲完换我讲。

" Go ahead."她把时间留给我。

我告诉她咖啡馆是营业场所，非占卜室，我希望客人走进来是为了放轻松，而不是为了怪力乱神，加上我的合夥人已经不高兴了，她得适可而止……

"寻找新的工作方向，尽管有阻力，但最终会带来事业上的第二春。"她复述。

看规劝无望，我明白告诉她，若再我行我素，只能让她离开。

"要避免恶意的规劝，别把自己带进死胡同里。"她又说。

我转头看Eva,她正双手抱胸，一副等着看我出糗的模样。

"抱歉！妳得走了。"我果断帮她收起桌布及塔罗牌，又护送她出门。

米星没反抗，乖乖走人，倒让我心有愧疚。

那群银发族进来时叽叽喳喳，发现米星不见后，很是失望，纷纷交头接耳。

"他们说啥？"我问捷克语明显比我好太多的Eva.

"他们说占卜师今天不在，还是改天再来。"

同样的情形又发生两次，当第四拨人将要离去时，我赶紧拦下，说今天有买一送一的活动，点一杯咖啡送一片黄油饼干……

Eva在旁翻译，又说"占卜师"有事外出，也许待会儿会回来，这才勉强留住客人，成功卖出七杯咖啡。

"妳怎么看？"我问Eva.

"她是妳朋友，妳想怎样就怎样。"她把决定权交还给我，显然不反对米星在咖啡馆玩塔罗牌。

我没考虑多久就决定让米星回来重操旧业。

接连打了好几通电话，米星都拒绝接听，大概我的逐客令太伤人。

我特意选在中午时分上门负荆请罪，避开和卢卡见面的尴尬，顺便带上米星爱吃的蔬菜炖牛肉。它是由牛肉块加上红萝卜、马铃薯、卷心菜、黑胡椒、辣椒粉及茄汁炖煮而成，对孕妇来说再好不过，既有铁质还有丰富的维生素及澱粉质。

"扣、扣、"我轻敲302室。

没多久米星来开门，脸上敷着面膜。

"妳可别在男人面前敷面膜，看着挺吓人的。"我不请自入，哪管米星哼哼呀呀的阻止声，结果……尴尬了。

卢卡杵在客厅里，手中拿着一张婴儿海报。

"呃……需要帮忙吗？"连我自己都觉得脸上的笑容很假。

"不……不用了，我自己来。"

我不管卢卡表面上的客气，把午餐放在桌上后，转身接过海报："孕妇多看可爱宝宝的照片能让心情愉悦，让我看看放哪里好……"

"别瞎忙了，若真生出海报上的蓝眼珠，卢卡反要杀了我。"米星不知何时已取下面膜，嘴巴终于能开口说话了。

"怎么会？又不是老……"

在我说出惊心动魄的话之前，米星赶紧催促卢卡出门："下午一点不是有手术吗？还不快走？"

那个反应慢半拍的男人终于开窍，他要我多坐会儿陪米星聊天，又说冰箱里有我爱喝的巧克力牛奶，请自取……

听到卢卡还记得我爱喝什么，让我有些动容。

他走后，米星果然为我倒了杯巧克力牛奶。

"现在冰箱里除了鲜牛奶之外，还有满满一整排的巧克力牛奶，可容纳的空间少之又少，我们正想换台大冰箱。"

"以前我摆巧克力牛奶时，卢卡总是抱怨，怎么现在……"

"人的口味会变，不代表睹物思人，妳别想多了。"

我老大不高兴，反问她："我能想什么？妳现在连孩子都怀上了，怎么还有那么强烈的不安全感？"

话题瞬间冷却下来，我能感觉到有什么东西正在台面下暗潮汹涌着，而这不是我要的。

"给妳带来蔬菜炖牛肉，现在吃吗？"我先释放善意。

"待会儿吃，今天起晚了，才刚吃完早餐。"

我答那好，我走了，下午还要上班。

"妳来就为了给我送午餐？"她问。

" 还有请妳回咖啡馆占卜，老先生和老太太挺惦记妳的。"我答。

第二十九章/夺门而出的米星

塔罗牌被称为"大自然的奥秘库"，它是西方古老的占卜工具，中世纪起盛行于欧洲，地位相当于中国的《周易》。在不知采取何种行动前，塔罗占卜起到提示作用，具有一定的心理暗示功能，被归于神秘学的范畴。

玩塔罗牌原本是米星心血来潮下的举动，压根儿没想过靠此赚钱，但Eva说了，劳有所获，何况这是烧脑的工作，价位还得标高一些，300克朗占一次卜，相当于卖出五杯咖啡的价钱。

"客人之间的闲谈乃至胡诌，只要无伤大雅也没人在意，但真要收起费来就不是玩玩而已，得有工作签证还得纳税。"

话一说完，我才想起米星已经闲赋在家许久，美其名是卢卡的家务员，但谁都知道那不过是口头协议，卢卡可给不了签证。

"妳是怎么留下来的？有签证吗？"我问。

"当初买下咖啡馆的经营权，我以老板的身份，自己雇用自己。将咖啡馆交给妳之后，妳顶替了我的位置，我就再也没关心过签证的事。"她答。

啥？这岂不是逾期滞留？

我火烧屁股地要她赶紧回家查看护照，果真一语成谶，签证早过期了。想到闺蜜就要被遣返，我万念俱灰地跌坐在椅子上。

"没事的，顶多再去找个端盘子的工作。"

面对闺蜜的天真，我无言以对。

"妳当真要米星入股？"我简直不敢相信Eva说的。

"嗯！不过是干股，挂个名而已，如此一来，她也算老板，可以堂而皇之地留下来。"

"可是她已经逾期居留了……"

Eva要我放心，全天下的国家官员最不缺的就是败类，塞点儿小钱就没事。

果然拜败类所赐，米星得以安然无恙地"合法"居留下来，只是Eva说错了，花了六万克朗才摆平，那可不是"小"钱。

"卢卡有没有说什么？"我问起那个付钱的冤大头。

"他没说什么，只说孩子生下来后帮我申请德国护照，这样我在申根国家便可以到处游走、工作和居住，不用担心签证问题。"

知道卢卡有意"娶"米星，我应该替她高兴，但不知为什么，心里发酸。

由于Eva的肝胆相照，米星现在对她掏心掏肺的，不仅让她分享漫画，还掏出占卜所得的20%给她。

"我怎么就没享受这福利？"我老大不高兴。

"妳会口译捷克语吗？若会，我也让妳分红。"

把占卜当成收入来源后，Eva在角落的位置上留出一张桌子，又拉上绛紫色的帘布，活脱脱成了隐秘的占卜室。

每当米星的中英文及肢体语言不够用时，她会唤来"口译"帮忙，这也是占卜生意红火及他们两人越发亲近的原因。

我不反对这样的安排，不论是冲着占卜而来，还是忍不住好奇心一探究竟的顾客，他们或多或少都会在店里消费，只是这样一来便有违初心了。

大概很多文青都曾有过开咖啡馆的梦想，我虽是半路出家，但也曾在脑海里画过蓝图，类似：田园风格的咖啡馆里播放着轻音乐，空气中飘散着Arabica或Canephora咖啡豆的香气，和煦的微风吹来，吹过白纱帘还吹过少女的亚麻色长发，那男人举着一包白砂糖，问："妳的咖啡加糖不？"……

又或者像某位奥地利诗人所描述的："一个好的咖啡馆应该是明亮，但不华丽；空间里应该有一定气息，但又不仅仅是苦涩；主人应该是知己，但又不过分殷勤；每天来的客人应该互相认识，但又不必时时都说话……咖啡是有价格的，但坐在这里的时间无需付钱。"

虽然不想承认，但我们的咖啡馆离梦想越来越远，离市侩倒是越来越近，好处是打破了长久以来的收支平衡，开始走向盈利。

～

这一天，PRESL 照旧在晚餐时间过来，EVA和米星早已不见踪影，他问起绛紫色帘布后面是什么？

我很惊讶那么久之后Presl才注意到占卜室的存在，或者他早已留意到，只是现在才问。

" That's a ......divination chamber."我答那是占卜室。

Presl说Eva告诉过他，咖啡馆请来一位女占卜师，还是我的朋友，他很想会会她，讨论一下自己一直想探索的神秘学领域......

我赶紧制止，强调我的朋友非常害羞，不会想讨论这么严肃的话题，请他别在平静的湖面上开枪。

Presl对我投来意味深长的眼神，我低下头将他空了的咖啡杯收走，然后动手做起虾仁蛋炒饭，冰箱里还剩下几尾虾，再不处理就要馊了。

今天一进咖啡馆就感觉气氛有些诡异，3号桌没有Presl的影子，这不奇怪，没人强迫他得待到下午一点（直至我来上班），奇怪的是绛紫色的帘布被拉开，还能看到散落在地上的几张塔罗牌。

"米星呢？"我问。

"跑出去了。"

Eva也很奇怪，她背靠着流理台，锅子里的水开了，冒出白色蒸气，她却视若无睹。

我走过去问她客人点了什么？

"青酱意面。"她答。

我忙着将长形意大利面条放进锅中，又将罗勒叶洗净，与大蒜、橄榄油、芝士粉、淡奶一起混合，接着倒入料理机中打成酱汁。

"妳说......米星看到Presl为什么要跑？"

"什么？！"我将料理机关了，嗡嗡嗡的声音很吵，"妳说他们两人……见面了？"

Eva双手抱胸，眉头紧锁地对我点了点头。

"他们怎么见上面的？米星不是固定在中午12点消失两小时吗？"我问。

Eva答谁知道Presl今天提早报到，然后在前一位占卜客人拉开帘布离去时，一脚踏入，接着"惨案"便发生了，米星右手捂住脸，左手遮住小腹，义无反顾地冲出咖啡馆，Presl紧随其后，害她到现在还没从惊吓中走出来……

"完了，这下子占卜室开不下去了，米星根本没脸见Presl。"我喃喃道。

"他俩到底是什么关系？"Eva问。

该答"暗恋与被暗恋者"还是"继母与继子"？我也迷糊了。

第三十章/一言难尽

当Eva知道米星和Presl的父亲有一腿时，吓得合不拢嘴。

"妈呀！现在的女孩子为了钱什么都敢上。"Eva摇摇头，露出鄙夷的神情。

我认为有必要替闺蜜说两句："她和老……Thor在一起不全为了钱，要真为了钱也不会离开，她还没捞够呢！"

"大概是看上更好的吧？！妳不是说她现在跟了个医生？任谁都知道医生的口袋麦克麦克的。"

其实……不尽如此，故事太曲折，又涉及到我，只能模糊带过。

"难怪米星看到Presl要跑，才离开Thor没多久又搭上别人，肚子里还有了，简直丢死人！"

我提醒Eva可别在米星面前说这个，谁都有过去，既然"男未婚、女未嫁"，就别管谁上谁的床，况且咖啡馆的生意刚有起色，部分客人还是米星带过来的，所谓"和气生财"，别在这时候吹皱一池春水……

"知道了啦！我才没空理别人的感情事，何况她对我构成不了威胁，不像妳！"

"不像我什么？"

Eva笑而不语，像个道行很高的僧人。

真实的世界比小说情节还狗血。

米星跑出去没多久便与有轨电车"擦身而过"，虽然只是小小的擦伤，却不幸动了胎气，她当下便不行了。

"Where is she?"我问Presl.

他答米星人在医院，很抱歉没能保住胎儿。

真是晴天霹雳！我拿起包就要出门，被Presl制止了，他说现在不是会客时间，明天早上九点才能见病人。

我转而问他有没有联系卢卡？他问我为什么要联系那个人？

这叫我如何回答？

我打给卢卡，他知道米星进了 Na Homolce 医院后，半天没说话，我以为他吓傻了，赶紧表明米星没事，只是孩子没了。

"孩子没了？"他喃喃自语。

"是的，你别太难过。"

"知道了。"

挂上电话，我才想起明天早上才能见病人，卢卡这一去岂不是扑了个空？赶紧再打电话过去，可是对方竟关机了。

"该不会上手术台了吧？！"我想。

~

听说小产后的调理等同坐月子，我起了个大早煲了锅薏仁排骨汤，可惜家里没莲藕。

"妳先去，没办法，店还是得开。"Eva边吃早餐边说，"告诉妳，Presl很内疚，难过了一晚上。"

"妳怎么知道？"

"昨晚起床上厕所，看到他屋里的灯还亮着，肯定是睡不着。"

也是，任何有良知的人都会将责任往身上揽，尤其他还是个想得比较深的卫道人士，我心里琢磨着该找个时间好好开导他。

~

米星身着病号服躺在床上，眼睛望着窗外，空气中有酸臭的气味。

"给妳带薏仁排骨汤，还好前阵子在越南超市多买了薏仁，不然妳只能啃排骨了。"我将保温锅放在桌上。

"医院有吃的。"她冷漠地答，仍不看我。

我自己找了把椅子坐下，问她卢卡呢？

"回家给我拿换洗衣服，我需要洗个澡，全身臭死了！"

此时我应该说些安慰的话，但话到嘴边却开不了口。

若说"来日方长，妳还会有宝宝。"，听着像"隔靴搔痒"；若说"太糟糕了！妳怎么这么不小心？"，感觉又像"落井下石"，反正怎么说都不对。

"妳若想说安慰的话就省省吧！这个结局不见得不好。"她终于转头看我，"虽然是个意外，没人希望它发生，但一旦发生了，我反倒松了一口气，毕竟怀孕不在计划内。"

"妳想过卢卡没？我猜他没妳想得豁达。"

米星说我想错了，依据她对卢卡的了解，他现在应该也松了一口气，搞不好还额手称庆。

我感到不解，这两人是怎么回事？好像怀的宝宝跟他们没关系似的。

～

我在病房外碰见卢卡，如同米星所说，他真的回家拿衣服了，手中拎着两个大号塑料袋。

"要走了？"

"嗯！下午一点的班。"我答。

卢卡看了一眼墙上的时钟，说："还来得及喝杯咖啡。"

自从他和闺蜜做了对不起我的事之后，我便下决心不再与他有任何交集，如今他刚失去宝宝，此刻若说不，似乎有点儿不近人情，尤其他要的不过是喝一杯咖啡的时间。

"好，哪里喝？"我问。

～

为什么全世界的医院咖啡都只提供即溶的？这对喝惯蒸馏咖啡的我来说简直无法入口，还好今天的重点不在咖啡，加上他们有不错的马芬，稍稍弥补心中的缺憾。

"没了宝宝，我心中的枷锁也可卸下，自从米星怀孕后，我每天都活在恐惧与疑惑当中。"

我能理解一个临时被通知当父亲的男人心理，但不明白他的疑惑从何而来？

"和她……我是做好防范措施的，不瞒妳说，我曾在她怀孕七周时提出做亲子鉴定，但她寻死觅活的，只得做罢，这次意外……从某方面而言，对我是种解脱。"

"如果不是你的，那就是老……头的，不对，不是老头的，我记得那件事后，你曾替她买过卫生巾。"

卢卡反问我那又能说明什么？有没有来月经只有当事人知道，米星差他买卫生巾极有可能是为了气走我，而她真的达到目的了。

我嘴里嚷着不可能，但心里挺害怕的，如果事情属实，米星就是比我想象还要可怕一百倍的人，虽然我早知道她不若外表单纯。

"那天她当着妳的面说若生出蓝眼珠，我会杀了她！杀她倒不致于，我还没爱她那么深。"

"没爱那么深，还……"发现自己正在吃飞醋，我赶紧住嘴。

"那天……是她主动的，但我也有错，这个得承认。自从和米星在一起，我才知道为时已晚。"

我一点儿也不怀疑卢卡说的，米星就是那样的人，好起来恨不得与你同穿一条裤子、同吃一口饭；坏起来不把你往死里整，誓不干休，真正印验了孔子说过的话—爱之欲其生，恶之欲其死。

"好了，你总算看清楚狐狸的真面目，下次请记得张开双眼。"

"葳葳，"他忽然握紧我的手，"回来吧！我还在等妳。"

"不可能的，"我抽回自己的手，"你等的是茉莉，不是我，还是醒醒吧！"

在他受伤眼神的注视下，我推开咖啡室的门，12:45，再不快走，Eva又要在背后喋喋不休地数落人了。

第三十一章/叉烧炒饭

大约休息了半个月后，米星又回来上班，绛紫色的帘布重新拉上，几位老先生、老太太还"米西、米西"地喊，不同的是米星不再需要避开Presl，相反的，他俩很有默契地展开"午餐约会"，把Eva气到不行。

"妳能不能说说她？每天和男人打情骂俏的，也不怕医生说话！"她义愤填膺。

这里的医生指的是卢卡。

"他们没有婚约，米星是自由的。"我冷冷地答，然后把咖啡豆倒进机子里。

对于米星的"明目张胆"，我也挺不开心的，遑论Eva，但又能怎样？米星用餐是付费的，虽然买单的人是Presl.

"没人比我更了解Presl，他除了坚持不婚外，完全不懂跟女人说不，就算一个矮不拉几的女人死缠住他，他还是有办法做到礼貌相待，不让对方下不了台。"

矮不拉几的女人？说的可是米星？我转头看3号桌，此时米星正表情夸张地侃侃而谈，而Presl果然如同Eva所说的，非常专注地看着说话的人。

"大学副教授其实收入不高，加上房子还需要还贷，做好人也得有底线，天底下就是有爱占便宜的人。"Eva仍然怒气未消。

上学那会儿，每当米星用多了预算，偶尔蹭吃蹭喝是有的，但等到荷包鼓起，她也会买些零食、卤味犒赏大家，算不上真正意义上的占便宜，但这次她的确过分了点儿，已经连续白吃白喝Presl好几顿了。

"好，我找时间和她谈谈。"说完，我把咖啡连同三明治放进托盘里端给客人。

下午两点半，趁着上一位占卜客人已走而下一位未到，我堂而皇之地坐在占卜室内的座椅上。

"抽一张！"米星把一沓的塔罗牌举在我面前，"我能预知妳这周的运势。"

我随便抽了一张，那是胜利女神弯腰抚摸狮子的牌。

"狮子代表人类的本能，而美女则象征爱情与服从，它意味着在工作上你有能力解决当下所面临的困难局面；在爱情上，你将发展一段真正亲密的感情，你们会全心投入，丝毫没有距离感。"米星说。

"谢谢！这可真是好消息，不过我不问这周运势，既然妳是占卜师，能不能卜一下接下来我想说什么？"

米星答那个不用卜，她早知道我和Eva看不惯她让Presl破费，但几个克朗就能让内疚的人感到心安，怎么说都便宜。

"妳知道那不是Presl的错，是妳自己撞上电车的。"

米星问我有没有听过"我不杀伯仁，伯仁因我而死"这句话？

"妳的意思是从此吃定他了？"

"话不能这么说，他也可以拒绝呀！他之所以不拒绝是因为对我有特殊的感情。"

我睁大双眼，感觉太不可思议了，我从来不知道闺蜜犯花痴。

"那么卢卡呢？妳将他置于何地？"我问。

"我本来也想就这么跟他走下去，但他的心里一直藏着一个人，加上身高没达180公分，我想了想还是壮士断臂，止损要紧，妳要的话，还妳！"

不知怎的，我听了怒不可遏，卢卡不是商品，可以让来让去。

"妳这是把我当成废品回收站？"我火冒三丈。

"喂！我可没说卢卡是废品，那是妳说的，我不过是给妳提个醒，他最近和医院的捷克女人走得近，妳不在乎的话就算了，反正我和卢卡现在形同陌路，已经分房睡了，差就差在他还没开口要我滚蛋。"

捷克女人？我问是哪个？

"就那个面试官，有一头金发及F罩杯的那一个。"

"我想起来了，原来是她。"

"怎么，失落了吧?！"米星坏坏地笑。

我答没有的事，和卢卡的那一段早吹了。

"可怜的卢卡，没有中国女人看上他，所以回头找白皮猪，听说跳河的那个也是白的。"

"这跟肤色无关，卢卡也没那么糟糕，如果不是……我或许会和他走在一起。"

米星要我搞搞清楚，是我先不仁，休怪她不义，而且一色诱就入瓮的男人也不是什么好鸟，说到底我应该谢谢她，若不是她，还不知这个男人这么把持不了自己……

"要不我每交一个男友就让妳去色诱，如何？"我冷嘲热讽。

"成，如果Presl不反对的话。"

等等，干嘛要听Presl的意见？然而米星没回答我，因为下一位占卜客人已经来到。

我摸摸鼻子起身，与其说"教育"米星，倒不如说被她"反教育"，她不仅打算继续"吃定"Presl，而且毫无愧色地甩了卢卡，而我还在想着如何安慰前男友，真是傻得可怜！

Eva说要弯到粤菜馆买块叉烧回家煮叉烧炒饭。

"粤菜馆也卖叉烧炒饭。"我说。

"但没有爱的味道呀！我留着给Presl当宵夜吃，妳要也给妳留一碗，谢谢妳指导我家Presl写论文哈！"她把已经摆好的咖啡杯又重新挪动一下位置，喃喃自语，"这年头还有免费家教也是奇迹，我得提醒他天下没白吃的午餐，免费的到头来最贵。"

我知道为什么Eva说话带刺，今天下午四点多米星便早早下班，Eva问她去哪里？她答去听演讲，有幻灯片和录像，应该很有意思。

待米星走后，Eva说小矮人肯定知道Presl也会去听演讲，所以屁颠屁颠地跟过去……

"妳若不放心也可以跟着过去，但别唤人家'小矮人'，如果有人唤妳'失婚妇女'，妳作何感想？"

Eva撇撇嘴问我见过那么明艳动人的'失婚妇女'吗？若有，给她来一打！

显然过了一个多小时，她的气仍未消除，所以拐弯抹角地刺我一下。

"我不爱吃叉烧炒饭，妳省省吧！不过有一点妳倒说对了，天下没有白吃的叉烧炒饭，看来我也得提醒Presl免费的到头来最贵。"我以牙还牙。

～

Presl今天晚了一刻钟进咖啡馆，我问他是不是去听演讲了？

他答原本想去，但因和学生讨论作业拉长了时间，错过了很可惜。

我又问他是否告诉米星有关演讲的事？他大方承认。

"Why didn't you tell me?"我质问他为什么不告诉我？

Presl有些支吾，他说以为我抽不开身，因为咖啡馆九点才关门……

说的也是，我这不是犯傻吗？

知道Presl没冷落我，而米星也扑了个空，我突然感到无来由的一阵欣喜。

"What's up?"大概看我喜形于色，他问我怎么了？

我答今天是我的生日，所以开心。

他随即起身给我一个拥抱，不光祝我生日快乐，还问我想要什么礼物。

我告诉他什么都不需要，但如果他能在咖啡馆关门后陪我去粤菜馆吃叉烧炒饭，我会非常高兴。

"No problem."他答。

～

今天不是我的生日，但我想不到更好的理由留住Presl，所以说谎了。

在粤菜馆里，我点了叉烧炒饭和三笼点心，其实不饿，但不吃就圆不了谎。

我看见Presl跟服务员低语了几句，后者点头走开。我问他说了什么，他微笑不语，没多久服务员捧来一碗热腾腾的长寿面，说是给寿星的。我太惊讶了，问他是怎么知道传统上中国人过生日吃长寿面？

" Because I am an old China hand."他笑说因为自己是"中国通"。

多了碗长寿面，肚子饱到不行，我能感觉裤头几乎要崩裂，赶紧宣布明天起节食三天。

Presl问为什么？我已经这么瘦了。

呵呵！与布拉格普遍"肉感"的女性比，我的确是瘦子，但以亚洲人的眼光，我还有瘦的空间。由于东方以瘦为美，所以我非瘦不可，否则没人喜欢我了。

" I like you. You are a good ......teacher."

当Presl说他喜欢我时，我还一阵狂喜，没想到后面补上一句"妳是好老师"，让我从云端跌落下来。

Well, 好老师就好老师呗！聊胜于无。

" Let's go home. Don't let Eva wait too long."我说回家吧！别让Eva等太久。

虽然不愿承认，但我真的等不及看Eva那张铁青的脸。

第三十二章/不请自来的军师

我和Presl联袂回家，时间：11:05 pm, Eva还在等门。

她先是责怪Presl把手机落在家里，又说今晚特地为他煮了叉烧炒饭，现在冷掉了，但加热很快的。

Presl歉然地表示吃过饭了，吃的还是叉烧炒饭，噢！对了，今天是葳葳的生日，吧吧啦、吧吧啦……

" Today is Weiwei's birthday?"Eva扬起声来，显然不相信今天是我的生日。

我特别强调是31岁生日，比她还小两岁。

"我以为妳是牡羊座，三月生的。"她双手叉腰质问。

我辩称自己的太阳宫在牡羊座但月亮宫在天蝎，所以11月也是我的生日。

"妳怎么不说星星宫在其他10个星座？每个月都能过上一次生日。"

"好主意，谢谢妳的提醒，这样一来，每个月我都有借口和Presl吃上一回叉烧炒饭。"

Eva随即骂我不要脸，样子很鄙夷，我没理她，迳自回房。

你若问我为什么要在平静的湖面上开机关枪？我也答不上来，或许可以解释为女人间的小肚鸡肠所引发的斗争吧！

Eva早表明自己是回来攻城的，米星兜兜转转后还是把目光锁定在年轻的山寨版学长身上，她们两人都对Presl有意思，本来我不想加入混战（尤其知道Presl是不婚主义者后），但因为那两人想要，所以激起我的占有欲，论长相、身高、学识……我比她们更胜一筹，凭什么我不能将Presl拿下？

回到最关心的话题—不婚，这也好解决，不婚主义者通常在男女之事上缺乏担当，只要我发挥"铁杵成针"的毅力，终有一天会"愚公移山"，日本女演员后藤久美子就是最好的例子（当年法国赛车手尚阿力滋就是不婚族，如今两人不仅结了婚还有三个可爱的孩子），所以……事在人为，我打算以自己的独特魅力让Presl俯首称臣。

～

下午三点，虽然冷风飕飕，但老城广场的人群还是络绎不绝，尤其想喝杯热的，借以暖暖肚子的人所在多有，然而Eva和米星却选在这时候拉上所有的窗帘及挂出"Close"的牌子。

"说！妳是不是也想染指Presl?"

"不懂你们在说什么？"我作势起身又被她们强按在座位上。

" Eva说妳谎称自己过生日，把Presl骗去吃宵夜。"米星首先发难。

" So what? 妳不也使出混身解数和Presl打情骂俏？"我反问。

"喂！"这次是Eva," 早告诉妳，我是回来攻城的，要妳别扯我后腿，这下好了，除了小矮人，妳也来凑热闹，这算什么？"

"小矮人？谁是小矮人？"米星河东狮吼，"妳这个被三振出局的弃妇也好吃回头草？婚恋市场早没有妳的位置了。"

就在Eva做出反击前，我抢先一步表示Presl一定觉得可笑，三个女人为了他在工作时间拉上窗帘谈判，这能谈出什么？就算我们同意从三人当中选出一人与Presl匹配，难道这事就成了？那也得看男主角同不同意。

Eva遂将注意力转向我："这么说，妳正式加入战局？"

我愣了一下后，坚定地点头。

本来两个人的争夺战，现在增加第三人，米星这下炸开锅，她气急败坏地质问我是不是不要卢卡了？

Eva因此知道原来我和"医生"还有一段情。

"有些事可以商量，但这事没得商量，"我起身，"还是开门营业吧！把白花花的银子挡在门外很不智。"

我率先去开门，并把所有的窗帘都拉开，让阳光洒落进来。

天气越来越冷，生意也越来越好，大概想喝点热的顺便蹭暖气的人多了起来的缘故。

这一天午后近四点，大门被推开，貌似有客人进来。Eva主动接手我切到一半的奇异果，说："这水果不好切，我来，妳去问问十号桌的客人要什么。"

自从我表明加入战局后，情势变得很诡异，本来敌对的两方突然站到同一阵线，把我晾在一边，明显想孤立我，所以Eva的突然示好难免让人心生疑窦，但我仍洗净双手，拿着菜单往十号桌走去。

客人问我有什么好吃的？

"北京烤鸭、兰州拉面、重庆火锅、乳猪拼盘、韩式烤肉……这些都没有。"我答。

"还生气？"他合上菜单问。

"不生气了，但对你也没什么好感。"

"没好感还约我来？"

我转过头去，Eva佯装忙着切水果的样子；再右转15度，没占卜客人的米星把漫画高高举起，刚好遮住她巴掌大的脸孔，我顿时知道红娘是谁了。

"谁约你，你跟谁去，干我何事？"我作势要走，被卢卡拉住。

"对不起，如果原谅我了，明天早上九点我们在Café Lounge见面，不见不散。"

卢卡走了，连杯水也没喝。

我随即把那两位女人叫来开会，问她们是不是太卑鄙了？

"这不是卑不卑鄙，而是合不合适的问题，我们觉得妳和医生就是天生一对，连长相都有夫妻脸。"Eva说。

米星在旁猛点头。

"反正我不吃回头草，你们白忙一场了！"我解下围裙外出。

店里正忙着，但此时不呼吸点儿新鲜空气，我会郁闷死！

查理大桥的桥脚不远处有家网红冰淇淋店，可以将冰淇淋做成花朵形状，不仅如此，只要装得下甜筒，可以任意选择多种口味。于是我选了薄荷、香草、芒果、椰子和草莓口味，将花挤压成一朵彩虹花，煞是好看。

"天气冷还吃冰淇淋？"

"要你管！"我翻了个大白眼，心想这个卢卡还真是阴魂不散。

"妳是出来找我的吧？"

我告诉那个明显过度自信的男人，自己绝不是出来找他，而是恼怒被人当成棋子，接着告诉他何谓"三个女人的战争"。

"妳……爱上Presl了？"

我大方承认。

卢卡显得失望至极但仍祝福我找到爱情。

"谢谢！我也祝你早日找到另一半。"我边舔冰淇淋边说。

卢卡走了之后，我上查理大桥转转，河面风大，我又刚吃冰的，顿时冷得打哆嗦。

"回去吧！这里风大。"

"你怎么又来了？"三度看到卢卡，我不禁怀疑他一直在背后跟踪我，根本没走远。

"我在想……三个人的战役中，妳需要后方支援才能胜出，我反正闲着，当妳军师如何？"

我答这一点儿都不好玩，他若想恶作剧请找别人，我没空理他。

"不是恶作剧，我是真的想帮妳，算是为过去给妳带来的伤害所做的补偿，"他低头看表，"五点半我有个手术，得走了，还是那句话，明天早上九点在Café Lounge见面，不见不散。"

看卢卡的背影消失在查理大桥的另一端，我才接受这次他真的走了。

"哪有军师不请自来的道理？卢卡是说笑的吧？！"我心想。

第三十三章/索吻

老咖啡馆都有一种高贵的氛围，吊灯、绘画、高雅的装饰、后院、小花园……等，Café Lounge 的硬体可以打高分，但软体……首先员工的态度就不咋地，菜单还只提供捷克文，真不知将游客置于何地？

"老咖啡馆、老餐厅都这样，总一副高高在上的姿态，但食物是上乘的，妳吃过就知道。"卢卡说。

因为看不懂捷克文，点餐的工作只能交给前男友，他翻了翻菜单很快做出决定，等服务员呈上后，我才知道份量之多能把午餐一并给解决了。

他点了什么？让我一一道来：含蓝莓，酸奶油和糖粉的煎饼、炒蛋、熏鳟鱼、烤牛肉、奶油辣根、內有洋葱、番茄、向日葵籽的百吉饼、水果沙拉配奶酪、自制的格兰诺拉麦片，外加霍根咖啡与路易波士血橙茶。

我说这些食物能撑死胃小的人，他答下午有大手术得吃多一点儿，一旦上手术台连口水都没时间喝。

"真辛苦！我再也不羡慕你能赚那么多钱了。"我有感而发。

"也是，难怪有人说嫁给医生像守活寡，所以到现在我还单着。"

我很想说他单着是因为见异思迁，跟他的职业无关，但怕他误会我还在乎他，所以憋着没说。

食物一式两份，他吃他的，我吃我的，他看我吃得慢，还帮着将鱼切块及在炒蛋上加盐与黑胡椒。

"谢谢！"我说。

"不客气，茉莉……"他停顿了一下，"茉莉花很香，妳知道哪里有的卖？"

呵！敢情"将鱼切块及在炒蛋上加盐与黑胡椒"是茉莉的吃法，我有了微微的醋意。

"不知道，也许你问问伏尔塔瓦河上的天鹅。"

空气一下子冻结起来，只听到刀叉碰撞的声音。

"对不起！"卢卡呐呐地说。

我问他为什么要道歉？想念旧爱人没错，我偶尔也会想起戈墨，但那已是尘封往事，若不是他心里还有茉莉，米星也不会心死。

"米星说我心里还有茉莉？"他问。

"她说你的心里藏着一个人。"我更正。

卢卡欲言又止，后来还是把话吞下肚转而问我的心里藏着谁？

还会有谁？当然是 Presl 啰！然后我告诉他那男人种种的好。

"怎么听着像是粉丝对偶像的爱？我问妳，除了学术上的成就外，他喜欢什么音乐？爱看哪些闲书？有什么爱好？是过敏体质吗？喜欢哪类食物？爱旅游吗？……喜欢妳吗？"

"当然喜欢我！"前几道问题把我给问傻了，但最后一道题我会，所以赶紧抢答。

"那好，举个例子。"

"例子？很多呀！譬如……譬如……我心情不好时，他会安慰我；有好吃的东西，他会与我分享；还有还有，咖啡馆打佯时会陪我回家，还说夜晚的布拉格治安不太好，尤其碍于欧盟压力所接收的几万名难民个个都是隐形炸弹。"

卢卡说我举的例子太笼统，一般的朋友也做得到，问我Presl可曾口头暗示过？

"有，他说我很可爱。"

卢卡一副天要塌下来的样子："拜托，我也会对猫咪说同样的话呀！"

见我面有不豫，他转而问我更实际的："你们接吻过吗？或者……真枪实弹过？"

我答那倒没有，因为Presl是谦谦君子，我们一直是"发乎情，止乎礼义"。

卢卡捂住脸，一副天已经塌下来的样子，我问怎么了？

"没什么？妳确定要和Presl继续玩暧昧？"

"我是认真的，不是玩玩而已。"

"那好，三天之内如果妳能索吻成功，我们便正式进入作战计划第二阶段；如果不成功，代表前景堪忧，妳最好马上终止行动。"

我以为卢卡说要当我军师是随便说说而已，没想到来真的。考虑再三，我接下任务。

～

接吻的确是验证情感的试金石，但怎么让道貌岸然的Presl吻我呢？这真是个难题。

想到Eva曾说只花短短两天的工夫就和Presl上床，我决定不耻下问作为借镜。

趁着客人不多且绛紫色的帘布已拉上（代表米星有客人），我送上手指饼干请她给意见，说是新进的货。

"还行，奶香味浓，可以放进下午茶点心之列。"

"我也这么认为……尼泊尔有下午茶吗？"我赶紧导入正题。

她答应该有，那个国家虽穷，但在加德满都能见到五星级酒店，既然是高档酒店，肯定提供下午茶……

我又说山路难行，Presl既然是绅士，在尼泊尔旅游时必定是拉着她的手前行……

"那自然是，不仅山路难行，大卡车经过时还会扬起阵阵黄沙，害沙子进眼，我就是趁Presl帮我吹眼时趁机夺走他的吻。他愣在原地好一会儿才回到现实，大概从没见过这么直接的女孩，所以懵了，嘻嘻！"

啥？简直无耻到了极点！不过她的夺吻计划倒是提醒我何不"依样画葫芦"？

~

傍晚时分，Presl照例来上课，我给他讲孙子兵法里的九变篇，他再一次赞扬孙子的睿智。

我笑说"士为知己者死"，孙子若地下有知，也会高兴地跳起来……

" Are you talking about the zombie?"他问我讲的是不是僵尸？

老天！这让我从何说起？

" No, I am talking about the soulmate."我说我谈的是"知己"，又问他有没有知己？

他想了想答有，苏格拉底就是他的soulmate，其哲学理论和思想一直影响着他，鞭答他去追求真理与自我，是真正的伟大圣者……

说得我真是大写的尴尬啊！

我转而问他有没有"在世"的知己？

" Ye…Yes, Miss bi."他有些犹豫地说。

毕小姐？说的可是我？

他笑着承认，说我是他的活字典和百科全书。

呃！这是褒还是贬？人变成了书？

看他笑得一脸灿烂，估且归为褒吧！

意外荣升成为"知己"，看来我的索吻之途又往前迈了一大步。

我计划今晚回家路上把Eva的那一套挪过来用，然而人算不如天算，咖啡馆关门前忽然下起雨来，而且眼瞅着越下越大，这如何是好？

正当不知所措时，我忽然灵光乍现，夜黑风高外加大雨滂沱，有什么比当下索吻更加天时地利人和？

我随即关上所有的灯，只留下玄关处的小灯，并且努力摆出春情荡漾的姿态，抛去迷离的眼神：" Presl, I……"

此时"叭、叭、叭、"的喇叭声传来，吓了我一跳。

Presl说看样子"医生"来接我了。

我往外探去，那不是卢卡的车吗？真是的，早不来晚不来，偏偏选这时候来，叫我怎么索吻？

"Both of you get in the car, quickly."卢卡打开车窗喊我们上车

我正想答不，Presl已经熄了小灯并催促我锁门，我无奈掏出钥匙。

第三十四章/战书

我在 13:01 进入咖啡馆，Eva 在 13:02 告诉我米星今天没来上班。

"怎么了？"我问。

"她说休假一天。"

咖啡馆虽然不在草创阶段，也开始有了盈利，但我和Eva依然不敢怠慢，一周开足七天，只有当其中一人不舒服或有要事待办才勉强缩短营业时间，但门还是照样开的。

米星不算真正意义上的合伙人，顶多只能算兼职，难得这些日子她像个公务员似的准时打卡，偶尔休假一天不为过。

Eva说怕就怕她的休假动机不单纯，Presl一提要带学生到高堡户外教学，米星也跟着不见了。

"所以中午Presl没过来用餐？"我问，然后套上塑料手套开始洗碗盘。

"那自然是，搞得我的心七上八下的，尤其前几天才刚和米星聊过，她说她的梦想是在某个清悠、寂静的地方亲吻她的男神，不管他是未婚还是已婚，乐意或者不乐意。"

我说看不出两者有何关联？米星若想犯花痴，随时随地都可以……

"谁都知道高堡有块墓地，全捷克最有身份地位的名人家族都长眠于此，有哪个地方比墓地更清悠、寂静的？"Eva答。

这下子连我也坐不住了，原来那个男神不是歌星或影星，而是Presl。想到米星就要早我一步索吻成功，急忙对Eva说既然她如鲠在喉，我跑一趟把米星押解回来就是。

"那太好了，赶紧出发，咖啡馆由我照看，妳别管。"

有了合伙人的御令，我犹如神助，脱下塑料手套即刻启程！

高堡建于10世纪，位于伏尔塔瓦河河边的山丘上。传说莉布瑟公主和英俊的农夫相爱后，共同在此开启波西米亚王朝，后来罗马帝国建都于布拉格，并且将王权重心移至布拉格城堡，高堡才逐渐衰败成为布拉格的一个区。

我坐地铁C线到Vyehrad站下，进入高堡的城门后，首先看到的是著名的圣马丁圆形教堂，然后是哥德式双尖塔造型的圣彼得与圣保罗教堂。

我在这三座仿古罗马建筑的教堂间徘徊，虽然十二世纪出土的石棺及祭坛上的"女雨神"版画让人很震撼，但我的心思不在此，转了一圈后走出教堂往北行。

走着走着，我很快发现花木扶疏兼绿地成荫的墓园与中国墓地的阴森不同，这里更像公园多一些。

"￥@%&#……"我终于看到Presl站在一根方形尖顶石碑前对着一群学生模样的人侃侃而谈。

我悄悄走过去排在人群后面，米星的小脑袋瓜在最前排晃动着。

虽然听不懂Presl在讲什么，但我仍认真倾听，他那富有磁性的声调及飞快的语速，估计这辈子我是学不会了……

"This is Kafka's grave."Presl突然介绍这是卡夫卡的坟墓，说的是英语而且眼光明显落在队伍后面的我身上，学生们纷纷转头，这当然包括站在最前面的米星。

"Oh yes！Kafka……I know him."为了表示自己不是不学无术之人，我答我认识卡夫卡，不知为什么引来讪笑。

Presl也笑了，但更多是理解与宽容。

"@&$%€£¥……"当他又说起捷克语时，学生们纷纷掉转头去，我才放下心来，毕竟被聚光灯打中并不令人愉悦。

当队伍离开卡夫卡墓地前往下一个目标时，米星笔直地走过来，一脸杀气。

"说！来这儿做什么？"

我答来蹭课，听Eva说Presl今天有户外教学活动……

"妳听不懂捷克语，蹭什么课？"

"咦！我不懂捷克语，妳懂？妳能来，我凭啥不能来？"

米星说凡事总有个先来后到，再没多久就是自由时间，她等这一刻等很久了，拜托我别搞破坏，赶紧消失为快……

"妳真的打算和Presl在此接吻？听说在墓园接吻很晦气。"

米星听完愣了一下，没好气地说原来Eva是个大嘴巴，看来以后得守口如瓶。

我仍试图扭转局势，劝她打消疯狂的念头，然而她非但没改变主意反而下战书："这样吧！我们看谁今天能索吻成功，失败者退出争夺战，如何？"

"开什么玩笑？Presl即使不跟我接吻也不会跟妳接吻，谁会跟父亲的旧情人勾勾搭搭的？"

"那就试试呗！"米星挑衅地说。

我们在墓园兜兜转转了好一会儿才找到Presl，他正拿着500克朗讲话，我猜墓主人便是纸钞上的人物。

约莫五分钟后，Presl说了声："Ahoj.",学生们纷纷散去，想必今天的户外教学已结束。

米星对我使个眼色后也跟着人群消失。

"Hi, good teaching."我走过去跟Presl打招呼并且赞扬他教得好。

"Thanks!"他不卑不亢地接受了。

想到米星已开始计时，我得赶紧拉近彼此的距离，遂说这墓园真清静，像个小公园似的……

Presl同意我说的，还表示每当心神不宁时会上这里走走，浮躁的心马上沉静下来。

于是我说下次当他再心神不宁时可以邀我一起来。

"Why?"

"Because ……"我看见一头俏丽短发的影子躲进灌木丛中，一时分了神，"Because I feel uneasy sometimes."

Presl答既然有时我也会心神不宁，他不介意和我一同上墓园讨论人生……

Eva说的对，Presl果然不懂得对女人说不，几乎有求必应，看来我的索吻计划已成功一半，只待风起……

我们又拉拉杂杂谈了一些才等来大风刮过。

"Ah～"我惊叫一声捂住右眼。

Presl问我怎么了？我答沙子进眼了。

" Let me see what's wrong with your eye."他说让他看看我的眼睛怎么了？

来了，他走过来了，他真的走过来了，我的心因此小鹿乱撞。

Presl小心翼翼地扳开我的右眼眼皮，此时脸与脸的距离还不到一块橡皮的长度，不把握当下更待何时？

我踮起脚尖往前一蹬，嘴巴匆匆擦过那男人略带胡髭的脸颊（事情的发展不该如此才对，谁会想到Presl像个动作敏捷的运动员，很快跳弹开来？）。

" Sorry. I am so sorry."Presl慌忙向我道歉，诚惶诚恐的样子倒让我一脸尴尬。

" Oh, never mind."我只好顺势而下，要他别介意。

"葳葳，"米星适时现身，想必一切都看在眼里，" Eva要妳回个电话给她。"

我噢了一声，很识相地走开换她上场。

我跟在他们两人身后好一会儿了，都是米星在讲，偶尔Presl插上几句，但不论他说了什么，米星一律兴致勃勃地附合，简直狗腿得可以。

我看了看表，还差5分钟就到截止时间，不禁沾沾自喜，因为胜利在望。

Well, 我是有那么点儿"胜之不武"的感觉，但自己终究是吻到了，反观米星还在"套交情"，真不知她心里是怎么想的？

" Ah～"米星尖叫一声，跌坐在地上。

Presl见状，蹲下来想扶她起身，没料到被米星一拉也滚进草地里，两人因此纠缠了好一会儿。待双双起立，不出意外，她……瘸腿了。

"这个小贱货，够敬业的了！"我愤恨地想。

那个好男人没考虑多久便抱起娇小的米星往停早场的方向走去，我还能看见那只环绕Presl脖子的手伸出来比出"胜利"的手势。

"喂！你们去哪里？"我喊着，感觉自己输得彻底。

第三十五章/孟珈宇

我垂头丧气地回到咖啡馆，里面只有一位客人，Eva正在炸春卷，油炸的味道很刺鼻。

"小心被隔壁投诉。"我无力地坐在木椅上。

"投诉啥？我还没投诉他家的大蒜面包辛辣味太重，搞得我头疼。"她答。

隔壁面包店的大蒜面包每天固定出炉两次，浓浓的蒜香味久久不散，光闻味道就能让人胃口大开，Eva却说搞得她头疼，真不知是真是假。

"哪儿来的春卷？"我接着问。

"送的。"

"送的？谁会送春卷？"

"好人送的。"

Eva将炸好的春卷放在白瓷盘里，旁边不忘放上生菜与西红柿切片，又放了个小碟，挤上甜辣酱。

我看了一眼时钟，下午五点半。Eva六点下班，这时吃晚餐正好，然而她没在厨房里吃，反而捧着盘子走向客人。

" 呵呵！你那时像个大傻个儿。"

" 我是傻个儿，妳就是十三点，好不到哪里去！"

……

那两人嘻嘻哈哈，看起来很熟悉，尤其说的还是普通话，我借着加水的名义前去满足我的好奇心。

"Hi, 给你们加点儿水。"我拿起男人的杯子，余光扫过他，那是个挺有艺术范儿的男人，头戴着一顶皮制贝雷帽。

"我的大学同学孟珈宇。"Eva主动介绍。

我说怎么自己的男同学就没这么好看的？

"去去去，孟珈宇正在欧游，顺道过来拜访我，下一站是泰尔奇历史中心，后天一早出发，妳没机会了。"

"什么机会？"我问。

"撩人的机会。"

对于Eva的男同学，我本来没多大兴趣，但怎么办呢？别人越不看好，我越不信邪。

"泰尔奇历史中心位于捷克摩拉维亚的东南部，距离奥地利边境25公里，是个很小很小的城市，与其他更有旅游价值的地方比显得微不足道，除非想欣赏文艺复兴时期的建筑或顺道去奥地利，否则一般人不会刻意前往。"

叫孟珈宇的男人深看我一眼后，说我完全道出他的内心想望，他的确是为了欣赏文艺复兴时期的建筑及顺道去奥地利而将它列入行程内。

"葳葳以前是导游，这种常识是有的。"Eva赶紧打破神话。

"导游？如果我有多余的钱也会请私人导游。"姓孟的说。

为了气Eva，我故意答："何必等有钱？我义务当你的导游。"

这下子那女人急了，她要我搞搞清楚再说，我是咖啡馆的合伙人兼打杂，别想又找机会玩去，让她累得像条狗……

把我说得像是只拿钱不做事之人。

"得，我现在就去干狗会干的事。"我拿着柠檬水转身走人，不理会背后传来的笑声。

~

今天客人不多，我打算把厨房清洗干净。

"走了，请老朋友吃正餐去。"Eva说。

我噢了一声表示知道了。

"对了，米星呢？妳怎么没押她回来？"

我还以为她忘了此事。

"米星弄伤脚了，和Presl一道消失。"我边擦流理台边说。

"什么？！妳怎么现在才讲？"

"我以为……"我看了一眼贝雷帽，"我以为老朋友重要。"

她瞪了我一眼后，转身跟孟珈宇解释："我老公被小三抢走了，抱歉，你得自己去帅克餐厅，不知道在哪儿问葳葳。"

帅克餐厅是小说《好兵帅克》的主题餐厅，在布拉格有多家分店。

待Eva气呼呼地走后，我找来餐巾纸画画。

"这是本咖啡馆，往南是天文钟，冰淇淋店在这里，麦当劳在这里，赌场在这里，刚好围成一个三角形，你只要找到三角形的重心即可。"我在重心的位置上打一个大叉叉，写下"帅克餐厅"四个汉字。

"妳要我在人生地不熟的地方去找一个三角形的重心？"他笑了，仿佛这是天底下最好笑的笑话。

"我也可以亲自带你去，帅克餐厅午夜打烊，我九点下班。"

他思考了一下，说："行，我等妳！"

虽然不想承认，但PRESL今晚没来上课还是让人很失望，我以为再怎么着，他还是会在固定的时间内坐在老位子上。

今晚的客人算多的，大概与附近的商场正在做促销有关，他处省下的钱转身便在吃吃喝喝当中消费完毕，也算是另一种平衡。

等我能闲下来时才发觉自己竟然忘了孟同学的存在。

"这是猕猴桃汁，"我递上果汁，"不收你钱。"

"谢谢！"他头抬也不抬地说。

我这才注意到他正在餐巾纸上做画，画的是我。

"果汁可以不收钱，但肖像权得收。"我说，虽然他画得真心不错。

他快速给褐色围裙加好阴影后递给我："喏！送妳的。"

不只我有，一号桌的忧郁男孩、四号桌的中年男女及五号桌的娇俏少女都人手一张。

"不得了呀！真会公关，大小通吃哪！"我揶揄。

"好说，如果纸笔能好一点儿，我不白送的，再怎么着我也是专业的平面设计师。"

听他这么一说，我赶紧问他能否给咖啡馆的窗户稍加装饰一下，因为圣诞节快到了。

"我很想帮忙，但后天一早就得离开布拉格，我连查理大桥长什么样都还未见识到。"

想给咖啡馆装饰一下不是心血来潮，这里的商户早已为佳节提早"打扮"了，只有Sicily Cafe还未见动静，我不想让人有"华人老板都不过西方节日"的印象，但连看起来不太牢靠的小工都要价一小时1200克朗，我真恨不得亲自上场。

还好上帝终究听到我的心声，适时送来一位专业人士，毕竟从现在起到圣诞假期结束有整整一个月的时间，我可不想每天面对空荡荡的窗户。

"这样吧！你牺牲半天的时间，我负责担任你在捷克期间的导游工作直至离境。"

见他面有难色，我强调在这里雇用私人导游，一小时少说也要800克朗，算一算，他不吃亏，而且我保证让他一路吃好、睡好……

"既然这样，一言为定。"他伸出手来，手心向上。

我心想真是事多，还得握手约定，遂勉为其难地与他握了握。

"妳是外星人吗？"他问。

"什么？"我一头雾水。

"跟妳要买材料的钱，总不能让我既出钱又出力吧？！"

我这才大梦初醒，赶紧掏出2000克朗给他。

"放心，用剩的我会还妳。"他说。

第三十六章/可笑的愿望

小说《好兵帅克》讲述一战时期士兵帅克的逗逼故事，所以帅克餐厅里到处都能看到那张胖嘟嘟的憨笑脸。

餐厅主打捷克及中欧风味的菜肴，氛围不错，身穿奥匈帝国服饰的服务员往来其间，台上的乐手正吹拉弹唱着捷克的传统民谣，加上昏黄的灯光，很有异域风情。

由于孟珈宇初来乍到不知本地有何特色菜，我便自作主张地帮他点了烤乳猪、烤肘子、烤鸭外加主食馒头片，饮料则要了黑啤。

"我的预算没那么多。"姓孟的说。

我以为他开玩笑，但一听说他住在辣椒酒店后，我不淡定了。

辣椒酒店的地理位置虽不错，到哪儿，哪儿方便，但里面清一色是十人或十二人间，说白了就是背包客客栈，跟住大学宿舍无异，孟珈宇的经济情况可见一斑。

"那……我们AA好了，黑啤算我的。"

"黑啤也AA吧！谁也不欠谁。"他答。

好个AA，我本来想以退为进，没料到他顺利划清界限，也罢，至少没欠下人情债。

"当导游的人为什么跑来开咖啡馆？"他忽然问。

我答一言难尽，然后做了简单交待。

"听Eva说她在布拉格与人合伙开咖啡馆，我还半信半疑，没想到是真的。她那个人呀！发号施令可以，端盘子就太委屈了。"

"哈！真是一语中的，现在店里发号施令的人是她，我则负责端盘子，连老同学来了，我也负责接待。"

气氛一下子冷掉，只听到孟珈宇用食指敲击桌面的声音。没多久，他冷冷地说我若在意，明天装饰好门面，他独自上路。

"我……我不是这个意思，对不起，说错话了，我自罚三杯。"我拿起黑啤一饮而尽，"Promise is promise. 我们还是按照原先的约定来吧！"

"所以妳打算在我完成工作后休假两天陪我？"

"是的，直至送你上离境火车为止。"我答。

席间，孟珈宇有时话多，会主动交待一些事情，譬如他和Eva曾经短暂暧昧过，最后不了了之；但有时却守口如瓶，譬如他们的恋情为什么夭折及其家世背景。从一些蛛丝马迹，我知道他的父母健在，妹妹自杀后，他成了家里惟一的孩子，如此而已。

我能想象那是栋位于旧小区的两居室，父母是工薪阶级，栽培他读完大学已是最大的级限，眼睛长在头顶上的Eva怎会把他列入结婚对象？当然是摸完底细后快速闪人。

"人生总有过不完的坎，别看我是老板，其实跟打杂无异。打杂还有休息日，我是一年做足365天，连生病都生病不起。"

"为什么不做别的工作或者回国？"他问。

我答国外的工作不外中餐厅、洗衣店及华人超市，三者都要出卖劳力，换汤不换药，至于回国……我若在国内有个像样的工作还会远渡重洋吗？现在高不成低不就的能回国吗？再怎么着也得衣锦还乡……

"看来妳比我还惨！"他说。

哎！其实我父母在二线城市有两间房收租，经济状况还不坏，但为了避免刺激家境不好的他，我暂不纠正。

～

吃完丰盛的一餐已近午夜，孟珈宇说送我回家后想上查理大桥走走，因为扣掉替我工作的时数，他在布拉格停留的时间不到36个小时。

"我陪你去，说好了做导游的工作。"

"不用，时间很晚了。"

其实瞌睡虫早已爬上身，但查理大桥上骗子和扒手横行，放一个新来乍到的人独闯，我还真不放心。

见拗不过我，孟珈宇勉为其难地答应了。

～

"现在我们来到查理大桥，它被卡夫卡喻为生命的摇篮，建于1357年，是一座极具艺术价值的石桥。大桥横跨伏尔塔瓦河，长520米，宽10米，有16座桥墩，没用一钉一木，全用石头建成。两端分别是布拉格城堡区和老城区，这里还是历代国王加冕游行的必经之路……"我把当导游那会儿背的，照本宣科地移过来。

211

走到桥右侧的第8尊圣约翰雕像前，我介绍："这位红衣大主教因为拒绝向国王透露王后的秘密，被国王下令扔进伏尔塔瓦河，成为第一位为保护宗教忏悔隐秘权的殉道者。当他从河中被捞起时，人们发现圣约翰头上出现五颗星星，之后被教廷封为圣人……"

和一般游客不同，孟珈宇对我的介绍没表现出高昂的兴致，反倒对桥上落单的女性感兴趣，不管高矮、胖瘦或美丑，一律行注目礼。

"我不知道自己是这么失败的导游。"我的心跌落至谷底。

"为什么这么说？"他把目光从女清洁工的身上移开。

拜托！连清洁工也比我有魅力，简直生无可恋。

"我看我还是回家吧！省得坏了你的猎艳计划。"我赌气地说。

孟珈宇刷的红了脸，看来我猜对了。

"抱歉，妳讲得很好，只是……我分心了，为了一个可笑的愿望。"

"可笑的愿望？什么可笑的愿望？"

"不说了，妳会笑话我。"

就在我指天发誓下，他终于道出个中缘由。原来年少时期的他曾被布拉格的图片惊艳到，下决心有朝一日一定前往朝圣，并且在浪漫的查理大桥上亲吻一名女性，不论她高矮、胖瘦或美丑。眼看待在布拉格的时间不多了，他就想赶紧完成愿望，以致心不在焉……

Well, 他的愿望听起来是有那么点儿古怪，但也不到离谱的程度。我说我理解，放他去实现愿望。

"妳确定？"他问。

"嗯！我就站在这里等你，一完成愿望，记得回来找我喔！"我答。

夜深了，查理大桥上的人越来越少，是有那么几对情侣，但我不认为孟珈宇有勇气跟别人借女朋友接吻。

只见他慢慢往西踱去，孤独的背影让人有些许惆怅。

好不容易等来一位慢跑的女汉子，那人目测有190公分高，体型魁梧，像是举重或摔跤选手。孟珈宇停下脚步目视她，但女汉子的眼光未曾在他身上逗留，很快往东跑去。

错过了第一个，孟珈宇继续找下一个目标，没多久，一身赘肉的大妈走来，边走边讲电话，那声量之大能惊醒在布拉格城堡睡觉的捷克总统，毫无意外的，孟珈宇选择飘过。

都说最好的总留在最后出现，错过大嗓门大妈后，一位长发美女踩着高跟皮靴过来，身上的皮草看起来很高级。

这次总该对了吧？！然而孟珈宇仍目送她直到桥的尽头。

白白错失良机，我忍不住跑向他。

"你眼瞎了吗？刚刚那个多好，简直是画报上走出来的模特儿。"我竟动了气。

"眼没瞎，但……鼓不起勇气。算了，回去吧！反正也不是什么了不起的愿望。"

看他一副失魂落魄的样子，我提醒他明天和厄运不知哪个会先到，如果一觉醒不过来，岂不扼腕？不行，今晚他一定得实现愿望。

"怎么实现？这桥上只剩不到一支篮球队员的人数，清一色是男的，远一点儿还有两名警察，也是男的，妳让我跟男的接吻？"

我环顾四周，果然桥上只剩下雄性动物，我是惟一的女性，也难怪，都这么晚了……

"回去吧！等我攒够钱再来。"他说。

想到穷苦人家出一趟国门多不容易，我不能让他抱憾而归。

"这样吧！跟我接吻，我满足你的愿望。"

"妳？……妳……妳……不好吧？……还是不要……"

这下子我恼怒了，投怀送抱竟然遭嫌弃，敢情我还比不上"矮胖丑"？

他要我别误会，若只是萍水相逢，吻过可以抛诸脑后，但我们接下来还要相处两天，怕到时尴尬了。

"不用担心，我吻过的男人不止一个，到现在谁也没躲着谁，除非这是你的初吻。"

"不……不算初吻……以前吻过……高中时……后来没联系……根据统计，中国人接吻的年纪……"

看他越扯越远而时间已经很晚了，我实在困到不行，一不做二不休便上前一步把嘴凑上去，一秒、两秒、三秒……

孟珈宇紧闭的牙关终于开了，我们像吸吮果冻一样的一发不可收拾……

" &$@;*+€……"那两名穿黑色制服的警察走过来对我们说起外星语。

" What?"离开孟珈宇的怀抱，我问。

其中一名警察对我们说不流利的英语，大意是夜深了，查理大桥不安全，回酒店去吧！

"没错，的确不安全，还是走吧！"孟珈宇对我说，早先一步迈开步伐。

第三十七章/吻我别问我

昨天没联系上Eva,遂留言让她今天改上晚班，我上早班，因为打算替咖啡馆做圣诞节装饰……

由于赶着开门，早餐没吃就出门，走时屋内静悄悄的，大概Presl比我更早出门而Eva还在睡觉。

我前脚刚踏进咖啡馆，孟珈宇后脚就到。

"美术用品店九点才开门，害我吃了好几个路边的烤面包卷。"他说。

今天的他戴着一顶黑色小礼帽，墨绿色的长大衣看起来很帅气，手上提着一个大号塑料袋。

"那是Tredlnik,"我将烤箱预热，再把从烘焙坊拿来的糕饼放进冷藏柜里，"本来想给你准备早餐。"

"不用，时间晚了，我马上开始工作。"

只见他从塑料袋里拿出瓶瓶罐罐，我竟然还看到绿色藤蔓，假的。

孟珈宇在忙，我也没闲着，赶紧把咖啡豆拿出来研磨。

孟大师给天花板贴上立体雪花，又将串灯和藤蔓缠绕在一起做出一个圆形挂饰挂在大门门板上，然后搬了张椅子到屋外给窗户"做画"。只见他从袋里拿出裁剪好的贴纸贴在窗上，再用白色喷漆细细地在边缘上喷出各种线条及花样，撕开贴纸后，圣诞老人便驾着雪橇从天而降，12只驯鹿在前开路……

我忍不住跑了出去，喊着："太好看了，怎么做到的？"

"雕虫小技，每个学艺术的都会，"他下了椅子，"葳葳，我手脏，妳能不能到隔壁面包店把姜饼屋抱过来？"

"姜饼屋？"

"嗯！用姜饼做成的迷你小屋，上面有糖果及蜜饯。"

拜托！我当然知道何谓姜饼屋，只是他是什么时候订的？

他答不用订，面包店就有现货，明码标价，让我去选栋心怡的屋子……

有那么几秒钟我有个错觉，以为是自己的男人豪气地丢下一沓钞票，让我爱住哪儿便住哪儿。

孟大师给天花板贴上立体雪花，又将串灯和藤蔓缠绕在一

我把一个城堡造型的姜饼屋带回店里，只因塔顶处立着一位公主，用糖霜做的。

"这个不合格，没有王子。"孟珈宇说。

"管他合不合格，只要有过节气氛就好。"我说，然后把姜饼屋移到冷藏柜上方，让它面对大门做"送往迎来"的工作。

~

Presl中午没来用餐，连同合伙人Eva也不见踪影，时间：13:45。

送走最后一位客人，我锁上咖啡馆大门，孟珈宇在背后问："妳确定可以？"

"没问题，不过是暂停营业一小会儿，Eva应该很快会来开门，不碍事。"

然后我陪着惟一的团员去看天文钟、火药塔、圣母教堂、跳舞的房子……等我们从布拉格城堡走出来时已近黄昏，刚好带他到市政厅酒窖餐厅吃饭。那是本地风味的代表之一，不仅食物上乘、气氛佳，而且价格只有景区餐厅的一半，非常适合像孟珈宇这样的屌丝。

"这里的烤猪肘只要150克朗。"他说，像发现新大陆。

"没错，所以你需要一位专业的导游替你省钱。"

我们拉拉杂杂说着话，谈完今天去过的景点后，我提醒他明天的大巴准九点开，8:20 am我到辣椒酒店接他……

"别，妳别来，我去大巴站与妳会面。"

"不好找的。"

"妳画图，"他递过来一张餐巾纸，"我保证找得到。"

无奈之下我又祭出自己的三脚猫画功。

看来孟珈宇是怕我发现他住的是背包客客栈，真是的，我的导游不是白当的好吗？布拉格的大大小小酒店我早已了若指掌。

用完餐，孟珈宇说他还想上一趟查理大桥，问我能不能陪他去？

"还是想实现那个愿望？"我问。

他点头。

妈的，昨晚岂不是白吻了？

"好，我陪你走一趟，这次可不准再做缩头乌龟了喔！"我说。

夜里九点，查理大桥上的人群络绎不绝，我看到好几个落单的女性，环肥燕瘦都有，这下子孟珈宇的选择多了去。

"那个穿黄衣服的不错。"我说。

"我不喜欢她的红头发。"

"穿皮裤的这个也行。"

"鼻环看起来很可怕。"

我翻了个大白眼往右看去："来了来了，芭比来了，是个金发尤物。"

"她嘴上的唇膏颜色不对。"

这下子我炸开锅了："这个不行、那个不对，根本不像你嘴上说的不管高矮、肥瘦与美丑，只求一吻。"

"本来我是打算为了一吻无下限，但自从昨晚……我觉得有必要把标准提高。"他答。

我问什么标准？

"亚洲女性，约165公分高，中等身材，长发，穿短款白色羽绒服及灰蓝色冲锋裤。"

这说的可是我？

他耸耸肩答没办法，人有时管不住自己。

"也许我结婚了。"

"没关系，我九岁就离婚了。"

我忍住笑的冲动，正经地表示我们只有两天的缘份。

"那正好，两天后相忘于江湖。"

虽然他人不坏，接吻的滋味也很美妙，但这未免太过轻率？

"昨晚的接吻可以解释出于同情，今晚若再接吻，意义就不一样了。"我说。

"那么我们把决定权交给上天吧！五分钟内摸圣约翰雕像的人数若是奇数，我们不接吻；若是偶数，我们接吻，如何？"

在布拉格有个传说，只要用心触摸石雕像便会带来一生的好运与幸福，所以查理大桥上时不时可见大小手伸向雕像，尤其第八座的圣约翰大主教像更甚，已经被摸得发亮。

我把眼光落在左前方的雕像，喃喃说道："若是奇数，我们接吻；若是偶数，我们不接吻。"

你若问我为什么要随魔杖起舞？我也说不出个所以然，大概我还不反感那顶小礼帽吧？！

孟珈宇很快调好手机闹钟，我们开始数人数："1、2、3……28、29、30……叮铃铃、叮铃铃……"

那男人欢呼一声，像中了头彩，随即过来拥抱我。

"不对，"我用力推开他，"30是偶数，我说了偶数不接吻。"

"明明说的是偶数接吻。"

"不对不对，不是这样的。"我还是坚持己见。

"好，再数一次，照妳说的，偶数不接吻，奇数接吻。"

孟珈宇重新设置闹钟，我们也重新数数："1、2、3……16、17、18……叮铃铃、叮铃铃……"

"哈！是偶数。"我击掌笑了。

相对我的欢喜，小礼帽却是一脸惨淡："哎！总是坏运气。"

他很气馁地转头面向伏尔塔瓦河，夜晚的河面在灯光照射下璀璨得犹如天上繁星。

我安慰他没那么糟糕。

"就是这么糟糕，我总是坏运居多……"

看他垂头丧气的样子，真让人纠心。

"孟珈宇……"我唤他。

他转过头来，我给他一个鼓励之吻，轻轻的。

"下次吻我别问我，记住了没？"我说。

第三十八章/别离

回到家，刚好看到Eva顶着一头乱发坐在客厅内看电视，桌上有一份吃剩的微波餐，味道闻起来像 lasagna，一种意大利面饼。

"我带妳的老同学到处逛逛。"我将包放下，为今天的咖啡馆提早关门做出解释。

Eva噢了一声，换了电视频道，眼睛没离开屏幕。等我喝了冰箱里的巧克力牛奶回到客厅，她依旧保持原来的坐姿没变。

"今天上班了吗？"我坐下。

她摇头，我遂问她是否看到我的留言？

"看了，心情不好所以在家休息一天。"

我"当然"又问她为什么心情不好？

"还问为什么？谁家老公被抢会心情好？"

我转头望了一眼Presl的房间，他的房门紧闭着。

"别看了，他说为了控制好局面，暂不回家。"

我问控制好局面是啥意思？那个气愤非常的女人答："肯定是被蜘蛛精缠上，想着要如何脱身。"

"他们两人……在一起吗？"我小心地问。

Eva的脸部肌肉抽搐了一下："大概没有……应该没有……"

我拿出手机主动拨打米星的电话，问她在哪里？

"在家，脚踝扭伤了。"她答。

原来真的扭伤了。

我转而问她昨天离开墓园后发生的事，她答什么也没发生，到医院照完X光，证明是单纯的扭伤后，医生做完冷敷便让回家了……

"米小姐，妳能不能痛快点儿？既然什么事也没发生，Presl为什么昨晚没回来睡觉，到现在还不见人影呢？"

米星知道Presl没回家反倒开心，她说没想到Presl对她动心了……

我问啥意思？然而手机那头却没了声息，真是的，竟然挂我电话？！

Eva知道Presl没回家竟然是因为米星，怒不可遏，抢走我的手机直接拨给Presl，大有兴师问罪之意。

"喂！那是我的手机。"

Eva瞪了我一眼，边讲边起身回房，还不忘将房门关上。

"待会儿得记得跟她收通话费！"我心想。

七点起床梳洗时屋内还是静悄悄，PRESL昨晚有没有回家睡及Eva今天会不会开门营业都不是我关心的，我现在满

脑子想的是：**孟珈宇今晚搭晚班火车去奥地利，我要如何让他有个难忘的回忆？**

虽然我的"团员"要我别去辣椒酒店接他，但我还是"顺路"在酒店前驻足，怕他找不到大巴站。

这是一栋坐落在伏尔塔瓦河沿岸的5层巴洛克建筑，外表挺有历史感，虽然是"租床位"模式，但据说干净整洁，有公用厨房、起居区及覆盖大堂的免费wifi.

我从8:05等到8:30仍不见孟珈宇的踪影，难不成睡死了？我赶紧拨打他的手机号，问他在哪儿？

"刚走出酒店大门。"他答。

我望向大门口，那里站着三名欧洲青年，人手一烟，正边聊边吞云吐雾，哪有孟珈宇的身影？难道辣椒酒店的出入口不止一个？

"好，待会儿见。"挂上手机，我拉起行李往大巴站快步走去。

~

布拉格到泰尔奇约三小时车程，车子抵达后，我们拖着行李走了约100米来到一家二星级酒店。

"先把行李放这里，送你上火车后，我回来住一晚，明天一早再搭大巴回布拉格。"我说。

"这……太委屈妳了，我……酒店钱还是由我付。"他竟然"穷大方"起来。

我要他别磨叽了，还是赶紧出门游玩。

泰尔奇坐落于小山顶上，房屋最初为木结构，自14世纪末的一场大火后，小镇改以石头为材料进行重建。重建后的城堡采用了新哥特式风格，即外表保持尖塔，尖肋拱顶、飞扶壁……等，但内部功能采现代化，说白了就是"内现外古"

的表现手法。

反观广场上的平民房子，那一排排的联栋建筑非常整齐划一，其"山形墙"设计尤具特色，宛如一顶三角形的大帽子，端正地戴在每座建筑的头顶上。

天气很冷加上不是热门的旅游景点，我们充分享受了小镇的宁静与悠闲。参观完水城堡及教堂后，我们上钟楼俯瞰整座小城，感叹泰尔奇虽小，却把文艺复兴时期的建筑风格很完整地保留下来，不愧为世界遗产。

"那是什么？"站在钟楼上，孟珈宇指着广场中央矗立的石柱问。

我答那是玛利亚柱，当十五世纪中叶的黑死病疫情得到控制后，多国统治者为了感谢上帝终结这场浩劫所建造的纪念柱，这种石柱在欧洲很常见……

"中国就没黑死病，"他挪了挪头顶上的鸭舌帽，"妳不觉得国外和中国差很多吗？我很难想象有一天会娶个外国女人同床共枕，因为永远猜不透她们心里想什么？"

"你错了，中国也有黑死病，只是不叫这个名，而叫'瘟疫'或'鼠疫'，而且一人一世界，每个人都有与众不同的内心世界，跟是不是外国人没多大关系。"

孟珈宇愣了一下，感叹很少有人会和他唱反调，多是附合他的言论，所以很多时候他不知自己是对还是错。

我笑说原来他是地方上的恶棍，大家避之唯恐不及。

他听了不以为忤，眼睛反而闪着异彩，问我看过马克吐温写的《王子与乞丐》没？有什么感想？

"没什么感想？人本来就不公平，生下来是王子就过王子的生活；生下来是乞丐就过乞丐的生活，硬要交换身份只会悲剧收场，还好故事结局让他们都各自回到原来的身份。"

"我很想过一把交换身份的瘾。"他说。

我笑了，说自己也想当一回公主，可惜事与愿违。

"有一天……我帮妳实现愿望。"

帮我实现愿望？一个住背包客旅店的人要帮我实现"公主梦"？真是滑天下之大稽！

"好呀！记得帮我买镶有钻石的公主冠。"我说。

泰尔奇很小，半天可以逛完，但又是最耐人寻味的，待上一个星期也不厌倦，可惜孟珈宇只能做短暂停留。

用完酒店附属餐厅稍嫌平淡无奇的晚餐后，他带上行李，我们匆匆赶往火车站。

"给妳的邮箱地址和国内的手机号别丢了，任何时候想找我，我都在。"

"嗯！"

"一个人住酒店要当心，房间记得反锁。"

"好。"

"待会儿打车回去吧！夜晚独行很危险。"

"知道了。"

……

我们来到检票口，孟珈宇这才停止啰嗦，但迟迟拿不出火车票。

"怎么了？"我问。

"火车票好像掉了？"

掉了？刚刚才给到他，怎么掉的？我急着想回头找，被他一把抓住："没事，待会儿再找。葳葳，我……"

听到火车进站的声音，我急得像热锅上的蚂蚁："不行，我再去帮你买一张。"

"傻瓜！"他匆匆在我嘴上啄了一下，"只想和妳多待一秒钟。"

我还没反应过来，他已经从外套口袋里掏出火车票递给检票员。

"走了，小傻瓜。"他在闸口的另一边对我挥手，然后转身上火车。

待火车驶离，我才发现自己竟然有些许惆怅，不知相思之苦才刚开始……

第三十九章/摊牌

大巴抵达布拉格时已过了饭点，本来想先回家将行李放下，但心里无端发毛，还是绕到咖啡馆看个究竟。果然大门紧闭，门板上还贴着一张鬼画符，像纠缠在一起的毛线，剪不断理还乱。

不用说也知道画家是谁，我把A4纸撕下，马上开门营业，这样"三天打鱼两天晒网"可不行，顾客很快会流失。

~

我没打给Eva或米星，连Presl也不理会，一门心思在应付客人上，等我能缓口气坐下来休息时，发现孟珈宇曾打来两通电话，真是的，耳聋了吗？我正想回拨过去，卢卡推门进来："怎么回事？关门两天了。"

"我……有事，Eva……也有事。"我答。

他看了一眼立在厨房间的行李箱，问我是否今天有远行？

"没有，刚从泰尔奇回来。"

"一个人的旅行？"他问。

"不是。"

卢卡欲言又止，最终还是换了话题，他要我给他来一杯浓咖啡。

我给他Espresso，他一饮而尽，接着问我店里的圣诞装饰是谁的作品？

"一个……平面设计师。"

他又看了几眼才说："圣诞老人过胖、雪橇歪了、驯鹿的跑姿不协调……对了，姜饼屋上干嘛立一个香蕉人？"

我转过头去，果然公主身边多了一个小黄人，用乐高拼成的，比公主高了2公分。

"那个……是王子，城堡里应该有公主和王子才合格。"我答。

知道孟珈宇为公主找来一位王子，不知怎的，心里暖暖的。

没料到卢卡泼来一盆冷水："看起来不相配，像美女与野兽。"

"我觉得挺好的，我喜欢小黄人。"说完，我转身回厨房。

我等着卢卡离开好打给孟珈宇，偏偏他好像没事似地直盯着窗外发呆。

把店内客人都照顾好后，我走向那个明显有点儿反常的人，问他还想点些什么，目的是赶人。

"给我随便来点儿吃的吧！"他说。

"今天没手术吗？"

"有，但心情不好想休息一天。"

我说有时我也会心情不好。

"妳怎么排解？"他问。

"想想快乐的事或者出去旅游。"

"譬如：泰尔奇？"

我很不高兴卢卡总是话中有话，要他有事快讲，无事退朝。

"先回答我一个问题，三天之内妳索吻成功了吗？"

我一时迷惑，他指的是Presl还是孟珈宇？Anyway,不论哪个，我都算索吻成功了。

见我点头，卢卡有些失望但还是强打起精神说："那么我们开始第二阶段的作战计划。"

"不用了，三个女人抢一个男人多无趣，我看我还是退出算了。"

卢卡灰暗的眼神突然有了光彩，直呼太好了！

"是很好，"我站起身，"给你准备三明治吧！腌黄瓜爱吃吗？"

~

傍晚Presl仍然没上门，倒是卢卡一直待到咖啡馆打烊。

"抱歉，店要关了。"我过来赶人。

"这么晚了？"卢卡喃喃自语，然后从口袋掏出五百克朗放桌上，"剩下的当小费。"

我答免了，但他已早先一步起身离去。

~

从咖啡馆步行回家大概得花二十分钟，我打算利用这段时间打给孟珈宇，问他是否平安？

铃声响了两声，他接了。

"你在哪儿？"我问

他答在瓦豪，那里有一个美丽的湖泊叫"月亮湖"。

"今天为什么打给我？"

"因为想听妳的声音，才分开一个晚上，我就开始想妳。"

不知为什么，我听了有想哭的冲动。

"你不应该说这个撩人，很容易让人误会。"

"我的确想妳，妳不想我吗？"

我不想他吗？那么昨晚的辗转难眠为的是哪桩？

"不想，才相处两天能有什么化学反应？"

"那好，我挂了。"

"别……"我急了，"别挂，我……我也想听你的声音。"

我们就这么拉拉杂杂地谈着琐事直到抵达家门口。

"我到家了，网上聊吧！省通话费。"

挂上手机，我跳上台阶，正想刷门卡时突然感觉芒刺在背。我一个转身，发现卢卡正立在身后，很是错愕。

"你走错方向了，你家在另一边。"我提醒他。

"一路陪妳回家就想和妳聊会儿天，可惜妳忙着和别人聊天。"

我答我下班了，没义务还陪客人聊天……

"我不是客人。"

"对我而言，你就是客人。"

他问搅乱我心思的人是谁？该不会就是那位水平不高的平面设计师吧？！

"我觉得他挺有天份的。"

"大概挺有撩妹的天份吧！两天就到手。"

我火大了，说他满脑子大便；他也不高兴，说我见一个爱一个，十足的水性杨花……

"哈！太好了，你终于看清楚我的本质，所以请别再和我有任何联系，省得惹来一身骚。"我转身刷卡上楼。

又是个万里晴空的冷天气。

我推开咖啡馆大门，发现Eva和米星正在厨房聊天，顿时有种错觉，以为穿越了时空，回到几天前。

"大和解了？"我问。

"没什么和不和解，本来就不是仇人。"米星答。

我刚把包放下就发现Presl坐在3号桌飞快地打字，神情很严肃，时间已是13:05。

"别吵他，下午五点他得交论文报告，最后期限。"Eva提醒我。

哎！我竟然忘了此事，希望他这些日子以来的焚膏继晷能有个圆满的结果。

"对了，先跟妳告假一小时，今天我提早下班。"Eva说。

"又干嘛去了？要不干脆把咖啡馆收起来算了。"我没好气地答。

米星插嘴："放她假吧！Presl说等他发完论文给我俩一个交待，省得互相猜来猜去。"

我问这是摊牌的意思吗？

米星和 Eva 相视而笑，在我看来那不过是决斗前的装模作样罢了。

"看来今晚有人要流泪了。"我心想。

第四十章/疑云

天气特别冷，我穿了秋衣秋裤还是感觉冷风穿透层层衣物，像小虫子似地噬咬我的肌肤，不禁拥紧大衣，缩着头快步疾走。经过港式茶餐厅时，我忽然想起Eva极爱他家的叉烧，再看盐水鸭和烧鹅也不错，咬咬牙各带上一份。

失恋需要用美食来抚慰，屡试不爽。

"吃饭了！"我一进门就嚷嚷，"顾客呢？上哪儿去了？"

"今年的雪下得早，克尔科诺谢滑雪场提早开放，加上某个滑雪名将到该地做慈善表演，估计人们都上山了。"Eva边说边将卤味接过手装盘。

"别找借口了，"米星呛声，"会来咖啡馆的都是我的客户，其中绝大多数是老人，今天太冷，他们全躲家里了。"

"是呀！妳是我们的衣食父母，缺了妳，咖啡馆就经营不下去了。"Eva酸溜溜地说。

米星耸耸肩答"忠言逆耳"，有些人就是不愿面对现实……

我赶紧岔开话题，说既然没客人，索性坐下来摆龙门阵吧！想喝什么我来泡。

"卤味配啤酒最好，对面酒吧有卖。"Eva说。

于是我还没来得及脱大衣便又顶着寒风去买酒。

"我说男人都没一个好东西，吃干抹净，好个三不政策—不主动、不拒绝、不负责,话都跟妳讲清楚，妳还飞蛾扑火那就是妳的错。"米星自怨自艾，鹅腿倒是啃得干干净净。

我问这可是昨晚谈判的结果？

"算是吧！"Eva代答，"我倒觉得这样很好，没负担。"

"男人就是被妳这种女人宠坏的，这跟炮友有何两样？"米星大动肝火。

"奇怪了，"Eva捡了块叉烧入口，"每个人都有选择的权利，妳不喜欢大可退出，犯不着批判别人。"

我总算看明白，在这场战役中，Presl订下游戏规则，Eva接受了，米星嗤之以鼻。

"退出吧！"我面向米星，"妳父母还没那么开明，况且全天下的男人不只有Presl一人。"

米星唉声叹气，说自己已是31岁高龄，好不容易看上一个，对方身高也达标，偏偏在婚恋观上不按理出牌，让她情何以堪？她的时间不多了，再谈一个起码一年，还不见得成……

"我是结过婚的，告诉妳，婚姻没啥稀奇的，不过是男人的照妖镜，妳结一次婚试试，包管妳吓得屁滚尿流。"Eva说。

"得，"米星将注满啤酒的玻璃杯高举，"我让妳，祝妳和食古不化的人从此永浴爱河。"

她一饮而尽，很自弃的样子。我劝了几句，她反倒将矛头指向我，说还是我聪明，提早退出，不像她，煞费苦心却成空。

"我想……我对Presl更多的是崇拜而不是真爱，所以没有全力以赴，错过了不可惜。"我解释。

"所以妳只是来搅乱一池春水？"米星终于找到发泄的对象，"妈的，就知道妳不怀好心眼。"

我答天地良心，事情根本不是这样的。

"那好，来玩真心话大冒险，敢不敢？"米星挑衅地说。

喝空了的啤酒瓶被扳倒，猜拳的结果由我来转空瓶，我大力一转，瓶口对准Eva.

"哈！"米星击掌，"这下妳死定了，说！是不是曾在Presl面前说我坏话？说了什么？"

Eva想了想，痛快地承认曾在Presl面前批评过米星，至于说了什么……还是别说吧！

"说！否则……否则裸体在老城广场绕一圈。"米星给出惩罚。

想到要在那么冷的天气下光身子示人，Eva可没这么傻，她选择说真心话。

"我告诉Presl，那个矮个子是来毁坏他清誉的人，想父子通吃，口味还真重。"

米星气得发抖，说Eva就是背后使坏的那种人，会遭天谴……

"别……"我马上制止，"说好了要玩就不动气。"

米星这才闭嘴。

轮到我发问，我首先向Eva表明自己不是偷窥狂，但实在太好奇了，就想问她和Presl的第一次到底是谁主动的？因为很难相信外表正直的人也会是个登徒子。

Eva仰天作沉思状，我要她别想了，越想真实性就越低，别忘了这是玩"真心话"，遮遮掩掩就没意思了。

" All right. 说就说，是我主动的，他没拒绝，一切顺理成章。"她答

米星轻蔑地说用膝盖想也知道是谁主动的。

"妳呢？要不要说一说夺闺蜜之夫的恶心行径？"Eva反击。

米星反问当事人都云淡风轻，她着什么急？

"云淡风轻？亏妳说得出口，妳等着，我帮妳问。"

果然她一转空瓶，瓶口对准了我。

"告诉妳闺蜜，在不在乎她把医生夺走？"Eva提问。

"我……"我看了一眼米星，没考虑多久就决定一吐为快，"在意，很在意，感觉风云变色。"

"妳是不是曾想将我碎尸万段？"米星接着问。

我答碎尸万段不致于，倒是曾想象过他们两口子在床上被雷劈的情景……

Eva听了哈哈大笑，直呼大快人心，米星则铁青着一张脸。

现在换我转空瓶，怎么着也得掏一掏米星的秘密，无奈瓶口竟然对准自己。

"妳现在有心怡的对象吗？"米星问。

"……有。"我想起月亮湖畔的他

Eva再补一刀："是谁？"

"是……"

虽然戈墨之后也曾得到过不少异性的关爱眼神，但真正交往过的也只有卢卡，偏偏他还兔子偷吃窝边草，让我如鲠在喉，所以一旦遇上令人心动的男人，我便死守住，小气地不愿与他人分享。

Eva算心善，让我到大街上抓一位客人进店消费，以此当作惩罚。天知道大冬天的，连查理大桥上的观光客也寥若晨星，但我还是幸运地发现Kovar夫妇正在肉店徘徊，他们是米星的客户，能讲简易的英语。

我一说米星想念他们，又提到今天的糕饼有他们爱吃的苹果派，没两下功夫就把客人带进咖啡馆。

"动作倒挺快的。"Eva说。

"没办法，外面冷得像要把人的脸整张割下来，当然得快，不信妳去试试。"我答。

把客人带进来后，咖啡馆开始有了生气，为了活络气氛，我将想得到的笑话全搬出来，把等候在占卜室外的老先生哄得很开心，他说我是可人儿，一定有很多追求者……

"那个人是谁？"见我公关回来，一进厨房，Eva问。

"谁？"我假装听不懂。

"继续装傻吧！"Eva端起加了蛋奶沙司的苹果派，"妳喜欢的那个人可以是任何人，但千万别是孟珈宇，如果是，有的妳受的。"

她走了，留下一团疑云给我。

第四十一章/雪人

我默默回房，没洗澡就上床，眼睛盯着天花板发呆，耳朵响起临下班前和Eva的对话……

"孟家是大户人家，那样的家庭儿媳妇早被人设好了，我和孟珈宇交往那会儿就被棒打鸳鸯，妳还是自求多福吧！"

没想到会跟我AA的人，其实含着金汤匙出生。

"我以为妳是那种会死磕到底的人。"我说。

"其实我和孟珈宇是属于那种无话不谈的哥们儿，离恋人还差那么点儿火候，加上他妹妹因无法和穷小子在一起而自杀，我觉得没必要当炮灰，所以退出了。"

"那么他这次的欧游为的是哪桩？"

Eva反问我不是和人家亲嘴了吗？怎么连这点儿小事也不清楚？

我瞪了她一眼，说："谁会相信HD集团的小开住在辣椒酒店？我还以为他攒了好几年的薪水才得来那么一个到国外游玩的机会。"

"拉倒吧妳！孟珈宇住的是大卫王酒店，还说原来每晚三千克朗房费的酒店没热牛奶喝。"

知道我朝思暮想的他像玩一只无知小猫似地玩我，我有种被背叛的屈辱感。

Eva仿佛看出端倪,她劝我别动了真感情,这可不是好现象。

"谁动了真感情？"我仍死鸭子嘴硬，"才处两天能有什么变化？"

"继续逞强吧！刚刚妳问起欧游的目的，让我告诉妳，孟珈宇为了逃避继承家业，选择回校读研及读博，眼看博士帽都戴上了，再也无借口推拖，索性跟家里人说让他上欧洲大陆玩一趟，回来再替公司效命。"

"读研及读博？这年头连平面设计师也需要博士学位？"我问。

Eva听完噗嗤一笑，她说孟珈宇平时是爱画两笔，但不能当饭吃，人家可是正正经经985大学金融专业的博士生呀！

原来卢卡说的没错，他是个不入流的平面设计师。

"博士有什么见不得人的？也需要遮遮掩掩？"

"拜托！这是他的放松之旅，懂吗？既然是放松，不想引来过多关注的眼神也可理解。"

我说放松就放松，谁不想放松？但放松不代表不严肃，更不代表可以谎话连篇。

"啧啧啧！"她猛摇头，"妳看起来很生气，难道妳更希望孟珈宇是个穷鬼？"

"也……也不能这么说，我生气是因为他不够坦白。"

"不够坦白？"Eva扬起声，"他凭什么跟一个才认识两天的女人坦白？这年头多的是投怀送抱的拜金女，我反倒觉得装穷能有效地保护他，尤其他的未婚妻正在中国等他，不出意外，明年秋天他们就会结婚。"

突来的炸弹炸得我头昏眼花，半天才缓过来。

"清醒了没？"她问。

"醒了。"

"那好，世界上少了个傻子。"

是傻啊！做了好几天的白日梦不说，还跟着王子演了一出假扮乞丐的戏码，我是演得投入，人家可不这么想，拍拍屁股回去继续当王子了。

客人要罗宋汤，我把汤盛好，又在汤碗旁放了两片烤好的大蒜面包。

"妳的手机响了。"Eva过来拿汤，顺便提醒我。

"是陌生人的来电。"我答。

"怎么不告诉他打错了？铃声响了一下午，吵死了。"

我将手机从围裙口袋里取出，果然还是孟珈宇打来的，按掉后，我调成静音。

"谢谢，早该如此。"她满意地走了。

没有了铃声，仿佛把两人间的枢纽给切断了，他会不会再打来？害我每几分钟都要掏出手机察看。

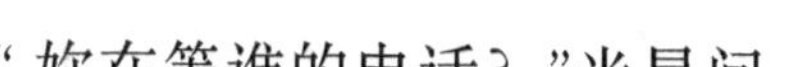

"妳在等谁的电话？"米星问。

"没……没有哇！"

"还说没有，妳把手机从口袋里拿出又放入，已经不下五十次了。"

有这么多吗？我反正记不清了。

"妳该不会在等孟珈宇的来电吧？！"Eva投来担心的眼神。

"不……不是……哪……哪有？"我涨红了脸。

米星问谁是孟珈宇？

Eva果然大嘴巴："我的老同学，葳葳和他相处两天就深陷进去，妳好好劝劝她，人家是有未婚妻的人。"

米星将眼光投向我，我赶紧否认，说童话故事都是骗人的，自己的梦早醒了，她们两位看倌可以作鸟兽散！

冬天的夜晚来得快，才下午五点，外面已经漆黑一片，米星早回家去了。

"我看我们也提早回家算了，外面冷得像冰库，街道上连个鬼影子也没有。"Eva看着屋外，"奇怪！都十二月了，怎么还不下雪？"

"妳先回去吧！也许吃完饭的人会想过来喝杯咖啡。"我坐在3号桌望着窗外发呆（论文写完，现在连Presl也不来了）。

"昨天我离开后，有几位客人进来？"她问。

"三个，没点吃的，只点三杯美式咖啡。"

美式咖啡是选项中最便宜的。

"妈的，赚的还不够付暖气费！"Eva骂道。

"别生气，也许妳走后会有导游带旅行团进来，把冷藏柜里卖不掉的蛋糕一扫而空。"我说。

～

没有导游，也没有旅行团，Eva走后，情况比昨晚更惨，而暖气还开着，灯也还亮着。

为了节省开支，我把暖气关了，灯只留下一盏，然后坐在Presl的专用位子上继续望着窗外发呆。

就着路灯，孟珈宇用白色喷漆喷出的圣诞装饰更加显眼。以前没注意到，今天仔细一瞧，果真如卢卡所言，圣诞老人过胖、雪橇歪了、驯鹿的的四肢也粗细不一......

这么拙劣的画技怎么可能出自专业的平面设计师之手？我是怎么了？眼瞎了不成？

我还在自责，奇迹发生了，圣诞老人的衣服上开始出现点点雪花，连驯鹿也在雪中奔跑......

"竟然下雪了。"我轻叹，然后穿上大衣跑向屋外。

今年布拉格的雪下得晚，但终究是下了。我仰起头在原地打转，让一片片的雪花打在脸上。

转着转着，一颗颗水珠沿着脸颊滑落下来，我知道那必定带着咸味。

"噢！心碎的感觉也不过如此。"我心想。

第四十二章/相亲

进到客厅，我看见Eva坐在Presl的大腿上，双手搂着他的脖子，两人正情话绵绵。

"Sorry."我下意识退到玄关处，想想不对，难道我不进屋了？

"进来吧！葳葳。"Eva喊。

我跨步进去，还刻意将脸撇向一旁。

"Is everything ok?"Presl问我是否一切顺利？

听见他问，我只好将脸转过去，还好他们两人已解体。

"Fine."我答很好。

没想到那个叛徒竟然告状，说我刚失恋，劝Presl别踩地雷。

"Is it?"他问。

我怒发冲冠地否认，虽然不是针对问话的人，但却坐实了Eva的说法，我的确正处暴风圈。

～

一进房间就有强烈的心电感应，掏出手机，果然是富家子弟打来的。

看着屏幕一闪一闪的亮光，自问难道为了一个大话王，我得永远将手机调成静音？这很不现实，不是吗？

"喂！"我按下接听键。

"老天！妳终于接听了，我打了一整天的电话，很担心妳出事。"

"我是31岁的老小姐了，有什么好担心的？"

"在我眼里，妳永远是个小妹妹，需要人保护。"

昨天之前如果听到这样的回答，我会高兴坏了，但物换星移，现在一切都不一样了。

"你在哪里？"我问。

他答在哈斯坦特村，这里的人过着世外桃源般的生活，坐拥湖光山色，有优雅的教堂、古老的旅馆和美丽的村舍……

"你住的是面湖的民宿吗？"我问。

"怎么可能？那得多贵！我住在青年旅舍里，单身汉，一个床位足矣！"

奥地利的哈斯坦特村只有民宿，没有青年旅舍，我曾带团去过那里，清楚得很。

听到孟珈宇还在玩"假扮乞丐"的游戏，我的心跌入谷底。

"住青年旅舍最有意思了，能认识世界各地的朋友，"我话锋一转，"噢！对了，家里人要我回国相亲，对方是个富二代，想想也是，我已经是大龄剩女，没时间玩感情的游戏。你很好，就是……太穷了，贫贱夫妻百事哀，让我们到此为止吧！"

"葳葳……"

"听着！别再打来了，打来也不接。"

我狠心挂断电话，然后躺在床上泪流满面。刚开始只是静静地决堤，不知怎的，一发不可收拾，哭得上气不接下气。

"扣、扣、"有人敲门。

我大喊着要他们全滚蛋，我失恋了，什么都看不见……

知道我失恋，周围的人都特别有耐心，我饿了有东西吃，我冷了有衣服穿，还时不时嘘寒问暖，把我侍候得像个皇太后似的。

"葳葳，吃不吃叉烧？米星待会儿要出去。"Eva问。

"不吃。"我在客人点的咖啡上拉出心型花，虽然自己的心早已支离破碎。

"再这么下去，妳会是我们三人当中最瘦的，妳让小矮人怎么活？"

米星要Eva闭嘴，再叫她小矮人，她就把Presl抢回来……

"能不能别吵？让人耳根清净点儿不行吗？"我没好气地说。

安静没一会儿，米星忽然唤我，很小心翼翼的样子。

"又怎么了？"我想杀人的心都有。

"卢……卢卡想卖房子，广告牌已经挂出来，妳看到没？"

卢卡想卖房？这消息的确来得突然，但……干我何事？

"卖就卖呗！"我说。

"那我住哪儿？难不成妳要收留我？"

我答她可以搬到Eva那间，反正现在Eva和Presl挤一块儿去了。

Eva马上否决提案，她说她的衣服多，化妆品也多，Presl的房间根本放不下她的所有物，而且万一将来两人吵架了，她得有个后路可退……

知道Eva不愿让出，我对米星说我把自己的房间让给她。

"妳让给我，妳住哪里？"她问。

"我……回国相亲去。"

～

回国相亲不是随便说说而已，在家乡的父母知道我已经从"必剩客"升级到"必战剩佛"，每天愁云满面。他们广发天下传单，只要能成婚，附送二线城市楼房一栋，简直像在卖临期商品，买一赠一。

我极其厌恶此行径，对他们的安排和呼唤视而不见，但现在……我累了，真的累了，哪怕只是个不解风情的人，两个人的体温也胜过一个人拥被的温暖。

"真的？妳真的要回国相亲？"

自从我放出回国的风声，米星和Eva逮到我总要再三确认，似乎不相信我会如此草率地把自己给卖了。

我答当然是真的，而且还立下高标准：有房、有车、有家族企业；没祖业庇佑者，年收入不得少于**40万人民币**。

"3I岁的剩女也能提条件？"Eva问，一副拒绝相信的样子。

"抱歉哈！我父母已备妥人选等我挑，都坚持这么久了，就算卖也得卖高价，不是吗？"

说的是气话，我长期以来的坚持就是为了嫁给爱情，否则何需等待？但孟珈宇太伤人了，为了与他抗衡，我偏要和富二代相亲，表示自己也是有身价的。

"妳若能嫁富二代，我也能，到时别忘了把对方兄弟的联系方式带给我。"说话的是米星。

"什么时候走？"Eva接着问。

我答这个圣诞假期走，如果能成，我就不回来了；如果不成，也不会影响咖啡馆的生意太多（毕竟商店在这段时间要嘛停止营业，要嘛提早打佯）。

~

我将咖啡馆的门上锁，走没两步，从小巷子里走出来一个人，吓了我一跳。

"大半夜的，别吓人好吗？"我说。

"没想吓妳，妳心里有事，所以没听到我的咳嗽声。"卢卡答。

我没理他，继续向前走，他却像个甩不掉的影子，一直尾随在后。

"你想跟我回家吗？"我不得不停下脚步。

"听说……妳失恋了；还听说……妳要回国相亲。"

这个"听说"肯定是米星说的，没别的人选。

"你还听说了什么？我一天吃几顿饭还是洗了几次澡？"

"这倒没听说。"他一本正经地答。

我翻了个大白眼，要他赶紧回家去，听说今晚午夜过后有大暴雪，这可不，已经冷风飕飕了。

"为什么讨厌我？"他忽然一问。

我讨厌卢卡吗？正好相反，如果讨厌他就不会一度将他列为结婚人选。之所以对他冷淡下来，除了出轨事件让我如鲠在喉外，"四人行"也让我不安。

"你想多了，我有什么资格讨厌你？"

"既然……妳也迷失过，让我们彼此原谅，我虽没祖业，但年薪肯定超过妳的标准，何不重新考虑我？"

我一时犯迷糊，问他这是什么跟什么？哪来的迷失？又谈何原谅？

"我说过，他是个不入流的平面设计师。"

卢卡的解释让我恍然大悟，原来他以为我跟孟珈宇上床了，既然一报还一报，现在谁也不欠谁。

"抱歉！我把刚才说过的话收回，我的确讨厌你。讨厌你的'自以为是'及'自我感觉良好'，我宁愿单着也不愿和你这样的人在一起。听说你的房子挂牌了，太好了，我要天天祈祷它卖出，不为别的，就为了不想再次见到你！"

说完，我小跑步起来，还溅起了一地的雪花……

第四十三章/傻子

父母知道我即将回国，很是高兴，他们说路口我最爱吃的牛肉面面摊还在；我走后，房间一直帮我留着；还有还有，七大爷八大妈会轮流请吃饭，而相亲的名单也早已安排好了……

明明都是爱意的表达，但对我来说却是排山倒海而来的压力，我忽然近乡情怯。

"几号的飞机？"Eva问。

"24号午夜走，那个时段的机票最便宜。"我答。

米星说她既希望我回来又希望我别回来，问我这是不是很病态？

"不是病态，如果这一去有好结果，代表剩女也有春天，妳也可以依样画葫芦找到Mr. Right。"

米星说我这是身先士卒……

Eva不苟同："你们二位把婚恋市场看得太简单，31岁的老小姐已经不具竞争力。我敢打包票，那些来相亲的或多或少都有隐疾，葳葳肯定要失望了。"

哎！不入虎穴焉得虎子？如果国内已经没有我的位置，到时再回来死守咖啡馆，也算断了念想。

Presl照例在中午时分过来用餐，不同的是，我和米星非常自觉地隐去，让Eva前去招呼他。

"May I have some water, please."

我正在收拾2号桌，Presl举起玻璃杯跟我讨水喝，我望了一眼Eva，她正在帮客人点餐。

"Certainly."我走过去为他倒柠檬水。

"I heard you will fly back to China."他说。

流言的速度可真快，连Presl也知道我要回国了。

我答离开中国已有两年多，刚好趁假期回去看看。

"I hope you can find your Mr. Right."他举杯祝福我能找到白马王子，样子很真诚。

我忽然觉得这才是最好的安排，高高在上的学者不应落入凡间，保持距离才有美感。

"I hope so."我微笑着走回2号桌，把脏了的桌子抹干净。

米星说有一对捷克夫妻已经来卢卡的公寓看过两回，还请专业人士评估过，看来有戏了。

"卢卡的心情如何？"我问。

"唉声叹气的，真是奇怪！他的要价比当初买的贵出很多，应该高兴不是吗？"

"卢卡卖房有戏了，那你们……有戏吗？"我好奇一问。

"我们？"米星特意看了我一眼，"我们早没戏了，不瞒妳说，身高是硬伤。"

我和米星是发小，太清楚发生在她身上的一切（小学五年级被误会是一年级新生，成年后，不到一米五的身高只能到童装部买衣服），而她隆胸的目的，我猜也与身高脱不了干系，谁也不想30岁了还被误会是发育不良的青少年……

米星是可怜，但因身高而被米星拒绝的卢卡难道不可怜？

"可怜的卢卡～"我喃喃自语。

"不可怜，他曾说他的空窗期从未超过一年，我们是杞人忧天了，何况他的德国老东家正敞开双手欢迎他归队。"

卢卡要回德国了？我以为他只是搬个家重新开始。

米星答若是那样就好了，她不仅能继续免费住宿，还能有一份家务员的收入。

24号圣诞节前夕，大家都在做最后一分钟购物，意外为咖啡馆带来一拨人潮（大概逛街逛累了，就想坐下来歇歇腿），连米星也被抓来当临时工。

"妳可别闪婚啊！"米星边洗碗边说，"我想当伴娘。"

"放心，我的大部分东西还放在这里，再怎么着也得回来拿。"我边答边把4号桌点的玛格丽特披萨送进烤炉里。

那人进来时，离关门的时间不到五分钟，Eva早回家替"老公"准备火鸡大餐，我听到米星在跟客人说对不起。

"没关系，我喝Espresso，很快的。"

这声音听起来很熟悉，我的心喀噔了一下，不会吧？！

"客人要Espresso，说很快会喝完，"米星在我身边压低声音，"如果不是长得好看又戴了一顶帅气的毡帽，我肯定让他吃闭门羹。"

"回去吧！妳不是得替雇主准备圣诞晚餐？"我开始赶人。

"哎！就快不是雇主了，"米星脱下围裙，"得，当一天和尚撞一天钟，我把帅哥让给妳。"

米星走后，我才把Espresso端给客人，他抱怨咖啡冷掉了，已经不能喝。

Espresso的正确喝法是在制作完成后以三口喝完，时间控制在三分钟内，因为精华部分是表面漂浮的油脂沫，现在他面前的这杯，咖啡油已经坏了。

"的确不能喝了。"我毫无愧色地承认。

他让我重做一杯。

"抱歉！圣诞夜得提早打烊，你确定不在商店关门前买礼物送给你远在中国的未婚妻？"

他大力吞了口口水，样子有些狼狈。

"或者我该恭喜你'角色扮演'得很成功，不过下次请记得堵住猪队友的嘴，若不是她报料，你还可以演久一点儿。"我继续捅刀。

"葳葳，事情不像妳想的那样，我……我的确想过普通人的生活。"

我答普通人可住不起大卫王酒店。

"那好，妳说哪家酒店最接地气，我马上搬！"

老天！这不是酒店问题，而是诚信问题，我不愿和信口雌黄的人有任何交集……

孟珈宇反问我，若早知道他是HD集团的小开，父母已经帮他选好结婚对象，我还会和他接吻吗？

我答也许会，但不会做梦，像个傻子似的。

"妳宁愿错过一段爱情也不愿当傻子，那才是真傻！"

"对！我就是傻，傻到为了满足你的愿望献上自己的吻；傻到不愿增加你的经济负担，自己掏腰包陪你一段；傻到为了和你置气，今晚飞回中国相亲……"

"葳葳，对不起，我也是情非得已，自从妳不接我电话，我一路心神不宁，好山好水也无心欣赏，妳是我回来的理由，知道不？答应我，别回中国。"

我说不可能，旺季的机票钱够我买一个Gucci小包……

"多少钱？我付。"

呵呵！想当初他连黑啤都要跟我AA，如今却大方得令人发指！

"不必，你走你的阳关道，我过我的独木桥，咱们互不相干。"我冷默回答。

～

坐的是夜半起飞的东方航空，我的位子在30F.

飞机起飞后没多久，空服员对我隔壁的乘客说有位商务舱的客人想和他换位坐，因为30E的位子对他来说有重大意义。

那位年轻人很高兴地表示乐意换座，因为自己从未坐过商务舱……

当我又看到那顶毡帽时，既高兴又生气。

"有钱果然能使鬼推磨，你将这句话发扬光大了。"我揶揄。

"怎能算发扬光大？妳还在生我气呢！"他系上安全带说。

我按下呼叫铃，一位空服务很快走过来。

"我想换位子，这里空气稀薄。"我说。

大眼睛空姐此时将眼睛睁得更大："抱歉，不论前舱还是后舱，空气密度是一样的，再说今天满舱，没有多余的位子了！"

孟珈宇听完噗嗤一笑："对……对不起，我会找时间给我女朋友上物理学，好让她打消顾虑。"

待空服员走后，我埋怨他不该这么说，好像我是个傻子似的……

"妳的确是个傻子，所以不知道自己正被人义无反顾地爱着。"他说。

第四十四章/相亲之路

一走出关口，我便听到此起彼落的呼喊声，原来不仅父母来了，七大爷八大妈也挥舞着双手。待我走近，他们马上围着我话家常，久违了的亲情让我倍感温暖，我还没享受够，一声"葳葳"瞬间让我石化。

"这位是……"母亲向我投来询问的眼神。

我望着毡帽，一时竟无法言语。

"葳葳，"他对我微笑，"妳忘了这个。"

那是从机上杂志撕下的纸张，上面有章子怡的采访报导，而我的画像就在空白处……

"真像啊！"、"画得真好！"、"是画家吗？"……

就在此起彼落的赞叹声中，我冷默地要那人赶紧离开，母亲却开口了："这位先生，你认识我家葳葳？"

孟珂宇望着我，我的心跳得好快。

"在飞机上认识的，我们的座位紧挨着。"他解释。

我松了一口气，然而接下来的对话让我的心又跳上喉头。

"你多大？结婚了没？"问话的是我妈。

"虚岁33岁，大概头脑不太灵光，博士学位断断续续读了八年，也因此耽误终身大事。"

父亲说能拿到博士学位的，头脑怎么可能不灵光？又问他在哪里工作？是国企、外企还是担任教职？

"我恐怕没那么厉害，父亲要我回HD集团工作，应该是从基层做起，也许搬搬货物或接听电话。"

"回HD集团工作？"说话的是小姨，"莫非你是孟……孟凡非的儿子？"

看孟珈宇点头，我的家人很欣喜，那样子像是高兴我钓了一个金龟婿，虽然八字都还没一撇……

"孟先生，怎么有空来杭州？"母亲问，声音像浸过蜜似的。

"我来此观摩考察，住在希尔顿酒店。"

这回答百分百是胡诌的，在机上他还说今晚不知落脚何处，问能不能上我家蹭一晚？

"是江边那一家吗？"父亲接着问。

"是……是的。"

眼看孟珈宇就快和家里人打成一片，我赶紧出手制止："谢谢你的神来一笔，萍水相逢，祝你在杭州一切顺利！"

话都说到这个份上，姓孟的只好点头走人。

待人走后，母亲喃喃自语："年龄合适还未婚，配葳葳正好。"

我答是不错，但双方家庭背景差太多，别热脸贴冷屁股，还是早点儿觉醒为佳。

"说的也是，"接话的是小姨，"听说HD集团的小开有未婚妻了，好像还是个官三代。"

"可惜了，就这么错过一段姻缘。"母亲说，样子像到嘴的鸭子飞没了。

"葳葳，起床了。"母亲喊。

也不知睡了多久，这一觉醒来真是舒服。

"几点了？"我问。

母亲答快11点了，我得起床梳洗一下，中午在嘉里中心吃杭帮菜。

听到有西湖醋鱼和东坡肉可吃，我一溜烟爬起。

在海外很难找到正宗的杭帮菜，趁着回家乡，刚好大快朵颐一番。

我很快换上墨绿色裤装，母亲说不合适，虽然天气冷，还是穿A字裙加羊毛裤袜为宜，反正餐厅开足了暖气……

"都是家里人，何必讲究？"

母亲答是家里人没错，但修车厂的小开也会一起过来吃个饭。

"修车厂的小开？"我扬起声，"什么时候修车厂也有小开？他们不都是满手油污，在车底钻进钻出的工人吗？"

"这妳就不懂了，修车厂赚的才多，都是现金交易，年薪绝对有40万元。"

哎！千错万错都是我的错，只顾在收入上提条件，忘了学历也很重要，真不知文化水平不同的人要如何交流？

"顺便告诉妳，从今天起每天都有相亲饭可吃。不是我打击妳，早两年还能挑挑拣拣，现在都31了，妳得放低标准才行。"母亲语重心长地说。

～

桌上摆了好几道特色菜：东坡肉、龙井虾仁、西湖醋鱼、笋干老鸭煲、八宝豆腐、叫花鸡、青豆泥、乾隆鱼头等。

我的左手边是父母，右手边是小姨和姨丈，对面有初次见面的四个人。

"张老板的生意做得可成功了，"说话的是一个矮胖的女人，穿得很喜气，想来应该是媒人，"哪家车子坏了都往他家送，儿子也争气，现在管着两家分店，一家在建德，另一家在机场附近，家庭年收入上百万。"

我看见"我方人员"频频点头。

她话锋一转，转到我家："毕家是书香门第，女儿学历高又有气质，现在在布拉格开咖啡馆，若想移民，娶这个最好，结婚后马上能拿欧洲护照，整个欧盟国敞开双手欢迎你！"

听完媒人的介绍，再对比我家现况，我几乎可以确定相亲对象绝对也言过其实。拿我自己来说，中国护照上盖的还是捷克的商务签证，何德何能帮结婚对象办理欧洲护照？简直是胡扯！

吃完食不知味的一餐，众人很自觉地离开，留我和那个叫张起大的人独处。

"其实……我家的年收入还达不到百万，但温饱不成问题，这点我先声明一下。"他说。

既然对方如此坦白，我也投桃报李，说自己还办不了移民……

"这无所谓，反正婚后哪里也不去。我家现在有三个厂子，光煮三餐和点心给工人吃就要花去不少时间，母亲老了，需要帮手。”

我问他该不会想让老婆每天在厨房里忙得昏天黑地吧？！

“听说妳开咖啡馆，厨艺肯定行，我家工人不挑食，煮什么吃什么，一点儿都不麻烦。”

“煮饭给钱吗？”我想到实际问题。

他很震惊，反问家庭成员何需谈钱？他家赚的每分钱都由母亲支配，吃住在家，花不了什么钱，每月能有两、三千元零花足矣。

我同样震惊，这种家族企业是把全家人都拉入当劳动力，我若嫁过去，肯定成为没有话语权的小媳妇儿，从此跟水润的日子告别。

“我……我对机油味过敏，大……大概做不来这份工作。”我笑得很勉强。

~

“有没有搞错？妳是去相亲，不是找工作，妳让对方儿子彻底傻眼了。”一挂上对方媒人打来的电话，母亲就数落起我来。

“本来就是嘛！我觉得他们家在找劳动力而非媳妇儿。”

“哎！”母亲唉声叹气，“那孩子看起来很实诚。”

我同意张起大是个实在人，但不是我要找的，除了生活安稳外，我还需要心灵伴侣，显然生活环境局促的他给不了我这些……

“明天见面的这个喝过洋墨水，应该跟妳很搭，只是收入不咋地，月薪还不到一万元。”母亲打开她的手机备忘录说。

"看看吧！若谈得来，其他……也只能睁一只眼闭一只眼了。"我无奈回答。

相亲地点约在一个徽派建筑内吃西餐，门口的小池塘内有好几条色彩斑斓的鲤鱼悠游其间。

我们在仿明黄花梨圈椅上坐了下来，我要了鸡肉卷，他要了蟹肉塔，双方亲友团则坐在不远处的长条桌上，时不时传来笑声，我不知他们都点了些什么？

餐前面包先上桌，热乎乎的，搭配油醋汁和芝士酱很对味。

"我是985大学毕业的，"他开始自我介绍，"后来到美国留学，学的是计算机，这个专业在美国很吃香，要不是祖国需要我，我肯定会留下来赚美钞。对了，听说毕小姐在布拉格留学过。"

"不，不是的，"我赶紧将口中的面包咀嚼完毕，"我的本科学位是在国内拿的。"

"也是985大学？"他问。

我有些气馁地否认。

"听说现在的HR只要看不是985，简历一律丢垃圾桶。"

我解释并不全然如此，自己虽然不是985大学毕业的，但也如愿在五百强企业中找到工作。

"做得好好的，为什么辞职？"他又问。

我答不是辞职，而是部门合并我被裁员了，因为有朋友在布拉格开咖啡馆，我飞去找她，一开始做的是导游的工作，后来才接手朋友的咖啡馆。

"原来是卖咖啡的……"他喃喃自语，而我已经开始讨厌他了。

"简先生喝咖啡吗？"我问。

他答从不，因为咖啡因很伤身体，他向来只喝依云矿泉水和法国红酒，中国的水和酒根本没法儿入口。

"你的月薪买得起依云矿泉水和法国红酒？"我冷剑出鞘。

"可……可以的。"他有些尴尬地答。

我接着表示自己只是个卖咖啡的，从来没喝过高级的红酒，请他为我普及常识。

"咳、咳、"他的自信心又回来了，"红酒被喻为有生命力的液体，蕴藏多种氨基酸、矿物质和维生素，可以直接被人体吸收，同时还有增进食欲、养颜美容等功效。全世界的红酒当中以法国品种最佳，因为土壤和天气的关系，那里生产的葡萄质量最好……"

"既然这么好，叫两瓶试试？"

在他阻止前，我唤来服务员，要他给我们这桌及不远处的长桌各上一瓶餐厅内最贵的红酒。

待服务员走后，他面带愠色地质问我是不是故意的？

"抱歉！"我耸耸肩，样子很无辜，"人有时管不住自己呀！"

第四十五章/四目相对

买单时，沉重的低气压一直笼罩着我们。

"这是八九年的拉菲，我们老板留着给VIP客人享用，两万元一瓶不算贵，懂红酒的都知道年份及产地决定酒的价值，超市也有几十元一瓶的，没法儿和这个比。"餐厅经理解释。

的确，不说两万，几十万、上百万的红酒都有，我们之所以沉默不是接受不了价格，而是双方都等待对方表态，氛围一下子降到冰点。

"你们倒是说话呀！"经理急了，"总得有人买单才是。"

"是……是毕葳葳点的酒，理应由女方买单，餐点……我们男方付。"我的相亲对象终于开口了。

母亲询问是不是我点的酒？我无奈承认。

"酒也不光是我们女方喝，"说话的是我的姑姑，"出来聚餐，开心最重要，我看还是二一添作五，大家平均分担吧！"

然而姓简的坚决不同意，并且有意无意地暗示我们是酒托，专骗他这种无知的海归……

"别说了，"我掏出信用卡交给餐厅经理，"我付，还不到一件Burberry长大衣的价钱，至于吗？"

就在双方人马的怨怼下，我们没互道再见就各自离去，这亲相得有够憋屈！

～

"妳不应该穷大方，四万块的酒钱不是小数目。"母亲已经念叨了一下午。

我苦中作乐地答："还好没喝完的酒都带回来了，留着给你们老俩口金婚的时候喝哈！"

回到房间，我才懂得后悔，四万块是很多很多钱，够让我在欧洲穷游半年了……

～

第三个相亲对象是个死了老婆的医生，有个十岁的女儿，整个相亲过程，那个小女孩对准我的心口射出数百支仇恨的箭。

"小菲，喜不喜欢这个阿姨？给妳当妈妈好不好？"那个顶着鸡窝头的媒人很不识相地问。

"我的妈妈……死了，她每晚都会回来看我们，还会吃冰箱里爸爸买的布丁。"

他奶奶的，两三句话就把我吓得魂飞魄散，这拍的可是灵异大片？

那父亲干笑着要我别往心里去，小孩子乱说话……

"我才没乱说，你不也爱着妈妈？还说找新妈妈是为了能更好地照顾我。"

这下子男人涨红了脸，已经不能光用"尴尬"来形容。

"小菲，"我耐着性子说，"放心，我不会抢走妳父亲，因为我连自己都照顾不好，遑论别人的孩子。"

媒人这下子急了，她要我别跟孩子计较，处久了就有感情，也许他们父女俩还会反过来照顾我……

"没事，"我拉母亲起身，"楼下烘焙坊的大蒜面包出炉了，我和母亲先上那儿转转，杨医生父女可以留下来继续吃饭，这家的红烧肉做得很道地。"

~

第四位相亲对象是个退休将军，每月领的退休金虽不多，京城的房屋倒是有好几栋。

我嫌他的年纪大，他的孩子们也对我有意见，说太年轻了，怕是冲着财产去的……

第五位相亲对象是个飞行员，长得帅，谈吐也行，年薪还达标，就是经常不在家，一个月约有15天在天上飞。

我对他的印象不错，认为可以进一步交往看看，但吃过一次相亲饭后，对方便没了下文。据媒人说，飞行员认为我的条件很好，但长得太像他的中学语文老师，心理上过不了那个坎……

敢情他的语文老师经常给他苦头吃，梦魇到现在还挥之不去？

我甩甩头，想把一切都甩开，我都已经放宽标准到这种程度了，还是没能找到契合的那一位。

购物商场在做圣诞节过后的促销活动，母亲正帮我挑衣服，边挑边说："这是最后一个了，妳得好好把握，再不成就只能等下回，谁让妳买了后天一早的机票。"

我问那人是做什么的？她答摇笔竿的。

"作家吗？都写些什么？"我太好奇了。

"好像写武侠小说，打打杀杀的，听说很畅销，能卖百万册。"

这个"听说"肯定是中间人说的，吃了几顿相亲饭后，我知道话传来传去会失真，不能全信，打个七折差不多。

由于对作家有不切实际的遐想，我期待那人最好有莫言的才气，再不然有韩寒的颜质也行。

"约在希尔顿酒店喝下午茶，没想到这个作家还挺小资的。"母亲递给我一件粉色呢大衣，"去试试，打完折还不到两千元。"

希尔顿酒店，江边那一家。

虽然明知道孟珈宇不过是随口一说，但到了酒店附属咖啡厅，我还是下意识地左看右瞧，害怕被他瞧见自己来此相亲。

"怎么了？心神不宁的样子。"母亲问。

我答没有的事，不过是观摩一下别人的装潢设计，也许将来可作为借镜……

这位作家是表哥的同学的朋友，临时约的（原以为前五位相亲对象中一定有一位看对眼，所以没想过安排第六位），偏偏表哥忙，在通知双方时间和地点后，自己拿上行李飞北京了。

我问少了介绍人，怎么知道来的是本人？

"妳表哥说那人留着络腮胡，不会错的。"母亲答。

留着络腮胡的武侠小说作家？这让我联想起打鬼驱邪的钟馗或《倩女幽魂》里的燕赤霞。

～

离约定时间已经过去一刻钟，络腮胡还没到，打给表哥，他关机，大概还在飞机上吧？！

"算了，叫东西吃吧！不然服务员还以为我们是来蹭暖气的。"我说。

我们叫了下午茶套餐，有Twinings红茶及用三层瓷盘盛装的精致点心。

"葳葳，妳看那个戴针织帽的男人是不是在机场认识的那一位？"

我顺着母亲的目光望过去，果然，孟珈宇独自坐在靠窗的位子上，正低头看书。

"是的，"我压低声音，"咱们安静点儿，别让他发现我们的存在。"

说时迟那时快，隔壁桌的小男孩碰倒了自己的果汁，玻璃杯碎了一地。

那男孩的父母不住地道歉，服务员说没关系，很快蹲下身善后。

这算不算"池鱼之殃"？因为我看见孟珈宇正向我们走来，手里拿着一本书。

"这么巧又踫面了。"他说。

"这么'不巧'又踫面了。"我仍不假辞色。

于是他转向我母亲："伯母，您好。"

"好，好，坐下来一起喝茶吧！"母亲很热情。

我用眼神提出抗议，但她假装没看见。

得到允许后，孟珈宇很不客气地坐了下来，并且要服务员把他的水果茶端到这桌。

"你看的是什么书？爱看书的男人都是好男人。"

我很气母亲的"刻意讨好"，把我苦心营造的"高姿态"给破坏了。

"是法国作家马克.李维写的《偷影子的人》，内容描述一个老受欺负的瘦弱男孩拥有'偷别人影子'的特殊能力，从而替普罗大众点亮生命光芒的故事。"他答。

母亲说听起来很有趣，看完借葳葳看，葳葳也爱看书……

我火大了，说自己没文化，只爱看漫画及打游戏，太高深的书看不了。

孟珈宇答此书一点儿也不高深，让他慢慢讲给我听……

"哎呀！"母亲忽然喊了起来，"我刚想到家里的瓦斯炉好像忘了关，上面还炖着肉，你们谈，我去去就回。"

她像风一样地走人，留我和孟珈宇在咖啡厅四目相对。

第四十六章/孤独白

孟珈宇说这几天曾试着联系我，大概我用了国内的手机号，怎么都联系不上。

我答那自然是，国内的号便宜，信号也稳定多了。

"妳怎么就没想过我？也许我在这段时间内病了、残了、死了……"他说。

"好端端的咒自己干嘛？你在国内又不是没亲人，再不济还有个未婚妻。"

"她不知道我回国了，我的爸妈也不知道。"

我问为什么？他答因为他还在等一个人，等她气消、等她回心转意。

若我说听到这些完全没感觉，那肯定是假的，尤其"曾经沧海难为水"，看过的几个相亲人选都比不上眼前这一位，让我更加气馁，怀疑自己是不是已经处在"过尽千帆皆不是"的尴尬境地了？

"最近好吗？"他问。

"还行。"

"几号走？"

我答后天一早的飞机。

"相了几个？成了吗？"

"相了一些，还在观望。"

他说那些人肯定不行，劝我还是早点儿放弃。

"怎么就不行了？你又没见过他们。"

"来，"他执起我的手，"让我们做个实验。"

他把我的手凌空放着，就着午后的阳光，桌上有个不太清晰的手影，然后他小心地移动自己的手，让两个手影重叠一起，接着闭上双眼，似在冥想："妳的影子告诉我，妳不讨厌我，甚至谈得上喜欢，只是因为还在生气，所以拉不下脸来。"

"什么跟什么嘛！"我将手抽回，觉得自己被当傻瓜，"简直是胡扯，好幼稚！"

"是真的，我和《偷影子的人》的男主角一样能和别人的影子交流。"

"就会欺负我无知，像在布拉格一样。"

孟珈宇说那件事他已经解释过了，没必要重复，现在他把没解释过的，仔仔细细对我说……

我因此知道他的家族比我想像的还要富有，父母分别替他和妹妹都安排了结婚人选，只是没料到从小听话的妹妹会以死明志，而且死法很痛苦也很悲壮，先在腹部自左而右横切一刀，再从下至上，直切至心脏，形成L形。

我问那个男人呢？

"也死了，一刀封喉，我猜他等妹妹死后才自杀，因为用的是同一把刀。"

"要我说，"说话者留着络腮胡，"那男的必是协助女的自杀，因为一般人腹部横切后已经疼痛难当，很难再自下往上切，尤其自杀的还是个力道明显不足的女人。"

"这位先生，你是……"孟珈宇问，看得出来很不开心。

"我是毕小姐的相亲对象，"他从容就座，"还好小高给的照片够清晰，加上咖啡厅没多少女性客人，所以能快速找到人，倒是……你是谁？"

孟珈宇看着我，等我给他正名。

"咳、咳、他是……我的……朋友。"我说。

孟珈宇补上几句："没错，我来帮葳葳把关，她这个人很迷糊，不会分辨好人还是坏人。"

"当然是好人，我是孤独白，幸会了。"络腮胡答。

孤独白？《悬崖山洞明月剑》、《无极修道》、《天山飞狐》……的作者？那个长期霸占华人小说富豪排行榜前十名的作家？

我的相亲对象很大方地承认，但谦称自己赚得不多，缴完税，每年只够买两辆叫得出名字的跑车……

"呵呵！我连跑车的一个轮胎都买不起。"我笑说。

他答跑车的轮胎的确不便宜，用的是真空轮胎，充气后外表张力会增大，提高对破口的自封能力，所以即使车胎被扎破，气体也不会在瞬间泄完，保障了高速行车时的安全性……

虽然我对轮胎不感兴趣，但还是感谢他为我普及常识。

"毕小姐要不要参观一下保时捷？我的车子正停在酒店的停车场内。"他问。

"谢谢，"孟珈宇自作主张替我回答，"葳葳待在这里很好，她不会想看轮胎。"

"我们让女主角自己回答可以吗？她是成年人，不是襁褓中的孩子。"

"我……"我看了孟珈宇一眼，突然想激他一下，"我想看真空轮胎长什么样。"

孟珈宇将双眼紧闭，一副失望透了的样子。

"那走，顺便带妳上灵隐寺转转。"孤独白说。

灵隐寺又称云林寺，是杭州最早的名刹，也是活佛济公的出家地，据说求愿很灵。我们去的时候已近黄昏，但来往祈福的香客仍络绎不绝。除寺庙外，附近的山上还有很多奇幻多变的洞壑，以佛教石窟居多。

当黑夜来临，孤独白请我在灵隐寺旁的斋堂吃饭，素斋的味道很清爽，像把脾胃都洗涤了一遍。

"都上哪儿玩了？"回家时已近九点，母亲问。

她的样子很开心，像把多年的存货给出清了。

"没上哪儿，到灵隐寺转转，然后吃了斋菜，如此而已。"我答。

母亲接着表示人是躲不过命运的，再次相逢就是有缘，劝我要好好把握……

"妈，我不是跟孟凡非的儿子出去，而是跟孤独白，那个相亲对象。"

"他怎么来了？真是煞风景！"

等母亲了解到这位作家开着两百万元的跑车陪我上山，顿时换了立场："还是作家牢靠，天天在家里写作，一字千金，还有比这个更低成本又无风险的职业吗？"

客观来说，这个相亲对象风度翩翩、言之有物，虽自视甚高但不致于目中无人，迟到了也懂得道歉（原因是昨晚熬夜写作，今天又跑错酒店的缘故）。

母亲很高兴地說既然我对他的第一印象不错，那他呢？可有表示？

"他约我明天游千岛湖。"

"那么今晚我把头洗了上发卷，明天给准女婿留个好印象。"

虽然孤独白不错，但我还是难忘离开咖啡厅时孟珈宇难过的神情。

"不是我的错，谁让他先欺骗我。"我替自己开罪。

然而人是骗不了自己的，一整晚我翻来复去睡不好觉，导致隔天一早顶着黑眼圈。

"怎么了？"母亲盯着我瞧，"快上点儿妆，否则无法见人了。"

我往镜子前一站，果然肤色暗黄又带熊猫眼，一下子老了十岁。反观母亲不仅肤白，血色还红润，人是胖了点儿，但穿上仿皮草后，反倒有富态之美。

"妳打扮得这么漂亮，也不怕抢了我的风头？这下子孤独白不知要选妳还是选我了。"

"贫嘴！"母亲打了我一下，"都五十多岁了还被妳消遣，不想活了？"

老爸开口，说他也得跟着去，省得母亲被别人抢走！

"通通一起去，就当作是家庭出游吧！"我答，接着给干燥的脸颊涂上乳液。

第四十七章/青蛙王子

千岛湖位于浙江省淳安县境内，是我国建造的第一座为了水力发电而拦坝蓄水的人工湖。

我和爸妈曾经坐普通游船游湖过，今天算是旧地重游，络腮胡，噢！不，孤独白说坐普通游船没意思，他阔气地包了一艘快艇，但叮咛开船的小伙子"开慢点儿"，因为有老人在……

他的体贴很快俘虏了爸妈，加上有问必答，人也诚恳，一趟湖游下来，两位老人已经把那个叫孟珈宇的人丢诸脑后。

"哎！可惜葳葳明天一早走，要留在这里多好，也许月底就能把证给领了。"船一靠岸，我们走没两步，母亲说。

"妈！"我急得跳脚，"妳让落……孤独白看笑话了。"

孤独白倒不以为意，他说父母都希望看孩子早点儿成家立业，这很正常，只是月底领证恐怕太仓促，他和我还没那么熟。

"多聊聊就熟了，我们都是很单纯的人，没那么多事，是不是？老头。"母亲推了父亲一下，后者不明所以，愣了好几秒，"看看你，葳葳的终身大事都不放在心上，你这个父亲当得不合格，还是赶紧走人，让孩子们单独聊聊。"

看他们走远，我转身向孤独白道歉。

"为什么道歉？我们的确是往领证的方向走去，不是吗？"他问。

我哑口无言，认识不到24小时，我连他身上的痣都还没认全，谈终身大事未免过早？

见我扭捏不安，他转而问我明天几点的飞机？我答早上十点二十分，坐的是东方航空。

"祝妳一路顺风。"他说。

"谢谢！"

～

早上六点起床打包，连早餐都没来得及吃，叫的出租车已经抵达楼下。

父母本想跟着一起去，被我阻止了，因为不想看到泪眼婆娑的离别场面。

"到了来个电话啊！"母亲站在出租车外喊，声音有些哽咽。

"会的，你们进屋吧！外面冷。"我挥了挥手，算是与父母及这几天的归乡之旅道别。

～

屏幕上显示飞布拉格的东方航空在H柜台值机，我拉着行李箱走过去，不巧看到一个熟悉的人影。

"真早啊！孟先生。"我说。

"是很早，我六点就到，因为不知妳搭的是哪个航班。"

"这么说你连机票都还没买？"

"嗯！待会儿买。"

我祝他好运，听说元旦过后的机位一票难求，尤其明天又是上班日……

"那我先去买票，行李帮我看着。"说完，他一溜烟跑了，我来不及喊住他。

搞什么鬼？这下子我走也不是，不走也不是。

我叹了口气，掏出手机上网，直到……

"妳的行李好多啊！"

看到孤独白的身影，我顿时傻眼，他怎么在这里？

"嗯……噢……这个嘛……"一时真不知该做何解释？

"女孩子的东西真多，我怕妳待会儿要付行李超重的费用了。"他接着说。

"别管行李，你怎么来了？"我问。

他答他来送女朋友上飞机。

"女朋友？我以为你没女朋友。"说完，我下意识左顾右盼找人。

"是妳啊！傻瓜。"他说。

我？什么时候我成了别人的女朋友？

看我一脸懵懂，他反问我难道相亲是假的？还是我没看上他？

"噢！不，不是假的，你……很好，太好了，我反倒觉得自己配不上你，呵呵！"

孤独白要我快别这么说，见到我的第一眼，他就怦然心动，因为我很像他笔下的水灵儿，乖巧、单纯、还有点儿傻呼呼……

"葳葳，买到了。"孟珈宇边跑边扬了扬手中的机票。

面对两个男人，我感觉心跳快停了。

"告诉我，妳没把我当猴耍。"孤独白问我，脸色很难看。

"不，不是这样的，我根本不知道他……他也来机场了，他让我帮看行李，如此而已。"

我忙着澄清，孟珈宇却不嫌事大："葳葳，妳怎么不告诉他实情？我们……我们已经是接吻关系的朋友了。"

姓孟的故意将我往死里整，我百口莫辩，只能拉上行李箱转身去排队，一直到上机，我都不敢回头望，更别说理那个让我背负"不洁"之名的小人。

~

"回来了？亲相得怎样？"米星问。

"别问了，肯定不咋地，否则就不会回来了。"Eva抢答。

我说前五个的确不咋地，第六个倒不错，是个开跑车的武侠小说作家—孤独白。

"孤独白？Are you kidding?"米星尖叫起来。

我答不开玩笑，我们还上灵隐寺吃素斋。

"快，帮我要签名，打高中起我就爱看他的小说，他应该年纪很大了吧？！"

"看着很大，因为留着络腮胡，但其实比我们大不了几岁，可惜现在要不到签名了，被姓孟的一搅和，我和作家连朋友都做不成。"

然后我把事情经过做简单交待。

"那么我的老同学现在在哪里？"Eva问。

我刚答不知道，那人就推开门道午安，大衣上还有些许雪花。

"说曹操，曹操就到，把人让给你了。"米星在我耳边低语。

今天的孟珈宇戴了一顶深色的巴拿马帽，让我想起电视剧"上海滩"里的许文强。

我走过去服务，问他吃什么？喝什么？

他没回答，递给我一张四格漫画。

第一格：灰姑娘问王子有没有看到她的青蛙？

第二格：王子问难道她爱青蛙甚过他？

第三格：灰姑娘答因为青蛙会唱《小星星》。

最后一格：王子蹲在地上唱起《小星星》。

这是另类的道歉，我有些动容。

"你不会唱《小星星》。"我仍给他出难题。

然后他从口袋里掏出口琴，为我吹起《小星星》。

"原谅他吧！他都已经这么低声下气，妳再也遇不到比他更好的人啰！"我作内心独白。

待他吹完，我说给他来碗汤面，天气冷，吃这个最好。

"好，听妳的，什么都听妳的。"

我走向厨房为他做一碗不在菜单上的番茄牛肉面，用的是新鲜番茄加冷冻牛肉片，起锅前再加上香菜和水煮蛋。

"好香呀！"Eva和米星闻香而来，嚷着也要吃。

"不成，这是给客人吃的。"我答，然后捧着汤碗走向孟珈宇……

第四十八章/分手之旅

如果你以为这就是故事的结局，那就大错特错了。

"那么我的老同学现在在哪里？"Eva问。

我刚答不知道，有人推开门道午安，大衣上还有些许雪花。

"说曹操，曹操就到，把人让给你了，"米星在我耳边低语，"看样子来了个情敌。"

今天的孟珈宇戴了一顶深色的巴拿马帽，让我想起电视剧"上海滩"里的许文强，有许文强当然少不了气质高贵、举止优雅的冯程程，这可不，孟珈宇的身边正立着一位梳麻花辫的年轻女孩，长得不难看，就是有点儿目中无人的样子。

我走过去服务，问他们吃什么？喝什么？

"热可可加芝士蛋糕。"孟珈宇答。

我望向麻花辫女孩，她答鱼子酱配白面包，另外来一瓶香槟。

敢情她把咖啡馆当成法式餐厅了？

"对不起，"孟珈宇笑得很尴尬，"给她来杯豆奶咖啡吧！她对牛奶过敏。"

我回到厨房，马上被Eva拉至角落。

"我的老同学说了什么？"她神色紧张地问。

"他要热可可加芝士蛋糕。"

"谁问妳这个？"Eva睨了我一眼，"我问他有没有介绍那个女的是谁？"

孟珈宇没介绍，我也很好奇，反问Eva知不知道答案？

"李XX认不认识？女的是他的孙女。"她答。

李XX是中国政坛的风云人物，历史肯定有他一笔。

"噢！没想到孟珈宇也认识名人后代。"

"何止认识？他们两人就要成婚了，我也是从八卦杂志上得知，原来真人和照片还是有差距。"

知道孟珈宇带着未婚妻过来示威（或炫耀），我的心跌至谷底，多日来的伪装一下子破功，我原想找个适当时机原谅他，这样面子里子都有了，无奈人家直接领着未婚妻前来打脸……

"结婚好啊！我还巴不得他快点儿结婚，省得像只苍蝇似的挥之不去。"我给 Eva 一个僵硬的笑脸，然后转身回厨房工作。

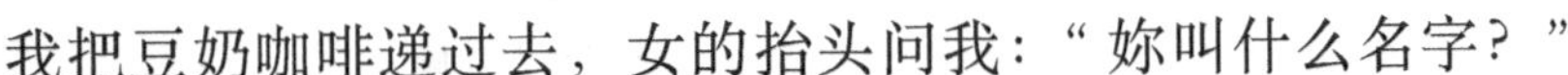

我把豆奶咖啡递过去，女的抬头问我："妳叫什么名字？"

"毕葳葳，毕业的毕。"我大方回答。

"我家打扫卫生的阿姨也姓毕。"

"噢！是吗？以前我养过一条狗，取名'小李子'，木子李。"

那个高傲女没料到会挨我一记回马枪，但仍顽强抵抗："妳几岁？该叫妳一声大姐吧？！"

"妳叫声'姑奶奶'也成，我向来不跟晚辈计较。"

孟珈宇听完噗嗤一笑，把姓李的气得七窍生烟。

"你们二位看起来挺般配的，我们店里正好有占卜师坐镇，要不要卜一下你们的爱情指数？"我说。

会这么提议其实有使坏的成份在，知道女人天生对未来好奇，尤其是婚姻。把"小李子"交给米星我很放心，占卜师是我闺蜜，肯定会很尽责地把我的"情敌"大卸八块。

～

孟珈宇和未婚妻在半个小时后离去，走时女的挨着男的，像个小女人似的。

"拿来。"米星向我伸手。

"啥？"

"少说也得给一个礼拜的菜钱，感谢我击退妳的情敌。"

原来根据塔罗牌的牌阵，"小李子"的真命天子还未出现，米星建议她放手，让有情人终成眷属……

"谁是有情人？"我问。

"当然指妳和姓孟的，我看出来妳对他有意思，妳说我这个闺蜜当得合不合格？"

虽然使坏是我的预谋，但我完全看不出占卜过后的"小李子"有任何悲伤情绪，要嘛她不爱他，要嘛另有计划，到底哪个才是实情？

～

上床前接到卢卡的电话，他说他把房卖给一对德国老夫妻，新屋主不介意米星留下来，他们正缺一位家务员。

"这倒好，米星有地方住就不会过来和我挤一块儿了。"

"哎！我原本想我们之间会有个美好的结局。"

"这样也很美好呀！我们无需再当某人的替身，可以昂首做自己，哪天……你还是可以进来喝杯咖啡，不收钱的。"

手机那端因此沉默良久，久到我以为他挂机了。

"妳不爱我了，我还以为妳对我尚有一丝眷恋，会做最后的挽留，要我别走。"

感情真是微妙的东西，一年前我还想跟他走进结婚殿堂，一年后听到他要走，我竟波澜不惊。

"卢卡，别……别忘了你的空窗期不超过一年，加油！我祝福你。"

手机那端又沉默了，几秒后，我听到挂机的声音。

"素颜的美女？好久没看到素颜的美女了，听妳这么说，明天一早我再来一趟，嗯？"

"噢！不，天鹅不是我女友。我的她几个月前来到布拉格，然后往伏尔塔瓦河纵身一跳淹死了，什么话也没交待，到现在我还是不明白她为什么这么做，我们在慕尼黑住得好好的。"

"不脱袜子，茉莉做爱时从不脱袜子。"

"如果我说我还是爱妳的，妳会不会觉得我矫情？"

"搅乱妳心思的人是谁？该不会就是那位水平不高的平面设计师吧？！"

"妳不爱我了，我还以为妳对我尚有一丝眷恋，会做最后的挽留，要我别走。"

……

卢卡说过的话像录音带一样在脑海中不断地倒带重播，而我再也没有当初的悸动。

"嘟……嘟嘟……"

我还在缅怀我逝去的爱情，一通电话打进来。

"她叫李玫，我的……未婚妻，在我们回中国的那段时间内，她来到布拉格，我发誓完全不知情。她说想看看我移情别恋的对象，如果比她差，她无条件退出，所以今天我带她过去了。"

我一时犯迷糊，听过女生会因为对方比自己好而退出，没听过反着来的。

孟珈宇解释在李玫的世界里，她就是女王，要风得风，要雨得雨，是"遇强则强"的个性，所以我若是弱女子，她反倒宽容。

"你就看准我不如她？贬人也不是这种贬法。"我老大不高兴。

"从外在条件看，妳的确很一般，但选鞋要选合脚的，妳就是我要找的人。"他停顿了一下，"明天我和李玫去卡罗维发利，妳也一起来。"

要我当电灯泡？门儿都没有，我一口回绝。

"这是我和她的分手之旅，李玫说要妳见证。"

"奇怪了，分手就分手，何必拉我下水？"

"她说分手得有个仪式，因为妳是接盘手，所以还需要一个交接仪式，否则心理上总觉得怪怪的，好像没断干净。"

法国童话《小王子》里曾说"仪式感"让某一天与其他日子不同，某一时刻与其他时刻不同。中国人向来注重仪式感，常见的仪式感实践有婚礼、节庆……等，但我不知道原来分手连同新人交接也需要仪式，这有多尴尬！

"好怪异，我不去！"我答。

孟珈宇反问我是不是不乐意他和李玫分手？

"也……也不能这么说，我……"

"那就这样，明天早上八点我到咖啡馆接妳。"

我喂了半天，才发现他关机了。

"好个没礼貌的家伙！明天铁定让他扑空。"我心想。

第四十九章/博弈

不知为什么，一整夜辗转难眠。

"她一定不爱他，否则怎肯轻易分手？看李玫一副睥睨天下的样子，平时一定把孟珈宇强压在底下，无怪乎他要当逃兵。"我心想，并且一面倒地站在孟珈宇这一边。

当晨光穿过窗帘缝隙渗透进来时，我望向床头柜上的小钟，6:30，从这里到咖啡馆步行得20分钟，加上梳洗打扮及在衣柜前犹豫不决的时间……我是不是该起床了？

听见厨房有动静，我知道Presl开始准备早餐，有行政工作的那一天，他总是早起。

"好久没和Presl一对一谈话了，不知他过得好不好？"我一骨碌爬起。

嘴巴说想"关心"对方，其实不过是找到起床的借口，我当然知道在Eva的照料下，Presl过得很滋润。

"Good morning, Weiwei."Presl 对我微笑。

我也向他问早道好，顺便问他今天早餐吃什么？他答水煮蛋加吐司。

其实我早看出来了，只是无话找话。

"You woke up very early this morning."他说我今天起得真早。

我答心里有事，所以睡得浅。

"I know saying goodbye is very hard."

Presl 的回答让我的心喀噔了一下，我还没决定和孟珈宇道别，怎么 Eva 这个大嘴巴就提前向枕边人宣布？简直罪无可逭！

我期期艾艾地答自己还没准备好……

这下子换 Presl 一头雾水了，他说昨天意外碰见"医生"，后者心情很低落，觉得自己像四处飘零的浮萍，也许又要飘回德国了。

噢！原来是卢卡，我松了一口气。

Presl 对我投来意味深长的眼神，哎！太讨厌了，总能被他"一眼看穿"。

"I……I……"

我还没想好怎么招供，Presl 抢着说把厨房让给我，他得准备去学校了。

Presl 走后，我吃了谷物当早餐，边吃边想："既然醒了，早餐也吃了，接下来干啥？"

～

我一直说服自己不过是慢跑，没什么大不了的，但跑呀跑，我竟上了查理大桥往老城广场的方向跑去，经过天文钟、冰淇淋店、麦当劳、赌场后，转个方向北上。

“今天早上我只吃了低热量的谷物，又慢跑了这么久，肯定都消化完毕，我就看看大蒜面包出炉了没？”我边跑边自欺欺人。

我们的咖啡馆隔壁有家面包店，每当大蒜面包出炉时，那香味会穿墙而入，令人垂涎三尺。

“是妳？”就在前方路口转角处，我差点儿撞上戴着针织帽的孟珈宇，他低头看了一眼腕表，“不用那么赶，还差五分钟，妳没迟到。”

“谁赶了？我……我这是去买大蒜面包。”

“能别吃大蒜面包吗？”他身旁的李玫捂住口鼻，“我不想一路都闻大蒜味。”

我正想回答我吃我的，干卿何事？说时迟那时快，孟珈宇硬塞给我一个 Trdelink，说：“吃这个，甜的，嘴巴不会有大蒜味。”

“我不要，拿回去。”我递还给他，他没接，迳自往前走去。

尽管我大声唤他，孟珈宇好似听不见，越走越远。

“昨天我们住大卫王酒店，每晚三千克朗房费的酒店竟然没热牛奶喝，小孟为此没少抱怨过。”说话的是李玫。

“噢！为什么？”一问完我就后悔，干嘛跟讨厌的人说话？

“孟珈宇有睡眠问题，每晚睡前都得喝一大杯热牛奶助眠，而外国人向来不喝热牛奶，天气再冷也喝冰的。”

我不知道孟珈宇有没有睡眠问题，不过外国人不喝热牛奶倒是真的。

“谢谢妳告诉我姓孟的有隐疾，我走了，祝你们今天玩得愉快！”

走没两步，听到背后有人说话：“妳怕什么？我都说了把人让妳，还怕？”

我转过身去："谁怕来着？而且谈不上让不让，我若使出浑身解数，即使妳不让，孟珈宇也会主动粘上来。"

"呵呵……"李玫笑得合不拢嘴，"那句话叫什么来着？……癞蛤蟆想吃天鹅肉，噢！不，不是这个……也不撒泡尿照照……嗯！好像也不是这个……"

李玫辞穷，但我了解她的意思，无非是说我不自量力。

"妳不过是诞生在好人家家里，少了这个光环，什么都不是。"我反击。

"这是上天赋予我的，有什么不对？"她将外套上的连衣帽戴上，好收起她的乱发，"本来我看不上小孟，觉得他太温吞了，现在多出一个妳，游戏开始变得好玩，就想看看我的未婚夫最后会聪明地选择条件比妳好太多的我，还是自甘堕落地选择妳。"

啥？用"自甘堕落"形容选择我的人？是可忍孰不可忍？

"今天的阳光不错，我也想看看卡罗维发利的美丽风景。"我说，间接接受挑战。

❧

原来孟珈宇去取车了，他租了辆斯柯达（谁让捷克是它的大本营？），就停在两个 block 远的路边停车处。

我坐在后座给 Eva 打电话，她刚睡醒，听到我临时请假，大动肝火："妳他妈的把这里当游乐场？想来就来，想走就走，凭什么我就比较命苦？圣诞假期只休一天，而妳……"

"好啦好啦！回去后给妳做牛做马，以效犬马之劳。"

就在 Eva 又要大吐苦水前，我赶紧撤了。

"开咖啡馆能赚多少？"我挂机后，李玫转头问。

"不多不少，养得起自己，也能一年做两次国际穷游。"我不卑不亢地答。

"妳想穷游，小孟可不想，青年旅舍没热牛奶喝，是吧？"她转问驾驶员，后者沉默以对。

我问穷游是什么？就是凡事亲力亲为，能走路绝不坐车，一整天折腾下来，包管头一沾枕就能入睡，要什么热牛奶？

虽然没要啦啦队，但孟珈宇还是主动站队，他说如果旅行当中没热牛奶喝，他是可以忍耐几天的……

看孟珈宇主动站在我这边，李玫不高兴了，她答自己忽然想喝热牛奶，就现在。

"妳不是对牛奶过敏吗？"孟珈宇一脸不解。

"现在不过敏了，"她嘟着嘴，"我不管，我想喝你就得给我买，别忘了这是分手之旅，得让我留下美丽的回忆。"

于是我们在空旷的E48公路上下了交流道，然后在乡间小路上打转，四周围都是一望无际的农田。

"笨呀！这里到处都是乳牛，不会下车跟牛主人要？"李玫说。

我受够了那女人的任性和趾高气扬，大声说想喝自己去要，别指使人。

孟珈宇怕我们真打起来，赶紧停车，然后快步走向其中一栋农舍。没多久，他真的要来一杯牛奶。

"给，刚从母牛身上挤出来，还是温的。"孟珈宇好脾气地说。

"拿走，我不喝，"那女人又捂住口鼻，"腥味太重。"

我不禁怀疑她的嗅觉出了问题，动不动就捂口鼻，一副"欠揍"的模样。

"她不喝，我喝。"我豪气地将牛奶抢过来喝，原来刚挤出来的牛奶这么美味。

"好喝吗？"李玫问。

"好喝。"

"妳大概不知道刚挤出来的牛奶有很多细菌，是不能喝的，得经高温消毒才行。"李玫似笑非笑地答，大有捉狭之意。

呃！等我喝完才说，真是"最毒妇人心"。

"没事，我的身体好得很。"此时也只能打落牙齿和血吞了。

没想到孟珈宇突然开口："其实……这是消过毒的瓶装牛奶……我怕……所以……"

李玫的脸瞬间精彩极了。

博弈当中，我又得了一分，真得感谢孟珈宇的"积极配合"。

"快走吧！我肚子饿了，这里什么都没有，没看过比这个更乡下的了。"李玫铁青着脸抱怨。

于是孟珈宇系上安全带，我们继续上路。

第五十章/晴天霹雳

卡罗维发利距离首都布拉格仅有两个小时的车程，这是一个古老的温泉小镇，无数访客慕名前来，为的就是享受那里的温泉和矿泉水。

传说小镇得名于波西米亚国王查理四世，有一天他到山中狩猎，在追踪一只受了箭伤的野鹿时，意外发现热气腾腾的泉眼，那只受伤野鹿喝了几口热泉后竟能健步如飞，一下子便消失得无影无踪。国王深感诧异，命御医对泉水进行化验，结果证明泉水对治疗多种疾病有奇效，于是查理四世将这口冒着热气的泉眼命名为Karlsbad，意思是"查理的温泉"，也是"卡罗维发利"名字的由来。

当我们的车子奔驰在公路上时，根本想象不出在一片翠绿的深谷中竟有如此色彩艳丽的小镇。那些依山傍水的建筑融合了巴洛克、洛可可、拜占庭和新古典主义的艺术风格，装饰极其华丽，仿佛无数个千娇百媚的波西米亚姑娘，正列队欢迎着每一位到来的访客。

孟珈宇沿着河行驶，最后将车子停在一栋雄伟的白色建筑物前，我问这是哪儿？

"普普大酒店，是好莱坞获奖影片《布达佩斯大饭店》的原型，同时也是每年卡罗维发利电影节提供给各国明星住宿的地方。"他答。

我又问我们来这里干嘛？吃饭吗？

李玫反问我该不会以为只在这里停留几个小时就回去吧？！她的分手之旅才刚热身呢！

"哪来那么多名堂？简直吃饱撑着！"我内心嘀咕着。

普普酒店和所有电影中看到的大酒店一样，有开门的门僮、高大上的大堂和装饰着各色盘子的墙壁。

" Two standard rooms, please."

听到孟珈宇要了两间标准房，我赶紧阻止："我没带换洗衣服，你别要两间，今晚我走。"

"没带换洗衣服是个事吗？这里有那么多购物商场，再不济把衣服交给酒店洗，包管明天又有干净衣服穿。"

李玫把我当成乡巴佬，让我很不爽，而且我压根儿不知道分手之旅还得过夜，这分得掉吗？都说"床头吵，床尾和"，一想到那个画面，我就觉得自己傻得可怜，原来吃饱撑着的人是我。

"你们的分手之旅到底需要多久？"我转头问李玫，心中祈祷可别是N多天，否则Eva要杀了我。

"两天，明天下午回布拉格。"她答。

我松了一口气，说："那……好吧！来回奔波也是很累人的，我估且忍耐一下吧！"

要的两间房，一个130号，另一个139号，没紧挨着，走几步路就到。

"你俩住130，我住139。"来到130号房，李玫突然丢下一句。

啥？我有没有听错？

看我一脸狐疑，李玫笑弯了眼："都说了这是分手之旅，妳是接盘手，当然需要一个交接仪式，所以就从现在起陆续交接吧！"

说完，她拉起自己的行李箱往139号房走去。

"喂！妳有病是不？"我冲着她的背影喊。

"别理她，进来吧！"孟珈宇刷开房门，"把行李放下后，待会儿还得找餐厅去。"

与想象中不同，房间宽敞得让人惊喜，典雅的家具、铺了波斯地毯的地板、桧木书桌以及超过两米的超长睡床……两个。

看到两张睡床，孟珈宇似笑非笑地问："这下子妳放心了吧？"

"有什么好不放心的？"我将脸撇向一旁。

他向我走来，我的心因此跳得好快。

"我很高兴妳答应见证我和李玫分手，这样我就不用浪费唇舌去解释了。"

"你分不分手干我何事？"我低下头去。

"葳葳，我……"

突来的门铃声吓坏我们了。

"应该是李玫，"他笑得很无奈，"她肚子饿了。"

孟珈宇提议到排名第一的捷克菜餐厅吃饭，但李玫嚷着肚

子实在太饿，非得现在吃不可！

无奈之下，我们只好进入酒店的附属餐厅，点了烤牛肉套餐和苹果馅饼当午餐。

"妳一定觉得我很霸道吧？！"李玟喝了一口啤酒后问。

我答一个愿打，一个愿挨，没什么好说的，还好孟珈宇的苦日子到头了……

"是吗？"李玟转向孟珈宇，"我让你受苦了？"

"是……是有那么点儿，"看李玟的脸色沉了下去，他赶紧见风转舵，"吃菜，这牛肉外焦里嫩，难怪外国人个个脸色红润，原来吃肉民族就是不一样啊！呵呵！"

话拗得很勉强，害我们三人接下来尴尴尬尬地用着餐，然而没两分钟，李玟又开口了："我爸说我们结婚时，他会送我一个鸽子蛋，现在没了，你得赔我。"

话是对孟珈宇说的，但我把话语权抢过来："妳要几个我奉送，淘宝上满59元还包邮。"

"妳想气死我是不？"李玟气急败坏，"此蛋非彼蛋，我指的是钻戒，而且是大钻戒，妳这辈子都买不起！"

我当然知道此蛋非彼蛋，说这话无非就想气死她。

见战火又起，孟珈宇忙当和事佬，他面向李玟："我买一个送妳，其他还有什么？一并说了。"

他的慷慨非但没让后者开心，反而点燃一盆火。

"我要的可多了，既要一栋面海大别墅，还要一张无上限的信用卡，但你给得起吗？chicken."

听见李玟喊孟珈宇懦夫，我火大了，像只护卫小鸡的母鸡，对着她呲牙咧嘴："他凭什么给妳这些？就算彩礼钱也没给这么多的，何况你们只是订婚。"

李玟也不甘示弱，她说解除婚约多丢人，孟家做点儿赔偿也是应该的……

我气炸了，问她这哪是"一点儿"赔偿？简直是好大一笔呀！

"别说了，葳葳。"孟珈宇用眼神制止我，然后转向李玫，"我会在能力范围内尽量补偿妳，行吗？"

"可以，"她很豪爽，"但首先带我上医院检查，我……好像怀孕了。"

第五十一章/不按理出牌

德沃夏克是十九世纪最重要的作曲家之一，他是捷克民族乐的代表人物，主要作品有《第九交响曲》、《b小调大提琴协奏曲》、《幽默曲》、《斯拉夫舞曲》等等。

以他为名的德沃夏克公园就是为了纪念这位伟大的作曲家，他的铜像掩映在树丛中，公园內到处是繁花似锦、绿草如茵。

"快来看，这里有个湖哪！"李玫奔向一个迷你小湖。

耀眼的阳光穿透树叶后投影在湖面上，风一吹，树叶便跟着婆娑起舞，在摇晃的树影中有一位少女雕像面湖凝神静思，超梦幻的。

"小孟，快，帮我拍照！"李玫坐在雕像旁，摆出一个可人的姿势。

孟珈宇掏出手机帮她拍，五连拍之后，她起身做了一个高难度的瑜伽动作等着入镜。有那么几秒钟，我希望李玫失去重心跌进湖里去，但一想到她可能有孕在身，我怎么可以有如此邪恶的想法？又"道德高尚"地抹去臆想的画面。

"要不要我也帮妳拍张照？"孟珈宇讨好地问。

"不必，你管好你老婆就行。"我心中仍有气。

拍完照，李玫说要"answer the nature's call"（回应大自然的呼唤），把包交给孟珈宇后，转身走了。

"妳说外国人上厕所用 answer the nature's call, 是不是很优雅？"孟珈宇问。

我面湖不发一语，知道李玫可能怀孕，我的心被压上一块大石头，像这类的无聊问话，我根本懒得理会。

沉默了几秒钟后，孟珈宇答："不是，没有。"

话说得莫名其妙，我问他啥意思？

"孩子不是我的，我没有和她越雷池一步。"

听到这个爆炸性的消息，我差点儿喜极而泣，那她……

孟珈宇答他也不清楚，李玫的思维是跳跃似的，经常不按理出牌，要是有一天她说自己曾死过一回又复活了，一点儿也不稀奇。他已经被她训练得"波澜不惊"，我也应该即早适应……

"谁信你？哪有女孩子随随便便说自己怀孕了？"我仍不相信。

"那好，算我没说。"

没多久，李玫哼着歌回来。

"小孟，我渴了。"她接过包，从里面掏出粉饼，边补妆边说。

"我不渴，"我望向孟珈宇，"你渴吗？"

那个傻小子一时不知该站在哪一边。

"谢谢，孟珈宇也不渴。"我替他回答。

李玫合上粉饼，语带威胁地对那个可怜的男人说："小孟，我警告你，分手之旅若让我不开心，你……后果自负！"

然后那个老好人"忍辱负重"地说他有点儿渴了，也许找家咖啡馆坐坐……

"我才不喝咖啡，对宝宝不好，还是喝矿泉水吧！听说治百病。"她答。

卡罗维发利有三个主要的温泉回廊：磨坊温泉回廊、市场温泉回廊与花园温泉回廊，每个温泉回廊里都有可以接温泉的水龙头，旁边标注着出水温度。与别的温泉小镇不同，这里的温泉可以直接喝，是真正的"矿泉"水，而不同的出水口不过是温度高低及所含二氧化碳多少的不同罢了。

"哇！这就是温泉水，好想喝呀！"李玫奔向一个水龙头，兴致勃勃地说。

这里的回廊同时也是游客休息中心，大厅四周设有许多纪念品商铺，游客可在此选购温泉杯、温泉饼、温泉酒……等。

"去买个杯子吧！"孟珈宇说。

捷克的温泉杯一般都是以白色为基调，饰有花朵纹路，也有部分走华丽路线，各有奇趣。

我选了一个白底带蓝色小花的，孟珈宇则选了上面有卡罗维发利市景图的酒瓶造型杯子，惟独李玫很奇葩，她选了一匹五彩斑斓的马，我问她不觉得花吗？

"我选它不是因为色彩艳丽，而是它是一匹怀孕的马，就要生马宝宝了。"她答。

我翻了个大白眼，孟珈宇说得没错，她的思维的确不一般，和常人好像不在同一个频道上。

买了杯子后，我们迫不及待地冲向水龙头，我原以为那必定是琼浆玉液，没想到是带铁锈味的咸水。勉强喝了几口后，我果断放弃，倒是李玫很喜欢，一杯又一杯地喝。

"好喝吗？"我问。

"不好喝，但对我肚子里的宝宝好，所以不得不喝。"她答。

孟珈宇又说对了，我已经开始被李玫训练得"波澜不惊"。

"妳肚子里的宝宝要不要吃温泉饼？"我假意关心地又问。

温泉饼是卡罗维发利的特产，这种直径约15公分的薄饼既容易消化又符合疗养病人的饮食需求，所以很盛行。

"妳怎么知道我的宝宝正想吃温泉饼呢？"她接着转向孟珈宇，"孩子的爹，还不快去买？"

一路上我被那对男女搞得精神快崩溃，一个信誓旦旦地撇清两人的亲密关系，另一个则对号入座，左一句"孩子的爹"，右一句"小孟孟的爸"，偏偏孟珈宇三缄其口，既不承认也不否认。

经过Pharmacy时，我忍不住揣着"孩子的娘"进去买验孕棒，就想知道她是不是真有了？

"买什么验孕棒？时候到了，孩子就落地了。"她说。

这真是非常、非常不负责任的说法，难道她不产检？

我愤而取下货架上的验孕棒到柜台缴费，然后强押她上洗手间。

"这要怎么用？我不会。"她嘟着嘴。

我指着盒子上的照片说："喏！待会儿尿在这上头，我警告妳别不小心让验孕棒掉进马桶里，否则我们今天就待在这里不走了。"

约莫经过十多分钟，李玫才表情严肃地从洗手间走出来，看见孟珈宇，一头撞进他怀里，又是哭又是笑的，情绪颇为激动。

完了，她怀孕了，我的心跌至谷底。

"怎么了？"孟珈宇问。

"孩子……孩子没了。"她哭得惨兮兮。

第五十二章/李玫的身世

餐厅布置得很温馨，桌上摆着鲜花和蜡烛，几道前菜都在水准之上，主菜是波西米亚查理四世拼盘，有整只蹄膀、半只烤鸭、外加几大块里脊肉和香肠，光看已有七分饱，配上黑啤，那叫一个爽！

美食当前，李玫像头饿坏了的猪，左右开弓，完全不顾淑女形象。

"妳该不会是吃东西泄愤吧？！"我问。

"泄什么愤？"她反问，然后又啃起鸭腿来。

泄什么愤？老实说我也迷糊了。说她因失去宝宝而没能留住"孩子的爹"也不是（他们早说好这是"分手"之旅）；若说没能继续让我添堵倒还说得过去，但她为什么要让我不开心？难道她对孟珈宇还"依依不舍"？我好像陷入一个死循环里。

"没什么，吃妳的。"我答。

"放心，明天的这个时候，我把小孟送给妳，所以……对我好一点儿。再说了，我之所以成为弃妇也是拜妳所赐。"

刚开始听，我还心怀愧疚，但听到最后却很不是滋味，冷不防又被她杀了个回马枪。

"苍蝇不叮无缝的蛋，妳也说了，孟珈宇很温吞，不是妳的菜，弃船的人有什么资格抱怨？"我毫不留情面地反击。

李玫愤而将盘中物四分五裂，让人倒尽胃口。

"小孟，有人欺负我。"分完尸，李玫向孟珈宇喊话，矛头指向我。

那个一整天立场摇摆不定的男人吞了好几口口水后，息事宁人地安慰她："没人欺负妳，别太敏感了。"

"我不管，"李玫将盘子往外一推，"现在我还是你的未婚妻，有人让你的未婚妻不舒服，你还坐视不管，到底是不是男人？"

"有妳这样说话的吗？"我义愤填膺，"连最起码的尊重都做不到，还是不是人？"

这一路上，我受够了李玫的跋扈与任性，即使她发泄的对象不是孟珈宇，我也会拔刀相助，没想到……

"葳葳！"孟珈宇大喝一声，把我结结实实给吓住了，"妳……少说两句。"

天哪！我这是替他出头，他反倒斥责起我来，真不是普通的懦弱，算我瞎了眼，竟对他意乱情迷。

"得，你们真是天造地设的一对儿，"我将白色餐巾扔桌上，人也站了起来，"请慢用，我先撤了。"

～

卡罗维发利的地理纬度比较高，所以虽然已近开春，但夜晚走在大街上还能感受到阵阵寒意。

我走向广场，那里空空荡荡的，没有大妈跳广场舞，也没有汽车或机车在城市里呼啸而过的声音，有的只是萧萧的风声以及从店铺橱窗发出的亮光，那么收敛、含蓄与朦胧，有着别样的欧式风情。

"葳葳～"呼喊声和急促的足步声瞬间破坏夜的宁静。

我做了个噤声的动作，再做一个"赶人"的动作，要他闪一边去，别烦我！

"我找妳找得好辛苦，"他果然放低声量，"以为妳会沿着河回酒店去。"

"回酒店干嘛？跟个没骨气的男人大眼瞪小眼？我吃饱撑着？"连续三个反问，明知会伤人，但我还是说了。

"连妳也看轻我？"他抿抿嘴，很受伤的样子，"那好吧！我走了，天冷别在外面待太久。"

见孟珈宇要走，我忍不住喊他："就这么走了？也不怕夜深人静，我被大野狼一口吃掉？"

"怕，很怕，但我更怕妳，像只母老虎似的。"

我问他什么时候我成了母老虎？

他答当我和李玫撕逼时，活脱脱就是两只母老虎的PK赛……

"有没有搞错？竟拿我和她比，简直侮辱人！"

孟珈宇说其实李玫没我想的那么糟糕，我跑出餐厅后，是她要他出来找我，说人生地不熟的，怕出什么意外。

"呵呵！这是本世纪听过的最大笑话，她会关心我？别扯了。"

"是真的，信不信由妳！"他环顾四周，"还是走吧！别等群狼出来，才想着逃生。"

我和孟珈宇沿着泰普拉河往北走（该河流经普普大酒店，我们不用担心迷路），河边的街道干净整洁，房屋井然有序，店铺的墙面也没有凌乱的广告，街灯昏黄，一切的一切都慢慢的……静静的……

约莫走了十分钟后，孟珈宇才告诉我李玫的故事。

原来孟李两家是世交，孟珈宇小学四年级时，李家抱养了一名女婴，取名李玫。

小时候的李玫不爱说话，加上他们两人相差近十岁，玩也玩不起来，所以除了聚会时打过照面，说不上有什么特殊的感觉，直到某个星期天，她被父母带到他家作客。

"你为什么可以一直看书，不累吗？"她问。

"因为明天有考试，等妳高三时就知道考试的重要性。"

"你是你妈生的吗？"她突然来上一句。

孟珈宇的心因此喀噔了一下，莫非……

李玫没等他回答，迳自跳上他的床："我不是我妈生的，我爸也不是我的亲生爸爸。"

"妳……别听别人乱说，没有的事。"

李玫将下巴抵住膝盖，人蜷曲成一团，似笑非笑地："我还听说……你是我未来的老公……公。"

这下子孟珈宇真生气了，他起身赶她下床："我们两个没任何关系，妳就是个小妹妹。"

"为什么……为什么所有人都不喜欢我？"她质问，样子很委屈。

"没人不喜欢妳，别瞎想。"

"意思是你喜欢我？"

孟珈宇顿时觉得自己被下套了，但此时否认等于打脸，只能勉强说喜欢。

"哈！你是第一个说喜欢我的男孩，为此，我要喜欢你一辈子。"她信誓旦旦地答。

岁月渐长，那个说会喜欢他一辈子的女孩已长成了亭亭玉立的大姑娘，并且如她所言，在双方家长的撮合下成了一对，然而他还是视她为"小妹妹"，没有因关系的转换而改变，也许正因这份疏远，李玟时不时激他、讽刺他、对他指来喝去，让他分不清这是喜欢他还是厌恶他，所以当她单方面提出分手时，他大松一口气，至少不是由他先毁约，她爱怎么折腾……随她去吧！

"你确定她真的想分手？"我问。

"不然呢？以退为进？"他笑了。

我却笑不出来，因为他道出我内心的担忧。

看我一脸严肃，孟珈宇要我别多想，明天他就是自由身，可以光明正大地追我……

"我怕……"

"怕什么？"

"怕你不够爱我，怕你没有勇气跟反对我们的人说不。"

我的害怕其来有自，他总是逃避、总是妥协，我如何相信大难来临时，他不会弃我而去？

孟珈宇紧握住我的手，很诚心诚意地说："所以妳得支持我，和我一同面对恶势力，嗯？"

他把来自家族的反对力量称为"恶势力"，让我噗嗤一笑。

"瞧！妳笑了，真喜欢看妳笑，妳一笑犹如春风，把一切的不愉快都一扫而空。"

"我哪有那么厉害？你想多了。"

话是这么说，但我的内心是欢喜的，总算在一连串的不愉快中，我们又再度贴近彼此的心。

第五十三章/与敌人共枕

越靠近酒店房间我越忐忑，夜晚来临，我就要和孟珈宇同房共枕，会发生什么？我要不要拒绝？

想必孟珈宇也有同样的感觉，他的手心开始出汗，湿了我一手。还好走廊不长，很快就走到130号房，孟珈宇拿出房卡一刷，发出"哔、哔、"两声。

房间还是那一个，有典雅的家具、铺了波斯地毯的地板、桧木书桌以及超过两米的超长睡床……两个。不同的是，其中一张床上躺着一个女人。

"回来了，我还以为不过午夜，你们不会进门。"李玫翻了一页时尚杂志，闲闲地说。

"妳怎么在这里？还有，妳哪里来的房卡？"孟珈宇问。

李玫答跟前台说房卡被未婚夫带走得了，不是什么大问题，至于她为什么在这里？因为……因为她的房间里有蜘蛛，她从小就害怕节肢动物，这个他早知道。

孟珈宇叹了一口气，说："房卡拿来，我去消灭它。"

"没用的，消灭一只还有第二只，搞不好它们是全家出游，上有老下有小，灭都灭不完……"

"那好，我们换房睡，妳睡130，我和葳葳睡139。"

"不成，"李玫从床上跳起，"我和葳葳睡这里，你去睡139。"

什么？！情势急转直下，害我一头雾水，不知李玫葫芦里卖什么药？

"妳不是说这是分手之旅，葳葳是接盘手，需要一个交接仪式，所以让我和她睡一间吗？"孟珈宇一气呵成地问出我的疑惑。

"此一时彼一时，我忽然想到有义务把你这个人的优缺点都告诉接盘手，否则分手仪式不算完整。"

我的老天！这是什么跟什么？哪来那么多仪式？简直让人抓狂！

"快去！"李玫推了那个可怜的男人一把。

孟珈宇看看李玫，又看看我，最后无奈地拉起自己的行李往外走去。

"Well, 现在只剩我们两人，咱们可以说些知心话了。"她跳上床去，并且拍拍她身旁的空位，"坐这里。"

"不用了，保持距离以策安全。"我很自觉地坐在自己的床上。

李玫有点儿小失望，但很快神色自若，她问："妳喜欢小孟什么？"

哇！第一道题就射中靶心。

"喜欢他……性情温和、不急不徐，像白开水一样。也许对很多人而言，白开水很无味，但若能细细品尝，它其实是有滋味的，一种微甜的味道。"我答。

"性情温和，我同意，不急不徐、像白开水一样，我也同意，但跟小孟在一起真他妈的很无趣，问一句答一句，还特会拖，本来说好我大学一毕业就结婚，一拖把我三年的宝贵光阴给拖没了。"

我心想还好他会拖，否则今天就没我毕葳葳什么事了。

"那岂不是如妳所愿？离开白开水，妳可以喝红牛，保管让妳亢奋一整天。"

"可是……喝白开水也有好处，没有人可以天天喝红牛。"

这下子我迷糊了，她是喝白开水还是不喝？

李玫要我放心，全天下的白开水不止孟珈宇这一瓢，她的选择多了去……

听她这一说，我才真放下心来。

"见过小孟的父母没？"她接着问。

我答还没。

"妳恐怕过不了未来公婆那一关。"

"我知道。"我很气馁。

"等等，"李玫突然跳上我的床，眼睛死盯着我的耳朵瞧，"妳的左耳珠上有一颗红痣。"

我的左耳珠上的确有一颗红痣，但又怎样？没碍着谁呀！

李玫沉默了一会儿后，说："孟珈琳的左耳珠上也有一颗红痣，位置和妳的差不多。"

"孟珈琳？孟珈宇的妹妹？她的左耳珠上竟然也有一颗红痣，真巧呀！"

"所以妳得从这里切入，孟爸孟妈想念女儿，睹物思人，也许妳和小孟的事就成了。"

我仍半信半疑，一颗痣就能让门第观念很深的孟家父母改变主意？这也太扯了。

李玫却信心满满，说听她的准没错，她认识孟家人二十多年，已经成为他们肚里的蛔虫了……

"李玫，妳为什么要帮我？"我忍不住发问，因为她的作为违反人性，"我是说我们素昧平生，加上我又抢走妳的未婚夫，按理说，妳应该恨我入骨才是。"

"我是恨妳入骨呀！但……谁让我爱孟珈宇，爱到……希望他幸福，永远永远的幸福下去。"

"妳能正常点儿吗？刚刚才把人家损得一无是处，现在又爱他、希望他幸福，前言不对后语，哪句才是真的？"

李玫说都是真的，他爱小孟不假，但他从来不把她当一名成熟女性看，大概在他脑海里，她就从来没长大过，所以她撒泼、胡闹、做一些讨人厌的事，无非就想引起他的注意，但看来适得其反，她一提"分手"，孟珈宇马上举双手双脚同意，让她很伤心……

"对不起，我以为……以为妳真心想分手。"

"我是真心想分手呀！"她又眉开眼笑，"不仅主动退出，我还要帮助妳披上婚纱嫁入孟家，了了我今生的愿望。"

这……这是哪门子歪理？一会儿爱孟珈宇至深，为分手而心伤；一会儿又"真心"想分手，不仅如此，还协助我这个情敌走向婚姻殿堂，简直邪门得可以。

李玫耸耸肩说这世界本来就无规则可循，一加一不一定等于二，想硬把所有事都代入公式里是缘木求鱼、白费功夫。

～

走出浴室，李玫已睡下，耳朵还能听见她均匀的打呼声。

在床上躺下后，我很不安，由于李玫的反反复复，我害怕半夜被同居人谋杀，鲜血流了一地。

"她的确有杀我的理由呀！"我心想。

一早被军号声吵醒，我还以为又回到令人全身紧绷的军训营里。

"搞什么？哪个起床音乐不好选，竟然选这个！"说完，我抓来枕头盖住自己的脸。

说时迟那时快，有人跳上我的床，猛力将我脸上的枕头往下压，我顿时无法呼吸。

" Help."我想喊却喊不出声，原来李玫来真的，她就想谋杀我……

然后是一长串的破锣嗓子鸡叫声划过天际："咕……咕咕咕，咕……咕咕咕，咕……"

猛的一张开眼，我转头向声音出处，刚好看见李玫伸手按掉手机闹钟，再看自己毫发未损，嘘～原来是恶梦一场！

我望着天花板久久无法言语，浩劫余生后大概就是这种感觉吧！

"早！昨晚睡得好吗？"十几分钟后，李玫揉揉惺忪的睡眼问。

"不太好，做了个恶梦，差点儿被……人谋杀。"

"哈！我刚好相反，昨晚做了场美梦，化身杀人魔王，把个小贱货闷死在床上。"

我慢慢转过头去，李玫适时举起右手对我做出射击的动作，连开我数枪。

"这才是她的真实想法吧？！"我心想。

第五十四章／被打入冷宫

全世界五星级酒店的自助早餐大概都一样，不外面包、可颂、沙拉、水果、冷切盘、麦片、果汁、冷热饮、咸肉、香肠、炒鸡蛋……等等，可惜我们住的普普大酒店就是没有炒饭、炒面和粥，让我这个中国胃有点儿小失望。

"昨晚妳把我的优缺点都交待完毕了吧？！"戴着一顶蓝灰色军帽的孟珈宇吃了一口脆麦片后问李玫。

"说了，把你从小到大的劣行全给交待，包括你为什么总戴帽子。"

呃！后面这项倒没说，我也挺想知道答案。

"戴帽子就戴帽子呗！要什么理由？"孟珈宇答。

李玫突然笑得像个疯婆子似的："那是因为……因为你有地中海秃。"

我听了心里喀噔了一下，不会吧？！秃头的男人一下子老了十岁。

"你问问毕葳葳，她想不想要一个秃头的老公？"话是对孟珈宇说，但他半天没开口问我，我也乐得无庸回答。

然而李玫怎舍得放弃这个攻击我的绝佳机会？她将矛头指向我："妳倒是说说，否则我的退出就没意义了。"

"没什么好说的，如果孟珈宇不在乎我有痔疮，我也不在乎他是个秃子。"

那个戴军帽的男人因此笑得好大声，引来侧目。李玫瞬间沉下脸来，借拿食物的名义离开座位。

我们两人安安静静地用着早餐，我还是没忍住，问他是不是真的有地中海秃？

"是真的，不信妳瞧。"他摘下帽子。

这是第一次我面对没戴帽子的他，原来他的发色偏淡，发量多且有些自然卷。

"吓死我了，还以为你真秃了，听说秃头会遗传。"我松了一口气。

"早跟妳说过，李玫经常不按理出牌，妳若较真就输了。"

"可是……既然你没秃，为什么总戴帽？"

孟珈宇笑了，他说原因很简单，如果戴帽就不用经常洗头，因为隔绝了脏空气……

真是一点儿美感也无，我以为再怎么着也应该是"很久很久以前，曾经有个女孩喜欢戴帽男孩……"这类的浪漫理由。

"对了，妳该不会真的有痔疮吧？"这次换他没忍住。

"是真的，你想看吗？"我问。

他连忙摆手说不用了，那样子真像下一秒钟我就要脱裤子示人，我因此笑得很开心。

"看来妳是个 Bad Girl。"他说我是坏女孩，我笑得更开心了。

～

吃过早餐，李玫说想"登高望远"，酒店前台推荐我们上"戴安娜观景塔"，从酒店右侧小巷子进去，即可坐缆车上山，再搭电梯到塔顶，整个小镇便都在脚下。

主意一打定，我们往缆车车站走去。

"戴安娜观景塔"高于海平面547米，登上150级台阶后，能够一览卡罗维发利的小镇风光。还好懒人也有懒人的选择，缆车每15分钟一趟，只需3分钟就可抵达山顶，非常方便。

"走！我们爬台阶去！"李玫说。

"妳那么精力充沛，自己爬得了，干嘛拖我们下水？"我说。

"我不管，现在肚子饱到不行，一定得运动，否则就像妳一样有游泳圈了。"

最近我是吃多了，但说有游泳圈也太夸张，顶多小腹有点儿赘肉。

看孟珈宇又在两只母老虎的战役中犹豫，我索性头也不回地直接上缆车，不给他"左右为难"的机会。

～

我在山顶等了足足半小时才看到那对连体婴，没错，孟珈宇背着李玫上山来。

"我以为妳想减肥，看样子妳是要孟珈宇减肥。"我忍不住损她。

"小孟都没说话，妳着什么急？"她终于双脚着地。

"水，我得喝口水。"孟珈宇大概累坏了，一张口就要水喝。

我走到热狗摊给他买了瓶水。

"我也口渴了。"李玫说。

"自己去买！"我毫不留情面。

"自己买就自己买，得瑟什么？"

没多久她抱着三瓶果味啤酒和三个热狗面包过来。

"给，"她递给我啤酒和热狗面包，人也和善得很，"我不记仇。"

这就是李玫，翻脸比翻书还快。

"吃人的嘴软"，很快我们又保持表面上的和谐。

~

"哇！这里好高，空气又清新，360°无死角，真他妈的好看极了！"

我们坐电梯到达塔顶，天气冷，观光客不多，但李玫就这样对空高喊，外加"他妈的"三个字，我真窘得无地自容。

然而李玫不在乎，她拉着孟珈宇这里看看、那里瞧瞧，兴奋得像刘姥姥进大观园。

"没那么稀奇吧？！不过是树多了点儿，房屋好看了点儿罢了。"我说。

"妳懂什么？这是我当小孟未婚妻的倒计时，当然得充分享受，妳不致于不让吧？！"

我有什么资格不让？而且为了表现自己大度，我说自己到塔下等他们，他们可以尽情享受最后的二人世界……

下到塔底，我才后悔，就这么让他们两人独处，万一立场不坚定的孟珈宇被策反怎么办？我岂不是"叫天天不应，叫地地不灵"？

幸好这时山上来了只白孔雀，而且对着不多的人群开屏，给了我一个绝佳的借口，正好拉那两人下塔观看，好掐断任何热情燃烧的可能性。

我又坐电梯上到塔顶，一时没看到那对男女，让我有些心慌，还好转个弯，我听到熟悉的普通话。

"我爱你，从很小很小的时候就义无反顾地爱上你，但你总是冷冷的，离我远远的。告诉我，我哪里错了？我改，我铁定改，拜托，拜托别离开我，你离开我，我无处可去，因为……因为你是我活下去的惟一理由。"

然后是孟珈宇的声音，大意是他这个人胸无大志，谢谢她的厚爱，她值得拥有更好的……

"对我来说，你就是最好的，除了你，我谁都不要。"

"我……我以为妳真心想分手。"

"是……是想分手……不……我不想分，但……我不得不分呀！"

孟珈宇果然和我一样一头雾水，他追问是怎么回事？

"医生说我的脑子里长了良性瘤，位置比较深，加上体积已经很大，手术不仅不能全部切除，而且预后也不良。"

经历过李玫的"天马行空"，老实说我已经对她的"不幸遭遇"免疫了，并且稍有失望，以为她会编出更有创意的故事来。

我又下到塔底，与其听人编故事，不如再去喝瓶果味啤酒，那美妙的滋味离开卡罗维发利后恐难再寻。

～

我们离开"戴安娜观景塔"后，一切都变了，孟珈宇明显和李玫靠近许多，对我则客客气气的。

"葳葳，我在哪里放妳下车？"孟珈宇问我。

"随便，在大马路上放我下车也行。"我赌气地答。

李玫很不识相地建议还是送我回家，省得路上发生什么，他们还得担责任……

"不必，我是成年人，自己的事情自己负责，就在这里停，马上！"

"妳想在帅克餐厅下？"孟珈宇很惊讶。

"没错。"

其实我没留意车子行经帅克餐厅，只是太受不了被人冷落的滋味，想赶紧逃离。

"听说这家餐厅挺不错的，"李玫的头伸出车窗外，"不过今晚我想吃法式大餐，小孟跟我一起，所以……妳自己吃哈！"

她的虚情假意让我倒尽胃口。

待车子驶远，落寞和挫败感这才全面袭来。

想不通为什么一副好牌会被我打烂？难道就因为那不入流的狗血故事？若真是如此，那么我得好好考虑考虑，因为那小子肯定智商有问题。

行经餐厅，我又看到帅克那张稚气的脸，想起几个月前我才和孟珈宇来此用餐过，当时还因他入戏太深，我们连黑啤也AA，如今睹物思人，我的心更加悲悽。

"李玫终究还是赢了，孟珈宇最后选择她，没有自甘堕落地选择我，这游戏真好玩，不是吗？"面对落败，我也只能自嘲。

第五十五章/再见孤独白

"葳葳～"

听到有人叫我，我转过身去，是米星和一个有些面熟的男人。

"妳怎么在这里？"我问。

"来客人了，Eva让我接待。"她答。

我因此再度把目光落在那个男人身上，方型脸，中等身材，眼神透着睿智，好像在哪里见过。

"不认得我了？"他笑了，露出不太整齐的牙齿。

我还在记忆中搜寻，他问我灵隐寺的斋菜好吃吗？

"你......你是孤独白？胡子哪里去了？"

少了络腮胡的孤独白像个普通的都市白领，人也精神多了。

"跟人打赌输了，被罚剃胡子。"

"这样好看多了，跟你的年纪相符。"

"怎么？以前我是老公公吗？"他问。

老公公倒不致于，起码年过半百，但我不能这么说，很伤人。

"怎么会是老公公？老公公的胡子是白的。对了，你怎么来了？"

他答是母亲给的地址，一下飞机就搭出租车到我的住处，一个洋人开的门，为他画了简易地图，他自己摸索着找到咖啡馆，结果一到咖啡馆才发现我请假出去玩……

米星把话接下去："Eva要我招待妳的客人，回头向妳要误工费。"

我问Eva有没有生我气？米星答还是由我亲自去问她，也不知是不是更年期提早来到，那女人最近像座活火山，一触即发……

本来想直接回咖啡馆效命的我顿时改变主意，今天已经受够了，不想再当出气筒。

"那好，现在换我接待我的客人，妳可以回咖啡馆了，至于误工费……还是算了吧！姐现在是穷人。"我说。

"我才不回去！好不容易见到偶像，怎么可以轻易错过？一起吃晚饭吧！吃个饭不碍事的。"米星笑眯眯地答。

想到Eva要独撑咖啡馆十一个小时，直到九点才能下班，心中掠过一丝歉意，但也只是"一丝"，我没考虑很久就跟着他们一起走进帅克餐厅。

～

米星自作主张点了烤乳猪、烤肘子、烤鸭外加主食馒头片，饮料则要了黑啤。

我又想起了孟珈宇，那时我们也点了同样的东西吃。

"妳去哪里玩了？怎么没带行李？"孤独白问我。

"忽然想来个'说走就走'的旅行，所以……"

米星又抢话了，她说她还以为我和那个帽子王子私奔了。

"帽子王子？"孤独白问。

我赶紧将话岔开，问他小时候有没有看过《好兵帅克》的动画片？这家餐厅就是以帅克为主题的餐厅……

还好食物和酒很快送上来，我不需要将冷饭炒太久，并且在觥筹交错中渐渐隐去成了配角。只见那两人相见如故，米星的眼中只有"我的"客人，两瓶黑啤下肚后，借酒壮胆，跟孤独白要签名书不说，还约着在中国见面。

"你知道吗？上高中那会儿为了看你的小说，没少被老师罚站过，说！该怎么处罚你？"

和米星比，孤独白节制多了，一瓶黑啤喝不到一半，尚属清醒。

"再送妳十本签名书。"他答。

"不，我要签名照，算……算了，就现在吧！葳葳帮我们拍照。"她把手机递给我。

我匆匆替他们拍了两张，米星整个人挂在孤独白身上，还毫不矜持地亲了人家的脸颊，不知她酒醒后会不会感到害臊？

"对不起，她平常不这样的。"看米星趴在桌上不醒人事，我说。

"为什么道歉？妳又不是她妈。"他想了想，"不对，也不关她妈的事，放心，我不跟醉酒的人计较。"

我不是人来熟，米星清醒时，我乐得做壁上观，现在她挂了，我和孤独白很快陷入无话可说的窘境。

"你怎么来了？"想了半天，我问出这一句。

"这个问题进餐厅前就问过了。"

"我问的是Why，你却回答How。"

"噢！原来会错意了，"他笑了，"我没来过布拉格，还有，因为妳在这里，我来找我的水灵儿。"

我平静的心因此再起波澜。

"我已经32岁了，再也水灵不起来，你有高知名度，人也长得体面，大把年轻女孩等着你挑。"

孤独白答如果他想要，十八岁的漂亮女生也会跟他走，但他已过了看杂志的年纪，对他而言，一本有内涵的书才是他真正想要的。还有，我们的年龄相仿，身体机能差不多，不会他想休息了，我还精力充沛地嚷着要购物、逛街兼跳舞⋯⋯

他说的没错，我无法反驳。

"什么时候回去？"我问。

"我住到这个月月底，妳若有空，我们走走逛逛；妳若没空，我自己玩，妳无需有负担。"

我感激他的体贴，顺便又问他住在哪家酒店？

"大卫王酒店。"他答。

孟珈宇和李玫也住大卫王酒店。

～

我们合力把醉酒的米星送回家，开门的德国老夫妇一直跟我们道谢，好像米星是他们的女儿似的。

"现在换我送妳回家。"他说。

"嘟⋯⋯嘟嘟⋯⋯"我把大衣里的手机铃声按掉。

孤独白问我为什么不接听？我答那么晚了，除了骚扰者，不会有人在这个时候打电话给我⋯⋯

其实在帅克餐厅时就收到孟珈宇的短信，他约我晚上11点在大卫王酒店的酒吧见面，他有话跟我说。现在刚过11点，可见是他打来的，我仍心中有气，决定来个不理睬。

"妳明天有空吗？"孤独白问。

我答才出去玩了两天，再不赶紧投入工作，我的合伙人会杀了我……

他问清楚我的下班时间后，约我明晚一起吃饭。

"好，明晚我请你，略尽地主之谊。"我答。

近中午我才起床，胡乱梳洗一下就赶去咖啡馆报到。

"妳是谁？客人不准进厨房。"Eva面无表情地说。

"别这样啦！都道歉过了，我这不是来效犬马之劳吗？"

"好听的话谁不会说？让孕妇一天操劳11个小时，妳也不怕被雷劈！"

孕妇？谁是孕妇？看Eva点头，我大叫一声过去拥抱她，顺便问她是男宝宝还是女宝宝？

"才三周大，看不出来，不过我希望是个男的，虎头虎脑，嘻！那才好玩。"

兴奋归兴奋，我还是想到严肃的问题，这个娃儿是非婚生子女，咋办？能不能上学？

"当然能，别把中国那一套搬过来，在这里只要能证明同居超过一段时间，很多权利还是有，譬如：抚养费、继承遗产等。"

这倒是真的，有人还故意不结婚，这样就能领单亲妈妈的社会福利金。

"Presl知道吗？他高兴吗？"我问起孩子的父亲。

"他不太高兴，因为这个世界还未臻理想，他不想要有个孩子来受罪。哎！妳也知道，他是典型的乌托邦主义者。我可不管，再不生，我就注定一辈子没有子嗣，所以即使他不高兴，我也要把孩子生下来。"

我真佩服Eva的勇气，既能抵挡得住风言风语与人同居，还不怕"未婚生子"，换作我，宁愿单身一辈子也不想有个烙印在。

"说到单身，妳是不是把我的老同学成功变回'单身'了？"她问。

"不知妳在说什么？"

Eva要我别装了，这两天不是跟孟珈宇幽会去了吗？除了他，还会有谁？

"的确是和他出游去了，三人行，他的未婚妻也在。哎！说好让我见证他们的分手之旅，结果大跌眼镜，到现在我还搞不清楚状况，莫名其妙的。"

"别气馁，月下老人不是又给妳送来一个？听说还是个大作家。"

我答没有的事，作家把我想得太美好，不是真正的我，我怕希望越大，失望也越大……

"恋爱不都是把对方想得很美好吗？妳就是想太多了，所以现在还单着。"

也许Eva说得对，如果睁一只眼闭一只眼，我和卢卡的孩子现在也满月了。

"得，听妳的，不想太多，如果作家要我，今年就把证给领了。"我开玩笑地说。

"不可以～"米星大喊。

第五十六章/大侠

“关妳什么事？”Eva问。

“我……我是替葳葳着想，她应该嫁给爱情。”米星答。

“奇怪了，妳怎么知道她不是嫁给爱情？”Eva又问。

“肯定的，葳葳爱的是‘帽子王子’。”

Eva因此转过头来注视我。

“别问我，我不知道。”我系上围裙，走向成堆待洗的碗盘。

我们的咖啡馆分为早晚两班，Eva从早上十点工作到下午六点，我则从下午一点工作到晚上九点，只有米星来去自如，她是我们的驻店占卜师，很多客人冲着她来。当然，没占卜客人时，她也会帮忙送个咖啡或清点市场送来的货物，算是可有可无的“打杂员”。

然而今天的占卜师兼打杂员有点儿异常，三点钟不到（何况还有个打扮入时的中年妇女等着占卜），她却说有事，得出去一趟。

"还回来不？"Eva问。

"不了，今天心情好，不回来了。"

敢情她是心情不好，所以天天上咖啡馆报到？

米星走后，因为客人不多，我把油烟机拆下来洗，算是对这两天临时请假所付的另类报酬，直到……

"葳葳，有客人叫外卖，让我们送到总统大酒店，妳去一趟。"Eva对我说。

我边看着擦得雪亮的油烟机边问："不是不送了吗？怎么又开始做起外卖生意？"

Eva答这个客人很特别，知道我们的咖啡和糕饼特别好，愿意付五倍的价钱购买，加上酒店离这里不到五百米，我就权当健身，何乐而不为？

想想也是，此时客人不多，能赚一元是一元，何况那是家新开不久的五星级酒店，就在伏尔塔瓦河河畔，旁边紧临奢侈品一条街，回米的路上我还可以"window shopping"一番。

~

总统大酒店的外观有点儿老，但进去后却眼前一亮，到处都是簇新的感觉，不仅大堂气派亮敞，还有个钢琴手在弹奏李察.克莱德蒙的《梦中婚礼》，甜蜜到爆。

我向前台报上名，说是给Jack送外卖。那位金发碧眼的美女要我直接上三楼313房，Jack交待过，要外送员直接送到房内。

真是大牌！但看在五倍的价钱上，我勉为其难地上楼。

门开了之后，我有想往回走的冲动。

"多少钱？"他问。

"一亿元。"我答。

"妳家的咖啡是黄金做的？"

"没错，就是黄金做的，咋地？"

他要我把咖啡和糕饼送进房内，一亿元的收费应该包含这个服务。

好呀！跟我玩，到时给不出一亿元，看我不将咖啡往他身上洒才怪！

进到房内，我看到一架老式电视机，立式的，还有个带台阶的大飘窗，上面摆了矮几及两张座垫，很有禅味，偏偏灯是玻璃管做的，墙上还有张大型的卓别林默剧海报及用黑胶唱片做成的装饰物，巧妙地将时尚与古典融合为一体，真了不起！

"一亿元拿来！"我将外卖放在桌上后，伸手跟他要钱。

他给了我2000克朗，恰恰是说好的五倍价钱。

"耳聋了吗？我要的是一亿元。"

"我给的是津巴布韦的货币转换钱，实际上还多给了，也罢，就当小费，拿走不谢！"

我就知道会被摆一道，恶狠狠地瞪着他。

"再瞪，再瞪眼珠子就要掉出来了，"他笑了，转而质问，"昨晚为什么爽约？害我苦等一个多小时。"

我答我约会去了，那个络腮胡作家从杭州追来，我们还在帅克餐厅吃了一顿浪漫晚餐……

"恭喜妳这么快就有新恋情，我……明天飞回中国。"

听到孟珈宇明天就要离开布拉格，我很震惊，一定是李玫的缘故，夜长梦多，她就想拉开我和孟珈宇的距离。

那个戴帽男人证实我的猜测，他赶回去的确是为了李玫，她和主治医生约好再做一次CT，决定是否做开颅手术，因为她的脑子里长了瘤……

"哈哈！你也太容易上当了，这么简单的骗术也看不出来？"

"不，不是骗术，我已经跟苏医生通过电话，证实李玫的确病了。"

此时，我再也笑不出来。

"葳葳，"他走过来握紧我的手，"我爱妳，但现在舍弃未婚妻天理难容，妳能等我一下吗？等我搞清楚她的病情再说。"

"你的意思是严重就没有我俩什么事，不严重你就要抛弃她，是吗？"我艰难地问。

"我……不知道，请……给我时间……"

我用力推开他，说自己是老小姐了，最缺的就是时间。

"为什么……为什么妳不能跟我同进退？我不过是求妳等我一下。"

"一下是多久？你告诉我。"我嘶吼起来，"三年、五年还是十年？我有多少时间跟你耗？你知道你在要求什么吗？你在要求我和你一起等，等死神将李玫带走。"

话说得太直白，空气一下子冻住了，好半天孟珈宇才开口："妳是对的，我太自私了，我将话收回，妳不用等我，现在就可以走。"

他说得那样平静，我反倒觉得自己不值，好歹也该挽留我才是，我因此哭得一塌糊涂。

"别哭，是我不好。"他摸摸我的头说。

"为……为什么别人的爱情都那么顺遂，唯独我们一波三折？"我呜咽着，"就……就当我们有缘无份吧！"

"妳舍得吗？"他划去我的泪水，"我反正舍不得。"

听他这么一说，我心软了，他还在乎我，不是吗？

"告诉我，不管李玫能否痊愈，你都不会娶她。"我满怀希望地问。

然而现实再次打了我一巴掌，看孟珈宇犹豫不决的样子，我心如明镜。

"呵呵！太好了，我祝你们新婚燕尔、永结同心。"我噙着泪水说。

~

"不是因为孟珈宇是我的老同学，所以心向着他，老实说，他也算是有情有义之人。"Eva说。

我当然知道他不是恶人，但爱情是自私的，既然他选择当"好人"，不惜牺牲我们的爱情，我也无话好说……

此时Presl推门进来，很精神奕奕的样子。

"我们先走一步啰！"Eva对我嫣然一笑，"吃完饭还得听音乐会，妳知道的，孩子需要音乐陶冶，这叫'胎教'。"

因为拿捏不好尺度，我没走过去恭喜Presl当爹了。

看他们两人三口依偎着离开，我的心更加冰冷。

~

晚上九点，孤独白准时来接我，旁边多了个米星。

"大侠说想看木偶剧，让我陪他，六点那一场。"米星说。

原来她提早离开咖啡馆是找孤独白去了，而且相识不到24小时已经帮人取了"大侠"的绰号，而孤独白也没反对。

"不是这样的，我们在大卫王酒店外偶遇，一起逛了街，后来行经国家木偶剧院，刚好有演出，就买票进场了。"
孤独白解释。

布拉格的木偶剧为地方特色，传说莫札特的第一部歌剧完成后，由于名声不大，到处碰壁，只有布拉格的一个木偶剧团愿意上演他的作品，所以他的第一部歌剧是以木偶剧的形式呈现。没想到演出后大受欢迎，为他以后的音乐生涯奠定了基础，布拉格从此也保留住这个传统至今，在同样的木偶剧场，用着同样的道具，演出同样的剧……

"你们看的是哪个剧目？"我问。

"唐璜。"米星抢答。

第五十七章/扯线木偶

"这出剧说的是玩世不恭的唐璜受到许多女性们的欢迎，从纯洁的邻居少女到高贵的伯爵夫人，个个都爱上他，也因此引来很多麻烦。上帝知道后，来到人间警告他不可如此放荡不羁，可是唐璜不听劝，继续周旋于女人之间，将许多家庭搞得鸡犬不宁，最后被石头人带入地狱，身心都受到鞭答。"孤独白边吃边做戏剧介绍。

米星听完笑得像个疯子，她说原来如此，她还以为唐璜周旋在一群女人中，最后却和一个全身灰蒙蒙的男人私奔了……

也难怪，米星的捷克语只够问早道好，看不懂用捷克语发音的"国剧"没啥奇怪，倒是孤独白能看懂才在意料之外。

"看来你的捷克语挺不错的。"我说。

"没，来布拉格之前做过功课，免得让人误会是乡巴佬！"他答。

米星紧接着表忠心："谁敢说你是乡巴佬，我第一个站出来捍卫你！"

然后的然后，我发觉米星真的好比老佛爷身旁的小李子，把主子捧得比天还高，偏偏被捧的人非但无喜悦之情还紧皱眉头，但米星仍自顾自地说话。

"这塔塔牛肉虽好，但哪及得上大侠书里的叫化鸡、樱桃火腿、梅花糟鸭、荷叶冬笋汤、翡翠鱼圆……来得好吃呢？"

"这自酿啤酒是不错，但哪及得上大侠书里的烧刀子、女儿红、青稞酒、马奶酒……来得好喝呢？"

"这里的女人个个丰臀美胸，但哪及得上大侠书里的金素素、梅萍、苏青……来得古典婉约呢？"

"这……"

一听到喊号，我赶紧提醒米星去取。她丢下吃到一半的生牛肉，跑向柜台。

会来这家"肉铺"用餐实属偶然，就因孤独白说很想一尝"大口吃肉、痛快饮酒"的野趣，米星带我们来到这家网红店。据说吃的全是肉，随叫随做，而且店就开在肉铺里，食材保管新鲜。

该怎么说呢？网红店很多是被炒起来的，言过其实，但这家店中规中矩，虽没被惊艳到，但食物还算可口，尤其五花肉烤得滋滋冒油，表面虽然焦黑，但一口咬下去，浓而不腻的肉汁四散开来，软嫩爽滑，让人回味无穷。

"看来我闺蜜是你的头号粉丝，请见谅。"趁米星离开，我觑了这个空告诉孤独白。

"为什么又道歉？"他饶富趣味地看着我，"我发现妳把自己当成米小姐的监护人了，真是有趣。"

"什么事情有趣？"米星捧着一块烤得油亮亮的牛排过来，那色泽与油脂让人看了食指大动。

我代答。

"妳的确是我妈，啰嗦得很，"她转向孤独白，邀功似的，"而且这个妈根本没当好榜样，跟两个男人同居过，一个自杀，另一个被抛弃后含恨回德国，还好有个'帽子王子'接收，否则就太惨了……"

如果愤怒能杀人，米星早被我千刀万剐、血肉模糊了。

我强压住怒火，努力做到高雅："是呀！我这个妈当得的确不合格，而且上梁不正下梁歪，女儿抢了我前任男友不说，还怀上孩子，幸好没留住，否则我年纪轻轻就成了别人的姥姥了。"

"毕—葳—葳—"米星立马变脸，咬牙切齿地直呼我的名，门缝还发出"嘶、嘶、嘶、"的声音，像极了响尾蛇。

"我吃饱了，你们慢用。"我起身。

要舍弃眼前的美食真心不容易，但我还是扬长而去，因为太受不了女人间撕逼的丑陋相。

～

在公寓楼下遇见孟珈宇，实非我愿。

"Excuse me."我请他让路。

"能别这么孩子气吗？"

"如果我们互换角色，告诉我，你会如何'成熟'面对？"

他抿了抿嘴，重申我对他的重要性，没有我，生命是黑白的……

"能别这么文艺吗？"我问。

"好，我接地气一点儿，没有妳，好比老鼠没有大米。"

"谁理你！"我睨了他一眼。

孟珈宇突然握住我的手，很掏心掏肺地说："我知道自己太优柔寡断，那是因为总想讨好每个人，让每件事都做到圆满的缘故，可惜恰恰相反，妳能帮帮我吗？没有妳，我好像是少了GPS导航的车子，不知该何去何从。"

生平最怕人来软的，他一示弱，不偏不倚打中我要害。

"你说怎么帮？我能做的只是带笑看着你离开。"

"这就是我要的，妳不开心，我也高兴不起来。这样吧！我送李玫回国治疗，不管结果如何，天天向妳汇报，OK？"

看他说得那样急切，眼睛流露出渴望的神情，我忽然想哭，过去这些日子，我是如何折磨眼前的这个男人？

"怎么了？又哭，"他轻轻划去我的泪水，"眼泪像自来水，真多。"

"都是你，害我哭。"

"对不起，让妳笑其实是我最大的愿望，可惜我太笨，总是让妳哭，而且还哭得这么美……"

本来我心郁闷，依旧沉浸在"凄凄惨惨戚戚"之中，听到最后却破涕为笑。

"好了，不哭了，"他拥住我，"让我们好好的，不吵架。"

啊！难道这就是爱的感觉？纵使他有千千万万个不是，只要一句好话、一个拥抱，马上让我弃械投降，打从心底原谅他。

"真的会天天汇报？"我不放心一问。

"真的，"他举手发誓，"绝对风雨无阻，要不要打勾勾？"

我说不要，好幼稚！

"爱情本来就是幼稚的，太理智就不是爱情了。"他亲吻我的发，"我搭明天早上的飞机，恐怕来不及见面了，所以……现在可以与妳吻别吗？"

我想起自己曾在查理大桥上给他一个鼓励之吻，并且提示他下次吻我别问我，但显然他忘了，于是我闭上眼睛……

夜幕低垂，凉风习习，我们在寂静的街道上忘情的拥吻，那滋味……真好！

睁眼时已近中午，知道孟珈宇和李玫正在飞往北京的机上，我的心无来由地感到悲凉，他真的爱我吗？

打开手机，发现孟珈宇给我留言了。他说昨晚的一吻胜过打吗啡，到现在他还亢奋不已，这才发现自己已成了扯线木偶，而我就是操控的人，决定他的走向与悲欢……

他说起木偶，让我想起孤独白和米星，我离去后，他们两人可好？

第五十八章/乱点鸳鸯谱

我将煎至两面发软的茄子放在饼皮上，再洒上切成丝的 Mozzarella 起司。

"谁点的？"Eva 问，然后环顾四周，似乎想找出嫌疑犯。

"别看了，我点的，从早上饿到现在。"我把生披萨送进专用烤炉里。

Eva 问我是不是在减肥？馅料少得可怜，还是素的。我答没有的事，真要减肥就不吃披萨了，任谁都知道碳水化合物的热量很高。

"怎么办？才刚怀上我就嘴馋得不行，待会儿能让我分享妳的茄子披萨吗？"

"真不巧，今天用的是老茄子，茄碱多，对孕妇不宜，我另外做个传统意式口味的给妳吧！"

话刚落音，米星推门进来，说也给她来一份同样的，香肠和起司要加量。

"先买单，本店不是救济院。"我面无表情地说。

"会买的，少不了妳一个子儿。"她迳自走向$_3$号桌。

Eva问我怎么了？两人吵架了？

"没办法，交友不慎。"我愤恨地答。

吃饱喝足后，米星开工，我则到烘焙坊取糕点。别误会，我可没偷懒，今天上班前我曾弯到那里去，糕点师傅说不巧今晨临时断电，烤到一半的蛋糕都得作废，这一耽搁恐怕下午两点才能取货。

想到冷藏柜里还有几块蛋糕片可应急，我耸耸肩答算了，今天就凑和着过吧！没想到怕什么来什么，米星的客人把硕果仅存的蛋糕拿走一半，好死不死，刚旅游回来的熟客又外带另一半，连我留着当点心的烤布蕾也不放过。为了不让后来的客人没甜点吃，我只好再次出马。

当我风尘仆仆地把新鲜出炉的蛋糕带回店里，大气还没喘上一口就被Eva抓到角落。

"我问妳，我的老同学是不是跟他的未婚妻回国了？"

"是的，今天一早的飞机。"

Eva说我真伟大，爱到深处无怨尤。

"不是这样的，我相信孟珈宇心中有我，他答应了每天向我汇报，风雨无阻。"

"好吧！祝你们好运，否则半路杀出的程咬金就太可恶了。"

我问她什么意思？

"大作家来找妳，米星很好意思地把她的占卜客人晾在一旁，自己越俎代庖，现在两人行踪成迷。"

"米星喜欢孤独白我早看出来，既然不是我的菜，我乐得成人之美。"

Eva因此深看我一眼，然后说出惊心动魄的话："亲爱的，妳也老大不小了。"

"我知道，谢谢妳的提醒。"

她问我有没有想过孟珈宇会一去不返？如果连备胎也拱手让人，这岂不是下了个大赌注，赌自己不会终老一生，而她知道婚姻对我的意义，否则我也不会放弃Presl……

"不会的，孟珈宇不会一去不返，我们最终会在一起。"话说得很肯定，但其实心里挺没底。

"既然这样，我就不杞人忧天了，反正现在剩女也多，大不了老的时候抱团取暖。"她把我手中的蛋糕盒接了过去，"蛋糕我来放，妳出门忘带手机，都响了好几回，赶紧查看一下，也许是小孟打来的。"

听到也许是孟珈宇的来电，我三步并作两步，将大衣里的手机取出，一看，的确是国内的号，但不是原先猜想的。

"妈，我是葳葳，有事吗？"我回拨。

没想到母亲在手机那端吞吞吐吐的，话也说得颠三倒四，我要她冷静一下，慢慢说。

"妳爸……妳爸被车撞了，现在……在医院，葳葳，妳能回来一趟吗？"

听到噩耗宛如晴天霹雳，这还用说，当然得回。

挂上电话，我赶紧上网买机票，最早的一班是晚上七点。

"怎么会这样？伯父要紧吗？"Eva问。

"不知道，来不及问。"

"那么赶紧回家打包吧！咖啡馆交给我，妳别管。"

事到临头才知道谁是朋友，我谢了她，推门而出。

~

我三、两下就打包完毕，正要出门，迎上Presl，他说载我去机场。

不用问也知道是谁下的"圣旨"。

都说大恩不言谢，但面对此情此景，加上对父亲的担忧，我泪如雨下。

" Don't worry. Everything will be fine."他安慰我，顺便又问我是几点的飞机。

我很快拭去泪水，告诉他离起飞时间不到三小时了。

Presl听完如临大敌，二话不说提起我的行李往外走，我尾随其后。

~

13个小时的航程，我一路坐立不安，还偷偷掉过几滴眼泪。邻座的乘客以为我有飞机恐惧症，要我深呼吸缓解紧张的压力，为了怕引来更多关爱的眼神，我抹去眼泪佯装无事，天知道这得有多大的克制力呀！

跨出萧山机场，我立马冲向出租车招呼站。

"妈，我是葳葳，现在已经上出租车了，爸怎么了？"一上车，我忙不迭拨打电话。

"妳爸……还好，妳慢慢来，别着急。"

母亲越镇定，我越担心，情况恐怕不妙。

挂上手机，我要师傅开快一点儿。

~

从出租车上下来，胃里一阵翻腾，是我要司机开快，怨不得人，还好没出事，否则就得不偿失了。

来到住院部，我很容易就查到父亲的房号，住的是二人间。

"妈～"我喊了声。

此时房门敞开着，我看到那个熟悉的背影以及头上增多的白发。

"嘘！小声点儿，妳爸刚睡下。"

望着床上的父亲，他的脸色有些苍白，皱纹也多了几条。

"爸的伤怎样了？"我小声问。

"医生说腿扭了。"

腿扭了？我小心掀开床尾的被子，看到右脚脚踝的确肿了，乌青乌青的，但没打上石膏，应该没骨折。

虽然我也关心父亲，但……就为了这个小伤把我叫回来，未免也太小题大做了吧？

我看着母亲等她解释，然而她似乎有意避开我询问的眼神，顾左右而言他："该去打饭了，晚了就没什么好菜。"

～

我以为打饭回病房吃，但母亲说既然来了就坐下吃，不差这几分钟，走时外带父亲的那一份即可。

由于过度担心，在飞机上我没怎么吃，现在知道父亲无大碍后，胃口全开。与我相比，母亲的心思显然不在食物上，她左顾右盼，非常的心不在焉。

"怎么，妳找人？"我问。

"没有，随便看看。"

说随便看看，母亲还真看到熟人，只见她很热情地喊着："纪医生，这里有位，快过来。"

我看到一个身穿白大褂的医生向我们走来。

"坐，这是我女儿，性格好又体贴，一听说父亲的脚扭了，立马从布拉格飞回来，可孝顺了。"

听母亲这么一说，我有不祥的预感，不会吧？！

"葳葳，这位纪医生是从美国回来的青年才俊，未婚，你们背景相似，应该很有话聊。"

背景相似？人家是出国念书，我可是出国端盘子，能一样吗？而且这位医生虽然不难看但不合我眼缘，大概书读多了，总有点儿酸秀才的味道。

我决定不理母亲那一套，故意唱反调："别听我妈的，我就是个嫁不出去的老小姐，性格上肯定有缺陷，否则也不会单到现在。"

"葳葳，"母亲沉下脸来，"别乱说话，让纪医生看笑话了。"

"好，我不说，都过了饭点，我这就给父亲送饭去。"我站起身来。

第五十九章/心灰意冷

父亲说他过马路时被一辆摩托车撞上，小伙子很负责，坚持送他上医院，但在听到有脑震荡的可能性时，一转身便逃得无影无踪。

"还好没事，不然还得全国找人。"我说。

"葳葳，辛苦了，害妳大老远跑回来。"父亲像个犯错的孩子。

我要他别放心上，这是为人子女应该做的，他们就我一个女儿，我不关心他们，谁关心？

"那个……既然飞机票贵，回来一趟也不容易，我听说有女明星把自己的卵子冷冻起来，要不，趁这个机会把那个也做了吧！"

什么？我才从母亲刻意安排的"午餐约会"中退出，没想到又跌入更深的一个坑，父亲索性要我把后代问题也给一并解决了。

"爸，我才32岁，不是52岁，就算52岁，还有老蚌生珠的例子在呢！"我很不满。

"当妳52岁时，我和妳妈大概坟头长草了，妳就不能了了老人的心愿？我们要的不多，就想在闭上双眼前看到妳有个幸福的归宿。"

哎！难道我不想？但姻缘不是想得到就会有，怎么旁人想不明白呢？

话不投机，我决定还是先躲一下，借口到楼下买水果。

"别光买我的，妳想吃什么买什么。"父亲沙哑的声音传来。

"好。"我转过身去，怕看到父亲老态龙钟的样子。

我拿了苹果、梨和哈密瓜，看到黄澄澄的芒果又大又沉，也要了两个。

"一共121元。"老板说。

"这么贵？"我边犯嘀咕边去掏口袋里的钱包。

"老板，这荔枝怎么卖？"

听到熟悉的声音，我转过头去，才两天不见，孟珈宇的唇边长出胡髭，脸也泛油光，还好仍顶着小帽，不致于和印象中的他相差太多。

"葳葳，妳怎么在这里？"

"我父亲住院了，我回来看他。"

"这么巧，李玫也在这家医院。"

"李玫？她家不是在北京吗？"

孟珈宇解释李家有栋临西湖的别墅，加上李玫喜欢这家医院的苏医生，所以……

原来有钱真的可以任性，临湖的别墅起码上亿，不是我们这种市井小民住得起的。

"这位是？"站在孟珈宇身旁的中年妇女开口了，衣服上的黄金熊标志很显眼，那是专门为打高尔夫的富有阶级所制作的运动休闲品牌。

"噢！忘了介绍，这位是毕葳葳，我的……朋友。葳葳，这是我妈。"

知道对方是孟妈妈，我紧张死了："孟……孟妈妈好。"

"好，既然是朋友，你们聊，我先上去了。小孟，记得买荔枝，李玫喜欢。"

孟妈妈走后，我们两人相对无语好一会儿。

"我妈……我妈还不知道有妳。"他解释。

"你打算告诉她吗？"

"我……缓缓吧！李玫今天做CT,还在等结果。"

我有小失望，但还在承受范围内。

"要不要跟我父母打声招呼？"我试探性地问。

"好，那么水果算我的，总不能两手空空过去。"

看孟珈宇走过去付费，我感到欣慰，至少他愿意去看我父母，代表他坦荡荡，没把我当成见不得光的恋人。

～

"爸、妈，这是孟珈宇，我的……朋友。"

面对突来的客人，我的父母有些错愕。

"看着挺眼熟，好像在哪里见过。"母亲说。

"毕妈妈，我们曾经在机场见过，我是孟凡非的儿子。"

"噢！想起来了，你们……你们……"

"我们在交往。"孟珈宇答。

听他这么一说，我几乎要热泪盈眶，这段恋情终于……终于被男主角承认了。

"葳葳，是真的？"父亲还是有些怀疑。

见我点头，父母高兴坏了，说我藏得深，简直保密到家，要不是这次把我叫回来，还不知道要隐瞒到什么时候……

我越听越害羞，孟珈宇也是，一副不知所措的样子。

"葳葳回来一趟也不容易，把该办的都办了吧！"父亲眉开眼笑地说。

"办什么？"孟珈宇一头雾水。

"婚礼呀！小伙子。"母亲接棒，"你们都老大不小了，年头结婚，年底正好生孩子，趁我们两老体力还行，可以帮忙带。"

孟珈宇犹豫不决的神情再现，我赶紧救场："我们……我们还在彼此了解当中，婚姻是大事，急不得。"

"还不着急呀？妳都32岁了，我像妳这个年纪，妳都入小学了。"母亲不苟同。

知道接下来必是无穷尽的洗脑，我转头问孟珈宇那部得奖的电影几点放映？

"快了，下午四点。"他答。

"四点？"母亲看了墙上挂钟一眼，"这会儿都三点半，怕赶不上了。"

我答不会赶不上，孟珈宇有车。

果不其然父母催促我们上路，还邀我的"男友"明天上家里吃饭。

"明天？爸的脚……"

"妳爸早可以出院，为了等妳，我坚持留院观察。"母亲答。

我们又来到水果摊，听说李玫爱吃荔枝，孟珈宇选了好多又圆又大的鲜红果子，当然，其他水果也买了不少。

"我看我还是别去看她，也许她不乐意见我。"我说。

"不会的，李玫回国后性情改变很多，没那么张牙舞爪，妳见了就知道。"

我们一回国，妳也屁颠屁颠地跟上，看过粘人的，可没看过这么粘，简直是块橡皮糖，甩都甩不掉。"李玫损人的功力还在，杀得我遍体鳞伤。

"看来妳的病不严重，至少脑子清楚、口齿伶俐，一时半会儿还死不了。"

"别那么猴急，我早晚上西天，到时把小孟给妳。"

我要她别老说给呀给的，孟珈宇不是物品，可以给来给去。

"小孟，"李玫转向我们争论的男人，"还不快教育教育你的女人，让她懂得先来后到的大道理。"

孟珈宇又一副左右为难的样子，让人看了难受。

"不说了，我撤，再待下去会短命。"

我正想转身离去，孟妈妈适时开门进来："呦！这不是小孟的朋友？也来看李玫？"

没想到李玫当场拆穿谎言，直指我不是小孟的普通朋友，而是女朋友，我们两人正在交往……

“小孟的女朋友？”孟妈妈凌厉的眼光打在我身上，“什么时候的事？”

“怕有好几个月了，女的年纪不小，在布拉格开咖啡馆。”

生平第一次被人这么公开地评头论足，完全当我不在场。

“孟妈妈，我和小孟的确不是普通朋友，但我非小三，一开始并不知道他有未婚妻。”我赶紧声明。

“那好，现在知道了，妳打算怎么办？”孟妈妈问。

“我……我想这个问题应该问您儿子。”我把棘手问题甩给小孟，希望他来表表态。

还好孟珈宇这次没有左右摇摆，他表示终于找到想共度一生的人，希望母亲成全。

“傻小子，你未婚妻还在，讲的什么蠢话？”孟妈妈一脸寒霜，我的心不禁往下沉。

那个躺在病床上的刺猬反倒开口圆场：“没事，毕葳葳是我看上的，她一定会对小孟好。”

本来我挺受不了李玫的反反复复，但即时雨来得正好，至少表面上看起来三比一，我占优势。

“妳看看妳，都病成这样还委屈自己，不管怎样，我心目中的儿媳妇只有一个，他人休想趁虚而入！”

说完，孟妈妈坐下来背对我，一副拒绝交谈的模样。

我心灰意冷地走出病房，尽管孟珈宇说着好话，我仍乐观不起来。

“很明显我成了不受欢迎的人，何必再自取其辱呢？我们……我们就此散了吧！”

“葳葳，快别这么说，妳若放弃，我怎么办？”

看孟珈宇一脸哀伤，我心软了，问他会不会为我而战？

"会，肯定会，妳不也看出李玫支持我们？再坚持一下，事情会有转机的。"

会吗？我完全没把握。

看孟珈宇一脸哀伤，我心软了，问他会不会为我而战？

"会，肯定会，妳不也看出李玫支持我们？再坚持一下，事情会有转机的。"

第六十章/突发事件

相较于我的不受待见，父母对孟珈宇的喜爱溢于言表。

"吃，别客气，葳葳的妈一大早就上农贸市场买带皮五花肉，香味惹得隔壁邻居家的狗汪汪汪地叫了一下午。"父亲说。

小孟听话地咬下一口色泽油亮的红烧肉后，不忘大加赞扬母亲的厨艺了得。

"来，给你一块熏鱼吃，"母亲夹了一块外焦里嫩的鱼块到他碗里，"杭州熏鱼用的是鲤鱼，和上海不一样，怕你吃不惯，我特地用草鱼做。"

孟珈宇照例吃人的嘴软，却引来我的不满，说父母偏心，自己的孩子不疼反疼外人。

"很快就不是外人了，"母亲转向那个被五百烛光打中的男人，"小孟呀！我查过黄历，这个月及下个月都适合嫁娶，你看是不是找个机会让双方家长坐下来商讨一下？我们家的亲戚不少，婚礼就在杭州办一场，北京再办一场，五星级酒店的宴会厅不好订，还是尽早……"

"妈，小心把人给吓跑了，哪有这么心急火燎的？好像常年的存货等出清。"

母亲想再多说什么，被父亲制止："那么多年都等了，不急在一时半会儿，孩子有孩子的想法，还是别介入太多。"

我感激父亲的体贴，没想到他接着说："小伙子，我把我家葳葳交给你，办酒席的事可以缓缓，你俩先去领证，我看明天合适，反正户口本在……"

"对不起。"走出家门，我赶紧道歉。

"没事，父母总是担心孩子的婚事，这可以理解。"

虽然我不高兴父母的过度催促，但孟珈宇态度上的不冷不热着实让我七上八下，把人悬在半空中的感觉并不好受。

走到巷子口，孟珈宇要我进屋去，他打车回西湖，很快的。

"西湖？你住在李玫家？"

"是的，不只我，李玫的父母也在。"

听说李玫的父母是位高权重的政府官员，日理万机的人也有空来此？

孟珈宇答他们就一个女儿，还有什么比陪伴来日不多的女儿更重要的？

"这么说CT结果不理想，连手术也做不了？"我问。

见小孟不言语，我心里有谱了，要他在这段时间多陪伴未婚妻，我不再出现。

"谢谢妳的理解与大度，等我，我会回来找妳。"他说。

啊！我多么不想放他走，但我不能，和病入膏肓的人抢夺，天地不容，除了看他远去，我没有别的选择。

～

既然父亲的伤情不严重，我上网买飞回布拉格的机票，就订在下周末。

"那小子是怎么回事？你们还约着见面不？妳这一走，到嘴的鸭子岂不飞了？"母亲问，非常忧心忡忡。

"都是你们啦！把人吓跑了。"

"真的？"父亲一副不肯相信的样子，"他也太小肚鸡肠了，就为了这么点儿事跑了？他对妳到底是不是真心的？"

我答有钱公子都这样，对女人始乱终弃早已是家常便饭的事。

"太可恶了！亏我们待他这么好，如此捉弄人实在有失厚道！"父亲气得握紧拳头，"不行，这种人就该受点儿教训，否则不知还有多少无辜的女性受害。"

我赶紧灭火："他没你们想的这么坏，反正我们也没认识很久，谈不上损失，你们可别兴师问罪去，那会闹笑话的。"

谁知我的胡诌已经埋下闯祸的种子，并且以跑百米的速度发酵起来，我才上美发院剪个头发，又在书店磨蹭两小时，转身就在快餐店的14吋电视上看到父母，他们在HD集团设在杭州的分部门口前拉起横幅，标语写着：**始乱终弃是罪恶，无辜女性请绕路**。

我用力闭上双眼，再张眼时父亲正对着镜头侃侃而谈，身后还有一群大爷大妈摇旗呐喊，我认出是父亲的多年棋友及母亲的广场舞姐妹。

"完了完了，毁了毁了，叫我如何做人？"我扔下吃到一半的饭菜夺门而出。

还没到家就接到孟珈宇的来电。

"对不起，我真不知道事情会演变成这样，你等等，我很快就到家，等我了解情况，一定给你一个说法。"我边跑边说。

"葳葳，小心点儿，我父母估计快到妳家了。"

说时迟那时快，一辆宝马轿车从我身旁呼啸而过，并在前方路口右转，完了，肯定是孟氏夫妇，我家那条巷子没人开宝马。

我向孟珈宇求助，问他该不该回家当炮灰？

"别回去，我们找个地方喝茶。"

"还喝？我都害怕死了。"

"就是害怕才要喝茶冷静，妳到香妃茶室等我一下。"

香妃茶室是个小四合院，中间有个天井，布置成小桥流水。大堂很宽敞，入门一侧还放置了一把古琴，每月十五会请专业的琴师来演奏，包厢也别具特色，每个房间的格局都不一样，看得出设计师的巧思。

坐下后，我们要了龙井，茶的味道浓郁，香气四溢，附赠的四款茶食（瓜子、花生、肉脯、冬瓜糖）也很给力。

"千错万错都是我的错，我不该乱说话，对不起！"我的头低得不能再低。

"其实……这样也好，总得有人戳破那层窗户纸。"他替我倒茶水，"没事，既来之则安之，除了生死，其他都是小事。"

在很多人眼里，孟珈宇也许不够完美，但有一点我还是挺欣赏的，他的个性温和，既不会给人乱扣帽子也不会落井下石，算是谦谦君子。

"本来你母亲就不喜欢我，现在更有理由讨厌我及我的家人，我该怎么办？真希望时光能倒流12个小时，我肯定不乱说话。"

"葳葳，"他握紧我的手，"别烦恼，兵来将挡，水来土掩，无论如何我都会站在妳这边。"

有了孟珈宇的安慰与支持，我终于不再像只无头苍蝇，并且在茶过五味后还有闲情逸致跟他讨论最近很火的一本书《北京折叠》。

"我了不起就处在第二空间，不像你，在人人称羡的第一空间，照书上说的，我们是两类人，再怎么着也无法相见。"我说。

"错，妳忘了三个空间每48小时轮换一次，也许我到妳的空间来，也许妳到我的空间去，相见是早晚的事。"

我说他不会高兴到我的空间来，这个空间太拥挤，每天得很努力才能探出头呼吸一口新鲜空气……

"那么只好妳到我的空间来，我会留出一个好位置给妳，让妳爱怎么吸气就怎么吸。"

啊！我不敢奢望每48小时的空间轮换能让我从第二空间上升至第一空间，却非常希望48小时后能获得孟家的谅解，毕竟事情闹得这么大（还是无中生有的丑闻），任谁都会怒发冲冠、大发雷霆。

～

我没想到父亲会气得脑溢血，被紧急送到急救室。

"妈，怎么回事？爸……"

"还问为什么？妳在国外与人同居，还介入孟家少爷与未婚妻的感情里，活生生将两人拆散，妳让我们两个老人的面子往哪里摆？家丑呀！还有劳别人告诉我们妳在国外的私生活有多紊乱，连我都羞愧得想一死百了，呜呜呜……"

突来的局面让我一时无所适从，什么时候我的隐私完全摊在阳光下让人评头论足？

"妈，不是这样的，婚前同居其实……其实很普遍，何况我和卢医生只同居很短的时间，至于拆散别人的感情……刚开始我不知道孟珈宇有未婚妻。"

母亲气得打我两下："还好意思说？我和妳父亲还当妳是处女，没想到……家门不幸，家门不幸啊！"

母亲就在急救室外又哭又闹，我安慰她不是，不安慰她也不是，只好闭上眼睛捂住双耳，当一只把头埋入土里的鸵鸟，期待怨怼声能渐行渐远……

第六十一章/愚人节

四个小时后医生走出急救室，他说父亲的脑溢血是由于情绪激动导致血压升高所引起，还好手术成功，但术后得留意有无后遗症，同时保持情绪的平稳，若再重蹈覆辙就不妙了，全身瘫痪乃至死亡都有可能。

谢过医生后，母亲叮嘱我待会儿见父亲时少说话，看她的眼色行事。

在观察室里，戴着氧气罩的父亲呼吸动作很大，我以为他就要喘不过气来。

"爸，您怎么了？是不是呼吸困难？我去叫医生过来。"

父亲突然用力抓住我的手，然后在我的手心上写字，看见"走"这个字，我骤然心碎，最爱我的父亲竟要我走。

"妳还是出去转转，万一妳父亲的血压再升高就完了。"连母亲也催促我走。

我心灰意冷地坐在观察室外的座椅上，感叹不过一天的工夫就从天上掉入地狱，也没那个谁了。

天色渐亮后，我决定还是出外买早餐，父亲能不能进食我不知道，但母亲肯定得吃，才一个晚上她就瞬间老了十岁，再这么下去会生病的。

等我拎着从城隍牌楼巷买来的咸豆浆和烧饼油条走进观察室时，才发现父亲已转入普通病房，并且沉沉入睡，母亲示意我到病房外说话。

我把早餐摊在冰凉的座椅上，把豆浆的杯盖打开，再递上尚有余温的烧饼油条。

"别以为给我好吃的就会原谅妳，妳……太令人失望了。"

见母亲又要掉泪，我只好还原真相。

"葳葳，这样妳太亏了，万一那个女的再多活个几年，妳都四十了，谁还会娶四十岁的老姑娘？"

我答果真如此，那也是命，女人不一定要结婚，若结婚，对象必须是自己喜欢的……

"妳是喜欢他，但他有没有同样喜欢妳那么多？还有，孟家对咱家是一百个不满意，那种嫌弃的眼神十公里外都能感觉到，妳确定吃得下这口饭？"

没错，未来公婆是不喜欢我，但了不起我和孟珈宇可以躲到国外去，鞭长莫及，他父母也奈何不了我们。

母亲摇头说我把事情想得过于美好，能在短时间内扒出我隐私的人绝不简单，想逃？逃得了和尚跑不了庙，即使孙悟空也难逃如来佛的掌心。

"妈，我是成年人了，你和爸就别管那么多了。"

"哎！别人家的女儿都早早结婚生子，不像妳，到现在还不能让人省心。"

我佯装没听见，默默吃着早餐。

～

母亲要我吃过早餐到医院前台付费，我照办，等收据的时间，我看到电视正播报财经新闻，HD集团因昨天下午的拉横幅抗议事件，股票今早一开盘就下跌3%，账面损失达两亿多元，总裁孟凡非不得不召开紧急会议……

"就为了这点儿小事，至于吗？也太小题大做了吧？！"我边看边想。

一个同时观看电视且"唯恐天下不乱"的护士开口了："要我说，整起事件就是个大乌龙，有钱公子怎么会看上灰姑娘？搞不好那老人就是个碰瓷的，想白拿一笔封口费。"

收我钱的出纳很尴尬地看我一眼，然后要她别说了，电视上的老人正在本医院接受治疗，应该不是碰瓷的……

没想到那名护士一根筋，没听出话中话，声称大爷若不是碰瓷的，那么就是女儿十三点，把逢场作戏当真了……

"说够了没？"我终于按耐不住，"妳是人家肚里的蛔虫吗？有那个时间何不多看书充实内涵？整天八卦也不嫌累！"

说完，我扬长而去，还能感觉背后射来的异样眼光扎得我千疮百孔。

～

还没走回病房就接到孟珈宇的来电，他约我在医院附近的咖啡厅谈话。

"HD集团今早一开盘股价就直线下落，估计闭市前会提早跌停，如果真是那样，单日的损失就太惨重了，我父亲急得像热锅上的蚂蚁。"孟珈宇一坐下就开诚布公。

除了抱歉，我不知自己还能做什么？

"我父亲想见妳。"他说。

"见我？为什么？"

孟珈宇答他不清楚，如果我不愿意，他不勉强，根据他的判断，我还是尽快出国远离是非要紧。

"不，我不能把烂摊子留给你，何况……何况我父亲住院了，我一时走不开。"

"住院了？为什么？难道因为我父母说了什么？"

我表示父亲入院的最主要原因还是因为我，我太令他们失望了……

"嘟……嘟嘟……"突来的铃声大作，我看见孟珈宇对着手机一副唯唯诺诺的样子。

谈话结束后，我问他是谁的来电？

"我父亲，他说……"

"走吧！"我站起身，"该面对的终究要面对，是福是祸都得承受。"

～

孟爸爸比报章杂志上看到的更挺拔些，严肃的表情让人望而生畏。

"妳就是毕葳葳？坐。"他请我在办公室的小会客厅坐下，"今天事多，恕我单刀直入，我已请律师写好声明稿，妳只要负责签名即可。"

我看着递过来的A4纸感到纳闷，这是什么状况？待我读完洋洋洒洒的五百字官方说法后，彻底傻眼。

"我……我可以声明这是误会一场，但要我承认自己有精神疾病是不是……是不是太过分了？"我气得话都说不利索。

"只有这个说法最容易被原谅，谁会跟一个无行为能力的人较真？我这么做是为妳好，万一记者一深挖，妳将无所遁形，包括逼死前男友及与人同居等內幕。"

不等我反击，孟珈宇抢先一步："这个声明葳葳不能做，一旦做了，我岂不是和精神病患成亲？"

孟爸爸很愤怒，拍打桌面的声音震耳欲聋："说什么傻话？你的妻子是李玫，人即使没了也得冥婚，那些动不动就拉横幅抗议的都是一些乱七八糟的人，我们孟家绝不可能敞开双手欢迎。"

我赶紧把罪过一肩担起，承认自己说错话带来了伤害，但不承认自己的家乱七八糟，该有的礼义廉耻还是有的。

"毕小姐，我真不好打击妳，但凡有羞耻心的人是不会趁人病危夺人所爱，相信妳也有此共识。"

"爸，这不关葳葳的事，是我爱上她，让她承受不该承受的痛苦。"

然而孟爸爸拒绝接受儿子的说法，仍一口咬定是我在兴风作浪，把好好的家及公司搞得乌烟瘴气。

"那没什么好说的，我走就是。"我起身。

"妳不能走，"孟爸爸毫不留情面，"妳走了，孟家的损失谁来负责？"

我想了想，祸是自己闯的，总得帮着解决。

"我会自己拟声明稿，今晚发到小孟邮箱。"我答。

为了这个声明，我绞尽脑汁，该怎么表达才能把伤害降到最低呢？

我想起和孟珈宇会面时的阴错阳差以及为了一偿夙愿在查理大桥上寻找女性接吻的荒谬之事，不禁莞尔，遂提笔写下深情告白。没错，诚实为上策，与其遮遮掩掩倒不如大方承认正在谈恋爱，我爱他，他爱我，如此而已。

在午夜到来前，我终于按下发送键。

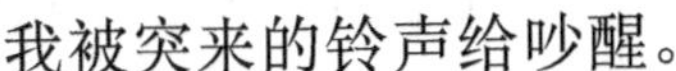

我被突来的铃声给吵醒。

"毕小姐吗？我是ZH日报的记者，听说妳有幻想症，妳父亲不知道吗？如果知道还去人家的办公处抗议，居心叵测呀！"

我吓得挂上手机，这是什么跟什么？我在做梦还是出现幻听？

没几秒钟又有电话打进来，这次是电视台想和我做午间新闻的联线采访。

"你们想知道什么？"

"HD的股价已经止跌回升，我们想知道妳是否被迫做声明？背后有没有利益交换？这是不是一场炒作？"

我问什么声明？

"妳不是声明自己有幻想症，很抱歉给HD集团带来困扰吗？难道那声明是假的？"

"是……是假的，不……不是假的，我……我反正不清楚，别问我。"我慌忙挂断。

当第三通电话铃声响起，我索性关机。

"这不是真的，肯定在梦里，"我拍打自己的脸颊，"毕葳葳，快点醒过来！"

"葳葳，"母亲适时开门进来，"我做了妳爱吃的鸡蛋灌饼，快起床趁热吃！"

我没头没脑地问她："人有可能在梦中而不自知吗？"

"妳怎么了？"母亲抚摸我额头，"没发烧吧？！"

我能感觉母亲掌心传来的温度，这么说刚刚发生的一切都是真的？我赶紧重启手机。

"妳打给谁？"母亲问。

我打给谁？当然是孟珈宇。我要质问他为什么自己又成了精神病患？这是愚人节开的玩笑吗？

"抱歉，您拨打的电话暂时无法接通，请稍后再拨。"

妈的！就非得让我上门不可？

挂上电话，我冲进洗澡间梳洗，不理会母亲的频频问话。

第六十二章/随风而逝

李家别墅位于中国美院附近，灰墙青瓦，对面就是西湖，走几步路就到钱王祠，地段无可挑剔。

我按下对讲机，没多久，一个梳着巴巴头的上海阿姨来开门，白衫黑裤，很干练的样子。

进得门内，有一参天古树，枝干虬曲苍劲，缠满了岁月的皱纹。就在树阴掩映中，一座两层三开间的西式别墅赫然入目，有木格门窗、罗马柱、老虎窗等，十足的洋气。

屋内很幽暗，上海阿姨要我跟随她上二楼，经过长长的走廊，终于看到擦得发亮的实木楼梯，兴许年代久远，走起来还嘎嘎作响。

"妳来了，"李玫指着一把民国时期的欧式洋椅示意我坐，"小孟不在，帮我到医院取吗啡，我现在时不时得来上几针，否则分分钟都是一种凌迟。"

不知是不是病情加重的缘故，李玫看起来不仅面黄肌瘦还有黑眼圈，虽然洒上浓郁的香水，但身上还是有去不掉的酸臭味。

"妳的气色不错。"我说。

她冷哼一声，要我别说客套话，她现在连镜子都不想照，谁看谁讨厌！

"出去走走会好些，别老在家待着，即使健康的人也会生病。"我说。

她说脑瘤患者畏光，而且痛起来呼爹喊娘的，她可不想让路人误会自己是个疯子。

"抱歉！我真不知道，打过吗啡还疼吗？"

"会好些，但副作用就是嗜睡，我现在和澳洲的树袋熊差不多，一天睡足18个小时。"

说完，我们同时听到有人上楼的声音。

"吗啡取回来了，"孟珈宇看到我在场，有些吃惊，但很快恢复正常，"医生提醒我得留意使用的频率，否则后期就不管用了。"

"后期？我现在离死亡就一个手指头的距离，还谈什么后期？快，给我来一针。"她卷起衣袖，我看到手臂上有无数个针孔。

扎完针，李玫说想睡觉，要小孟把窗帘拉上。

李家餐厅很有老上海的味道，欧式吊灯自上而下垂坠，黑白旧照诉说着岁月的痕迹，紫檀的桌椅、高雅的餐具以及空气中弥漫的花露水味道，处处体现着复古与欧陆风情交织的浓密色彩。

上海阿姨端来了一壶茶及几样吃食，有糖桂花、酥油饼及麻球。

"听说HD的股价开始回升了。"我说。

他云淡风轻地答不清楚。

"真不清楚还是假不清楚？我都成了全国的笑话，你会不清楚？"

"葳葳，"他抓住我的手，被我甩掉，"为了家里的事让股东大出血，怎么都说不过去，我父亲这么做也是被逼无奈。"

"意思是你也默认了？"我愤而将油酥饼往下一掼，"先斩后奏也不怕我在媒体前揭发？"

孟珈宇痛苦地反问我该怎么做？他听我的。

这时候听我的？说得倒好，大势已定，我若对着干只会引来更多看热闹的人，而本来不喜欢我的孟家也有充分的理由将我视为敌人。

孟珈宇再次云淡风轻，他安慰我别在乎别人的想法，只要他清楚我的为人就行……

"呵呵！人生在世还有个东西叫颜面，如果我不表明立场就是承认自己的脑子有问题，我父母那边该如何交待？他们会成为邻里间的笑柄。"

"我们孟家早已成为全国的笑柄，这难道不是拜妳父母所赐？我们不过是重新回到原点，将伤害降到最低。相信我，你们毕家的隐忍最终会有回报。"

我很失望，原以为孟珈宇会为我做些什么，没想到什么都没做，而是说服我接受莫须有的罪名。

"好，如果这是你想要的结果，我满足你。"我起身，"祝HD的股价今日爆涨，让股东们个个眉开眼笑。"

"葳葳，妳听我说……"他过来阻止我离去，此时手机铃声响起。

我接听，是某家晚报的记者，他问我那份声明是否属实？有什么要补充的？

"属实。过去几个月我一直幻想自己收获了一份真挚的爱情，但幻想归幻想，它并不真实存在，我很抱歉给孟家带来困扰。近期我将出国治疗心理疾病，请别再打来，也别打扰我的家人，谢谢！"

挂上手机，我对着曾经的爱人流泪，他上前一步想拥抱我，被我一把推开。

"祝你幸福！"说完，我头也不回地走了。

～

父母问我报上及电视上说的"声明"是怎么回事？

我答就是这么回事，自己32岁还没男人，脑子多少有毛病，得治，还好再过几天就出国，流言蜚语也会跟着消停……

"葳葳，妳是回来给我们添堵的吗？"母亲又气得打我两下，"不对，小伙子明明说和妳正在交往，这个我和妳爸绝对没听错。"

"那个……也许当初他的脑子不清楚，反正……反正一切都结束了，你们就当什么都没发生过。"

母亲还想说什么，我表示如果再纠着这个话题不放，自己立马打包离开，他们才噤口。

～

我躺在床上悼念我逝去的爱情，忽然听到有东西击打窗户的声音。我转过头去，赫然发现玻璃窗上血迹斑斑，吓得我赶紧跳起察看，还好那不是血液。

"下来，我有话跟妳說。"头戴绅士帽的孟珈宇仰头对我喊，手里拿着小蕃茄，应该是从楼下水果店买来的。

我对他比了个刎颈的动作（意思要他下地狱去），没想到他又赏了我几颗小蕃茄，我赶紧将窗户拉上，避免一场可能的灾难。

几分钟过去，终于不再听到乒乒乓乓的声音，我猜想他大概弹尽援绝，如果不是去补给，就是铩羽而归，没想到随之而来的是咒骂声响起。

"你还有脸上我们家？葳葳受的苦还不够多吗？出去！别让我们再看到你！"母亲撕心裂肺地喊。

父亲虽然行动不便，但也举起枴杖直指孟珈宇："小赤佬，滚！"

怕父亲的血压再次升高，我跑向那个呆若木鸡的男人，硬拉着他往外走，背后还传来母亲的呼喊声："葳葳，妳去哪儿？快回来！"

我们跑了三个路口，直到确定母亲没追来才停下脚步。

"妳父母生起气来挺吓人的，我都不知该说什么好，脑里一片空白。"他说，一副很无辜的样子。

我推他一把："你来做什么？你不应该来的，这叫自做自受。"

"谁让妳不下来，妳下来就没后面什么事了。"

呃！反倒是我的错？我要他有事快说，说完我回去了。

"李玫想见妳。"他说。

"今早才见过，怎么……"

"她知道妳很生气地离开后，要我一定得将妳追回，若没追回，今晚我连睡觉的地儿都没有。"

原来他是为了谋遮风避雨的地方才来找我，有这么说话的吗？

"三星级酒店一、两百元有一晚，你若没钱，我给。"

"葳葳，我不是这个意思，妳知道的。"

他又重申自己嘴笨，不会说好听的话，但爱我的心不变，一直都在……

换作从前，我会替他也替自己找借口，但现在……兴许我累了，也或许是骤然觉醒，一个在关键时刻无法保护我，只是一昧要求我忍让的人，他的爱有多少？

"星期六早上我飞布拉格，在那之前的任何一天，我们可以上民政局领证，领完证，我们一起飞布拉格。你若想留下来照顾李玫也行，无论如何，先领证再说。"我平静地说。

"我父母那边……"

"那是你的工作，就这样，拜！"

这次孟珈宇没有跟来，我知道他骨子里的优柔寡断又在作祟，放他一人去思考。

没想到放狠招的结果换来对方的无作为，直到办好值机，那人依旧一通电话也没有。

哈！竟然是这种结局？我在机场哭得肝肠寸断。

"没事，若真不想回去就留下来陪我们，杭州是个大城市，工作随便找找就有。"母亲误以为我的伤心是因为离别依依，抚着我的后背安慰我。

"不，妳不懂，我哭不是因为这个。"我离开母亲的怀抱，"我走了，妳和爸多保重！"

飞机起飞后，我果断将自己的爱恨情仇揉成一团扔向机外，让它随风而逝……随风而逝……

第六十三章/烟花

我意兴阑珊地回到布拉格的家，连Eva的问话都懒得回，草草洗过澡便上床，牙都忘了刷。

隔天起床已近中午，屋內静悄悄的，连屋外自行车经过的声音都能听得一清二楚。

我把Presl的谷物拿来当早午餐吃，又因"偷吃"心怀愧疚，把屋子上下打扫得窗明几净，当Presl进门时，眼睛张得老大，以为走错门了。

" Tea or coffee?"我问他要茶或咖啡。

他答茶，于是我把从杭州带回来的西湖龙井拿出来与他分享，他大赞这是他喝过最好的茶叶。

西湖龙井以"色绿、香郁、味甘、形美"闻名，素有"绿茶皇后"的美称，难怪Presl会惊为天人。

" Is your daddy ok?"他问起我父亲。

我谢谢他的关心，顺便问起Eva的近况。

Presl答她的状况越来越不好，呕吐得厉害，脾气也变得捉摸不定。

我要他多体谅孕妇，谁怀着个肉球会舒服？她现在有妊娠反应很正常，到了中后期会好些……

我们谈得兴起，Eva忽然开门进来，手里拿着一根法棍，时间刚过六点。

"妳终于回归正常了，"她将法棍丢进烤箱里，"昨晚看妳一脸大便。"

刚要Presl体谅孕妇，现在面对Eva的"口不择言"，我也只好佯装没听见，转而问她吃的是晚餐还是下午茶？

"我现在只吃得下无味的面包，如果妳想炒菜，请回咖啡馆，这个家不允许有油烟味。"

"那么妳整天待在咖啡馆吸得又是什么？难不成是花香？"

"我雇了个临时工，只要一开伙，我就到外面走走，还好现在天气回暖了。"

临时工？我问她哪来的钱？

"难道妳打算让孕妇每天工作11个小时？"她双手叉腰，一副山雨欲来之势，"亏妳说得出口！"

"我不是这个意思，别误会，这样吧！临时工的工钱我来付，还有，既然我回来了，就不再需要临时工，咖啡馆的利润不高，我们付不起这方面的开销。"

"那好，妳现在去辞了他，顺便用那里的炉灶解决民生问题，我再也禁不起呕吐。"

我答遵命，然后转头问Presl想吃什么，我煮好带回来给他。

他答不用麻烦，晚餐他向来以沙拉取代，既健康又低热量。

难怪Presl看着越来越瘦，我还以为他患病了呢！

～

入夜后，老城广场上的游客依旧如织，人声鼎沸，好不热闹！

我推开Sicily Cafe的店门，看到厨房有两个忙碌的影子，一男一女。

"回来了，伯父可好？"米星问。

"很好，所以我回来了。"我看了一眼正在煎培根的壮实背影，低声问，"他怎么在这里？临时工呢？"

米星听了乐开花，转身问："喂！老板问你这个临时工怎么在这里？"

"没办法，守株待兔呗！"他把煎好的培根放进汉堡包里。

"你忘了放洋葱。"我提醒他。

孤独白答他没忘，顾客说了不要洋葱。

我接过他递过来的汉堡包，问他几号桌？

"小三点的。"

我翻了个大白眼，这是考验我的智商吗？

由于天气回暖，不仅游客增多，本地人也纷纷出笼，连我们的小咖啡馆此时也座无虚席。

我快速扫描一下，有孩子和老人的跳过，专挑情侣，二人座上有两桌可疑的，靠窗那桌的女人像做了多年的家庭主妇，身上的衣服灰扑扑的，除了唇边的痣还显风情，全身上下毫无亮点；另一桌的女人涂了红色指甲油，脚上的细根高跟鞋能踩死没穿鞋的人。

想当然尔，我把食物端给那位"千娇百媚"，没想到她摆手，表示不是她点的。

"不会吧？"我心想，然后转身把盘子递给"不施粉黛"。

"Dekuju."她对我微笑并道谢。

回到厨房，我怒问孤独白为什么耍我？

"谁说小三一定长得像狐狸精？男人找小三泄欲的有，但更重的是精神层面。"

"这么说，是人家亲口告诉你是三儿，男人找她是为了抚慰心灵？"我问。

"妳过来，"他拉我过去，"看到没？男的戴婚戒，女的没戴，还有，看他们的眼神，谁结婚后还会想把对方吞下肚？"

听他这么一解释，有点儿意思，那对男女的确像不伦之恋。

"别被骗了，那女的是我的占卜客人，问过和这个已婚男的结局。"米星捅破窗户纸。

孤独白尴尬一笑，转对她说："嘿！妳就不能假装不知道？"

"不能，你想在葳葳面前大秀自己的超凡观察力，我看了不爽。"

我要他们别争了，我对别人的感情不感兴趣。

"我也是。"孤独白说，"我对自己的感情比较感兴趣。"

"Me too."米星附合。

没想到下一秒，我们的大作家对我说："葳葳，我爱妳，嫁给我吧！"。

如果"求婚"的场景再浪漫些，譬如鲜花、气球、蜡烛……等，也许我会被唬住，但孤独白选在我的工作场所，周围环境再寻常不过，我认定这绝对是玩笑话，虽然今天不是愚人节。

"如果今晚午夜前你能在查理大桥放足999发烟花，我就嫁给你。"我说。

在欧洲，除了节日或特定活动，一般禁止燃放烟花，群众私下买来放更是少之又少，因为烟花价贵，还得雇用专门的技术人员及买保险，更别说事先得拿到许可证，这不是几个小时能搞定的事，我的答复无疑间接拒绝他。

"好，妳说的。"孤独白决绝地脱下围裙，大踏步而去。

米星气急败坏："这下子妳高兴了吧？！如果……我跟妳绝交！"

话一说完，她夺门而出。

"什么跟什么嘛！玩笑话也听不出来？"我纳闷极了。

孤独白和米星走后，我累惨了，本来是上门找吃的，东西没吃上，反倒忙得不可开交，把食物上错不说，还少找钱，客人纷纷怨声载道，我则徒呼负负。

当最后一位客人踏出店外，我把冷藏室里的三明治拿出来啃，连咖啡都懒得泡，直接喝水龙头里的水。

"今晚谁再让我做事，我跟谁急！"我愤恨地想着。

回家后，Eva 问我今晚吃了什么好料？我答大龙虾和神户牛排。

"我们店里有这两样东西吗？"她一脸茫然。

"有，我刚吃了。"

在Eva进一步细问前，我躲回房里去。今晚受够了，我需要一个热水澡及一张舒服的床。

我被突来的轰炸声给吵醒，以为发生了恐怖袭击。

"葳葳，"Eva敲我房门，"睡了吗？没睡就出来看烟花，漂亮极了！"

我立马跳起冲出房外。

远处的烟花像一颗颗闪闪发光的小星星，曼妙地开出一朵朵浅黄、银白、翠绿、淡紫、清蓝、粉红的花，夜空顿时变得光彩夺目、美不胜收。

"怎么会有烟花？"我喃喃自语，心里怕得要死。

"不知道，连Presl都觉得奇怪，今天不是节日，怎么就燃放了？布拉格上回放烟花还是元旦的时候。"她答。

我吞了好几口口水，然后掏出手机，却不知该不该打给那个一根筋的男人。

第六十四章/未婚夫

烟花的轰炸声没有持续多久就戛然而止，前后不到三分钟。

"没啦？"Eva很失望，"我还以为会像元旦一样，炸到耳朵嗡嗡作响。"

"烟花很贵的。"我喃喃道。

Eva笑得花枝乱颤，她问我何时开始替市政府省钱？该发个"好市民"的奖章给我。

我不是替市政府省钱，而是……那个一根筋的男人恐怕要大失血了。

～

由于Eva是孕妇，我和她对调上班时间，意即早十晚六，还因她闻不得油烟味，晚餐提供给客人的菜单只剩汤、沙拉及面包可选。

隔天我准时上咖啡馆报到，开门没多久，一群爷爷奶奶便前呼后拥而来，通过肢体语言，我知道他们在讨论昨晚的烟花。

虽然心里有猜测人选，但不到"铁证如山"的时刻，我不愿相信放烟花的人会是孤独白。

"应该不是他，我说了放足999发，昨晚肯定没达标，所以不是他，没事没事……"我拼命安慰自己。

"亲爱的，"米星忽然开门冲着我笑，"出来一下。"

听见米星喊我"亲爱的"，又给我"加菲猫"式的笑脸，我瑟瑟发抖，知道大事不妙。

"什么事？"我推开门问，半个身子还在店内，大概潜意识想躲回去。

"孤独白被关进警察局，妳去保他出来。"

我问为什么？但心里有底。

"还问为什么？他没经过允许私自燃放烟花，被扣上'扰乱社会秩序'的罪名，那些黑心警察要60万克朗才肯放人。"

"60万？"我拉高分贝，"我的账户里连20万都没有，哪来的60万？"

米星问我想怎样？祸是我闯的，屁股当然由我擦。

我想了想，一人做事一人当，遂把咖啡馆交给她，自己上警局一趟。

~

才被关一个晚上，孤独白就有了流浪汉的邋遢样，头发乱得像稻草，胡髭也长出来了，满脸油光。

"还好吗？"我问。

"不错，又多了个生活体验。"

我告诉他需要60万克朗赎身，要嘛他再回去多体验体验生活，要嘛请求外援。

"不用麻烦，"他掏出皮夹，给我一张黑色小卡片，"去ATM机取20万。"

孤独白给我的是无限额度的信用卡，俗称"黑金卡"，它是专为金字塔尖端的顶级客户量身打造的，门槛极高，年费吓人，当然服务也是上乘的。

我虽知道孤独白是畅销书作家，但不晓得他这么有钱，看来写文不见得都是穷人。

"那个……是60万，不是20万。"我提醒他。

"没错，就取20万，跟他们说要多没有，要命一条。"

20万克朗相当于6万元人民币，其实也够多了。

我把一百面额一沓的钱放在桌上，共二十沓。

警察以为我听不懂捷克语，刻意在白板上写下600,000 CZK。

"Understood?"长得像"好兵帅克"的警察问我懂不懂？

我拼命摇头，再把空了的钱包掏出来给他们看："See, no money."

"No money. No people. Go away."一个明显是头儿的警察说。

布拉格的警察经常被诟病与流氓无异，早已黑白不分了。

"All right."我把钱全数扫进袋子里，"Have a good day."

我作势要走又被叫住。

果然贪婪的人都短视，他们商量过后，决定放走大作家。

～

"再也不想进笼子了，"孤独白抖抖身上的衣服，"十几个人挤一间，臭气冲天，若不是我施展'金钟罩铁布衫'的气功，恐怕早已气绝身亡了。"

"呵呵！"我把黑金卡还给他，" very funny."

他将卡塞回皮夹內："谢谢妳的帮忙，我现在需要洗个澡、刮个胡子，两个小时后见。"

～

我一回到咖啡馆，米星立马冲过来问："他还好吧？"

"很好，除了身上的酸臭味外。"

"人呢？"她望向店外。

"别看了，他回去洗澡了。"

米星毫不犹豫地扔下我们而去。

"原来昨天的烟花是孤独白放的，胆子真大还巨有钱。"Eva抚着日益凸出的肚皮说。

我把任性过后得用20万克朗赎人一事说出，原以为她会为警察的胆大妄为咋舌，孰知她要我抓紧机会嫁人，这么有才华又多金的人不多见了……

"我以为妳会替自己的老同学说两句。"

"那个黄了，如果能成，妳也不会一回来就摆着一张臭脸。"

我说她未卜先知，这样也能上纲上线？

"实话告诉妳，这里的华文报把国内HD集团股价下跌的八卦也给报导了。"她答。

什么？这也太丢脸了，我是不是该挖个坑把自己给埋起来？孤独白又会怎么看我？……

Eva要我放心，在洋人眼里，亚洲人全长一个样，再说了，大作家肯定没把我当疯子看，否则也不会做疯狂的事，简直像个十七、八岁的热血青年……

"Eva, 妳说被爱幸福还是爱人幸福？"我问她这个"千古疑问"。

她答想被爱就选作家，想爱人……whatever, 她也不清楚我到底爱不爱孟珈宇，照她看，我最爱的人是戈墨，可惜他死了。

"妳……怎么知道戈墨？"我问。

"这世界还有秘密可言吗？米星早把妳的陈年旧事交待得一清二楚。"

我就知道是她，典型的猪队友。

"亲爱的葳葳，"她搂住我，"听我的，孤独白不错，至少不会让妳哭，而我那个老同学就不好说了，当年我义无反顾地抽身而退，不是没理由的。"

是吗？没有火花的爱情也能天长地久？若要找鸡肋，孤独白无疑是适当的人选，但我该不该找他凑合着过？

我没有答案。

"葳葳，外找。"我在厨房洗碗，Eva过来喊人。

孤独白说了两个小时后见，还真准时。

我把手中的碗洗完，沥在水槽的铁架上，然后擦干手走出来，一个背对我的男人正和Eva谈话。

"葳葳，妳看谁来了？"Eva带笑说。

那个头戴巴拿马草帽的男人化成灰我都认得。

我闷不吭声地走到咖啡机前泡咖啡，这时候不来点儿提神物，我怕自己会昏厥过去。

"葳葳，"孟珈宇上前一步，"妳好吗？我来看妳了。"

"好，很好，好得不能再好。"我答。

此时Eva很识趣地走开。

"别这样，我不是来了吗？"

"太晚了，"我啜了一口咖啡，"我已经答应别人的求婚。"

孟珈宇要我别开玩笑，前后不过几天的工夫……

"你不知道眼一闭一睁很可能就是天上人间？何况已经过了这么多天，世界早已不是你想象的那样了。"

"葳葳，妳听我说……"

就这么凑巧，孤独白一身轻爽地走进来，我索性告诉那个明显还搞不清楚状况的男人："我的未婚夫来接我下班，不多说了。"

第六十五章/芝麻与西瓜（完结篇）

我们一直走到老城广场南部的子午线标志处才停下脚步。

"这里曾有一座圣母玛利亚纪念柱，但在斯洛伐克共和国建立后移除，地上的这条子午线标志是在纪念柱投影的位置上制作的。"我的职业病又犯。

"忘了妳曾是导游，这条子午线是本初子午线吗？"他问。

"不是，只是一般的子午线，理论上地球的任何一个点都可以从北至南划子午线。"

孤独白问我既然都能划，那么就不具备任何意义了。

我答还是有的，如果不划，就不会有人注意到这里曾有过圣母玛利亚纪念柱……

我们又往前走了几步，他忽然问："再过一阵子，有没有人还会注意到昨晚我放的烟花？"

"估计没有，子午线标志至少还有个实物在，记忆的东西会随着时间慢慢消逝。"

"但妳不会忘对吧？曾经有个傻子为妳做冲动的事，还因此待在警局一宿。"

我承认这个很难忘记。

"他……"孤独白转头看一眼跟在我们身后良久的巴拿马草帽，"会为妳做疯狂的事吗？"

"应该不会，他总是优柔寡断，让我很受伤。"

"那么何不考虑考虑我？我很诚心的，男人要真一次也不容易。"

孤独白曾说过我像他笔下的水灵儿，这是一种撩妹方式，谁认真谁输，但除开这个，我找不到他独独看中我的理由。

"你难道不在乎我爱不爱你？"我问。

"说不在乎是假的，但我相信妳不讨厌我，这就足够，婚后我们再慢慢培养感情，嗯？"

我陷入长长的沉思当中，少了催化作用，婚后真能培养感情吗？万一培养不出，又该如何？

"对不起。"我低下头去。

"哎！我宁愿妳不说这句话。"他从口袋里掏出一个精美小盒，"本来在烟花事件后，我想正式求一次婚，看来不需要了，这个给妳，也许……也许有一天妳会想起我。"

"米星呢？你不喜欢她？"我收下盒子，问起闺蜜。

"我年纪不小了，没耐心照顾思想幼稚的人，所以……还是免了吧！"他摸摸我的头，"要经常想起我喔！"

他走了，而我连唤他回来的冲动也没有。

"他怎么走了？"孟珈宇望着孤独白的背影问。

"他不要我了。"我打开盒子，里面是一枚Tension Set风格的钻戒，即在内圈之中加嵌了极为隐秘的钻石，恰好是我喜欢的类型。

"他不要妳，我要。"他走上前来，"葳葳，嫁给我吧！"

奇怪，鲜花哪里去了？气球呢？再不然大字报也行，难道这年头的求婚流行"极简风"？

"如果今晚午夜前你能在查理大桥放足999发烟花，我就嫁给你。"我说。

你若问我为什么要这么做，我也答不上来，大概潜意识中我把他拿来跟孤独白做比较，人家好歹还"明知不可为而为之"，他呢？会为我做疯狂的事吗？

"一定得这样吗？"他面有难色地问。

"是的。"

"好吧！妳等着。"

孟珈宇要我等，让我觉得未来可期，总算事情有转机。

～

当电子钟显示00:01，而外面依旧无声无息时，我顿时万念俱灰，他果然没那么爱我。

我把脸深深埋进枕头内，至少听不见自己呜咽的声音。

隔天我顶着两个黑眼圈去上班，连店内的窗帘都不想拉开。阳光代表希望，而我早没有了希望。

"亲爱的，"Eva忽然开门冲着我笑，"出来一下。"

听见Eva喊我"亲爱的"，又给我"加菲猫"式的笑脸，这很不寻常，但我没兴趣猜测，要她有事快说，无事退朝。

"孟珈宇在外面等妳。"

"跟他说我死了。"我把披萨丢进烤炉里，还因用力过猛，让馅料面朝下，害我不得不伸手抢救。

"别这样嘛！很少看他这么生无可恋的样子，妳出去跟他把话说开，该复合，复合；该分手，分手，吊在半空中算什么？"

也对，分手是应该说清楚，我已经浪费太多时间在这个男人身上，是到了该止损的时候。

我推门而出。

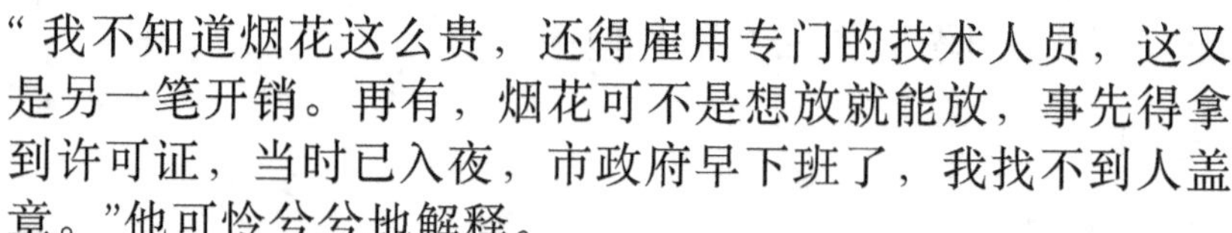

"我不知道烟花这么贵，还得雇用专门的技术人员，这又是另一笔开销。再有，烟花可不是想放就能放，事先得拿到许可证，当时已入夜，市政府早下班了，我找不到人盖章。"他可怜兮兮地解释。

"噢！是吗？真遗憾，"我的声音冷得掐得出水来，"还有别的事吗？没有我进去了。"

孤独白能做的事，到他这里却困难重重，怎么都说不过去，何况我要的是心意，不是结果。

"别走，"他抓住我的手，"李玟……李玟去了，几天前的事，还没做头七我就飞来找妳，这难道不能说明什么？"

李玟……这么快？难怪他会"人间蒸发"，我还以为是被我的"逼婚"行为给吓退了。

孟珈宇答我的逼婚的确让他举棋不定，毕竟时机尚未成熟，但现在不一样，李玟弥留之际曾要求他父母接纳我，否则死了也不会心安……

啊！李玟果真没有食言，我像忽然得到满怀糖果的孩子般手足无措起来。

"这样吧！也到饭点了，我们找家餐厅坐坐，让我从头说起。"他提议。

孟珈宇熟门熟路地带我走进乌迷得维库啤酒酒店，别误会，说是酒店，其实底层是带酒吧的微型酿酒厂及餐馆，其历史可以追溯到1466年。

我们点了烤猪肘套餐及他家最著名的X33啤酒，待服务员走后，我忙不迭问李玫走得安稳吗？葬在哪里？

"走的时候没少受罪，她喜欢杭州，墓地选在离西湖15公里处。"他答。

"如果我还在杭州，肯定送送她，你也真是的，没等做完头七就飞来这里。"

"我若等到那时候，妳大概早被那个写文的给骗走了。"

我要他小心说话，如果不是他三心二意，我会左右摇摆吗？说到底还是他的错。

"好，我现在不三心二意了，嫁给我吧！"

如果时间回到一个礼拜前，我肯定毫无悬念地答应下来，偏偏他选在没成功燃放烟花的时候提，倒让我以为他是为了转移注意力来着。

"婚姻是大事，我不会因某人的一时兴起而答应，那显得不够莊重。"我答。

"好，我等，不差这一时半会儿。"

我们沉默地用着餐，我忽然想起重要的事，李玫要他父母接纳我，到底孟爸爸和孟妈妈是怎么想的？

"他们……他们说还得观望一下，妳的父母……不行，门当户对还是有一定的道理在。"

什么？！说来说去，人家还是不认可我，而我还在做春秋大梦！

"孟先生，"我愤然起身，"咱们的事等我们毕家能和你们孟家平起平坐时再谈，慢用，我走了。"

和预想的一样，孟珈宇一连数日都粘着我不放，我索性在不知会任何人的情况下，买了张机票到巴塞罗那晒太阳，等我一身古铜色地回来，孟珈宇早已不知去向。

"妳呀！丢了芝麻也丢了西瓜。"Eva说，她的肚子已经鼓成篮球般大小。

"难说，也许我的春天尚未来到。"

话刚落音，一个长得极为好看的亚洲人走了进来，很有礼貌地询问查理大桥怎么走？

看他高佻的身材、迷人的眼睛、洁白的牙齿、壮硕的胸膛……我顿时意乱情迷。

"我的，别跟我抢。"我压低声音对Eva说，然后笑得一脸烂灿地迎向那个男人……

《完结》

【看不够吗？**B杜**的《狮城情缘》正等着您，以下是前三章，先睹为快。】

《狮城情缘》

第一章/自身难保

公元14世纪，苏门答腊的室利佛逝王国王子乘船旅游，看见岸边有一头异兽，当地人告知为狮子，他认为这是一个吉兆，决定建设此地并命名"新加坡"（乃梵语"狮城"的谐音）。

~

车子经过寸土寸金的乌节路，老公说今天下班后会弯到ION ORCHARD买我爱吃的老曾记咖喱角,问我除了咖喱角之外还想吃些什么？

老曾记在新加坡无人不知、无人不晓，他家的咖喱角外皮酥而不腻，里面的咖喱馅绵密中带着香气，不似印度咖喱辣舌，很受大众欢迎。

"什么都别买，没胃口。"我冷冷地答，将头转向车窗外。

这个月我上早班，老公顺路载我理所当然。

车子一个转弯上了Dempsey Hill,我们的医院就在这片绿意盎然的山头上。

"郑医生早，和夫人鹣鲽情深呀！"

"呦！冯主任，这么早就来上班？真是忧国忧民、忧国忧民啊！"

我们一下车就和内科冯主任打上照面，他很热情，老公也不甘示弱，两人旗鼓相当。我很反感这些，匆匆点个头便走进医院大厅。

REQ是新加坡声名远播的一家私立医院，以软硬体设备先进、收费昂贵著称，有1/3的患者来自海外，新推出的高级体检项目尤受中国富豪欢迎。

我到更衣室换上浅绿色的护士服，据说这颜色代表生命与希望，天知道为了穿上这件制服我吃了多少苦、受了多少累。

想当初中介说得天花乱坠，一到新加坡月薪翻了不止五倍，有房屋津贴、交通补助、来回机票……等，而最最重要的是工作两年后即可申请绿卡。

我虽是国内本科毕业生，护士执照注册时间超过3年，在三甲医院也工作了三年，但月薪不过五、六千元，在二线城市付完房租及生活费后基本已捉襟见肘，忽闻从天而降的大好机会怎肯错过？咬咬牙跟贷款公司借了四万多元付给培训中心及仲介，又狠狠地恶补了两个多月的英语，终于过关斩将来到人人称羡的"花园城市"–新加坡。

来了之后才发现被忽悠，薪水是多了，但也只是翻了两翻，要做的工作却多出好多，因为新加坡的住院病人大小事都要护士效劳，亲人向来不帮忙，举凡洗澡、按摩、喂药、擦屁股的活儿都得干，与国内大不相同。有人因心理落差太大，没待几天就铩羽而归。

我一向逆来顺受惯了，既来之则安之，打算忍一忍，等有了海外工作经验后，以此为跳板到太平洋彼岸讨生活，毕竟美国才是大家趋之若鹜的移民天堂。然而事与愿违，在护士长的撮合下，我和REQ的耳鼻咽喉科主治医师郑之龙相识、相恋，并进一步结为夫妻，又在他的大力帮助下，我从公立医院跳槽到REQ。任谁都知道，私立医院的薪水多、福利好，一切的一切看似苦尽甘来，可是……

八点钟有医护大交班，交班过后，我便得开始一天的工作，诸如：查房、汇报病人一天的病情、与医生讨论下一步的诊疗和护理计划、执行医嘱……这些是身为注册护士的我应该做的，但一忙起来就不分彼此，甚至连助理护士、护理员的工作也得做，譬如：整理床铺、准备针剂药品、喂饭、逐个床位打针输液……等。

今天一早就有病人按铃要求处理输液针口，我在通道里快速奔走了两个来回，然后又有病人反映枕头太薄想要更换，刚拿来新枕头，隔壁床的老人提出帮忙翻身，接着又有家属向我询问病人病情……一个早上我忙得像只勤劳的小蜜蜂，只有在接到通知（把第三床病人送到手术室）时，才得空坐在电脑前核对医嘱。

"媛媛学姐，吃饭不？"穿蓝色护理员制服的宝儿轻敲我敞开的房门问。

"行，妳先去食堂占位，我马上到！"我飞快地打字，眼睛盯着屏幕不放。

"还是吃福建面？"

"不，今天吃鸡。"

～

宝儿原本不叫宝儿，她有个很土的名字叫蔡招弟，而且如父母所愿真的招了个弟弟，从此便爹不疼娘不爱，成了家里最碍眼的。

由于从小缺乏关爱，她极想成为别人眼中的宝贝，所以成年后自行改名蔡宝儿，听说为此还闹过家庭革命。

她的学历不高，上的是中专的护理学校，一注册完护士资格就猴急地飘洋过海而来，由于没有工作经验，连助理护士都当不了，只能从最低的护理员干起。

我曾问她为什么不在国内积累好经验再过来，起码薪水能高一点儿，工作相对也不那么辛苦。她答前男友想追杀她，她不得不连夜逃跑，因为是带笑说，让人分不清真假。

"给妳点了海南鸡饭，媛媛学姐快坐下。"看见我来，宝儿说。

其实我和她只是曾在同一个城市学习过，连校友都谈不上，宝儿却学姐学姐地喊，很多事因此都拉不下脸来说不，好比她想知道内科那个帅到不行的住院医生是打哪儿来的？有没有女朋友？能不能吃辣？爱唱歌不？……

我曾建议她自己去问，但宝儿说我是已婚妇女，没人会对名花有主的人设防，她就不一样，待字闺中的女人若在爱情上主动，首先就掉价了。

"妳怎么不吃？"我坐了下来。

宝儿点的是炒粿条，是以甜酱油、黑酱油、蚝油、血蚶为主要酱料爆炒出来的面食，嗜辣者还可以配上三峇辣椒酱，使味道咸甜中带点儿辣味。

"等妳呀！"她笑咪咪地答。

我们在闹哄哄的食堂吃饭，我正吃着鸡，宝儿忽然提出再帮我叫碗汤，我正想推辞，她已起身离去，没多久为我端来一盅薏米冬瓜老鸭汤。

"一共多少钱？"我掏出钱包问。

"不用了，没多少钱。"

宝儿一个月的薪水不过1050新币，扣掉与人合租的租金及伙食费，所剩无几了。

我给了她15新币，她默默收下，有意无意地喃喃自语："不知新来的员工都住在哪里？吃些什么？"

这新来的员工不会是别人，而是……

宝儿看上的医生长得白白净净、瘦高瘦高的，他的名牌上写着MO Wang, 意即 Medical Officer Wang，代表医学本科毕业后PGY2, 相当于住院医生，只是不知道该称王医生还是汪医生？

"那人在內科，和我老公同一层楼，实在不方便过去问。"我答。

"有什么不方便的？"她嘻皮笑脸，"顺便还可以和自己的老公抛抛媚眼、说说情话，何乐而不为？"

宝儿才来REQ不到三个月，只知我老公是主治医生，对他完全不熟，然而闪婚的我又何尝了解他？不过有一点是肯定的，自己的老公控制欲极强、猜疑心又重，我不愿在好不容易平静的湖面上再开机关枪。

之所以说"再"是因为昨晚一通打错的电话让郑之龙赏了我一巴掌，到现在牙关还疼。

"他为什么喊妳Darling？"

"都说是打错的，回打过去，那人不也承认了？"我捂着脸，委屈至极。

"告诉妳崔媛媛，别让我抓到证据，否则……有妳受的！"

医院里的员工人种很多，有新加坡本地人、印度人、马来人、菲律宾人、越南人、大陆人……偏偏郑之龙是印尼华侨，算是少数中的少数。

"别看他黑黑瘦瘦的，但聪明又多金，在Nassim Road上有栋别墅，其他……能忽略就忽略吧！"护士长当初是这么说的。

郑之龙离过一次婚，长得不好看，年纪又大我一轮，刚开始我是不满意的，所以相过一次亲后便没了下文，但缘份就是这么神奇，某个大雨滂沱的夜晚，公交车迟迟不来，我正思忖该不该打电话叫出租车，郑之龙刚好开车经过。

"崔小姐，让我载妳一程吧！"他摇下车窗说。

为了表示感谢，那个周末我请他吃长堤海鲜楼的辣椒螃蟹，一来二去，彼此有了好感，两个月后他在摩天轮上掏出两克拉钻戒向我求婚，也许是夜景太璀璨，也或许是累了想找个依靠，我点头成为郑太太。

婚后的蜜月期很短，我们都忙，加上倒三班，有时他前脚刚进门，我后脚就出去，饭都吃不到一块儿，感情怎么不会出问题？无怪乎他说想开个私人诊所，两夫妻都朝九晚五，家才像家。

"好不好嘛！小姐姐。"见我不吱声，宝儿来软的。

"下午如果不忙，我帮妳问问。"我叹了口气说。

她欢呼一声，说我是她生命中的贵人。

"贵人？我是泥菩萨过江，自身难保呀！"我内心冷哼一声。

第二章/不祥之兆

我服务的是住院部，和老公的耳鼻咽喉科门诊部相隔三、四百米，但我还是在相对不那么忙的时刻，以送尿检报告的名义到內科转转。

" Miss Cui, are you looking for Dr.Zheng?"一个矮个子的印度裔女子问我是不是在找郑医生？

我认出她是五官科的助理护士Alisa，赶紧否认，表明自己是来交尿检报告的。

" Dr.Zheng is a good man. You're a lucky girl." 她对我眨眼睛，说郑医生是个好人，而我是那个万中无一的幸运女孩。

有那么几秒钟我有个错觉，莫非此郑医生非彼郑医生？但疑虑很快被打消掉，因为Alisa接着说Dr.Zheng胃不舒服，到楼下便利店买消化饼干去了。

老公曾不止一次向我推广"少量多餐"的好处，把一天原有的食物分量分成六至十餐来吃，不仅不会给胃带来负担，同时减少胀气及水肿，对控制体重也有好处。

"顺便还能借养生的名义休息一下，因为连续看诊是对病患及自己的不负责任。"他补充说明。

原来郑医生还是那个郑医生，没变。

我谢了Alisa, 很快走人。

知道自己的老公不在这一层楼让我如释重负，少了窥视的眼睛，我的脚步轻盈许多。

" Excuse me. Is this your pen?"

听到背后有人说话，我转过头去，那人手中的圆珠笔笔杆上有蜘蛛侠的贴纸，是一个来探望奶奶的小男孩执意给我贴的。

" I guess that's my pen. Thanks!"

我以为他会马上还我，没想到他却要我提出证据，证明那支笔是我的。

"上面有我的味道呀！王医生。"我答，其实不确定他姓王还是汪，我选择比较普遍的那一个。

他装模作样地闻了一下笔杆后还我，不忘提醒以后带香味的圆珠笔还是少用，因为香精中大多含有甲醛、苯等有害物质，这种物质很容易挥发，如果长期使用会对身体健康造成影响，严重的甚至会损害到人体的血液及神经系统……

我笑说医生果然都往坏里想，小小一支笔能有什么杀伤力？要有，恐怕也比医院的细菌来得小。

王医生摊手说自己已尽到告知的义务，听不听在我。

"你打哪儿来？"我没忘记此行目的。

"华夏、中夏、诸夏、诸华、神州、中土、禹域、中域、九州、震旦……这些都是古称，近代称为中国，妳呢？"

我答自己没他那么有学问，也不擅长把事情复杂化，简单一句：我是中国人。

"和我想的一样，这医院的护士有1/4来自中国，尤其妳的身上没洋味，应该才来不久吧？！"

"快三年了。"我答，心中懊恼三年了还没入乡随俗，让人一眼就瞧出。

"三年了……"他喃喃自语，"希望三年后我能晋升主治医生，否则太对不起自己割舍掉的东西，包括在国内已有的主治医生职位及安逸的生活。"

我问他现在是不是在做MO级别的临床轮转并等待通过Post Graduate考试？

"没错，內科轮完后，下一个是五官科，全部科室走完一遍才得以参加考试。若有幸通过，我希望将来从事全科医学或家庭医生的工作。"他答。

由于医学院毕业生的养成不易且数量有限，加上为应对人口增长及打造东南亚医疗中心等原因，新加坡的医院管理机构MOH HOLDING大量从海外招募低年资的医生，这也是近年来不少中国医生前往新加坡工作的一个时代背景。

"那么祝你早日梦想成真，也好将家乡的老婆接过来。"我设局。

"我还是单身汉。"

"女朋友也得接呀！"

他反问一天工作16个小时的人配有女朋友吗？

"爱吃辣吗？"

"无辣不欢。"

"喜欢唱歌吗？"

"人称'北大陈奕迅'。"

"住哪里？自己开伙吗？"

"预算不多，目前和朋友租住在政府组屋里，早餐在家里吃，午晚餐吃医院食堂。"

我沉思了一下，将得来的答案在脑中各就各位。

"妳是医院派来做户口调查的吗?"他笑问。

"呵呵！真风趣。"我笑得很尴尬，"算是吧！医院里有很多摽梅之年的女护士，我得替她们把把关。"

"妳呢？怎么没把自己算进去？"

我答自己已婚，老公是耳鼻咽喉科的郑医生。

"郑之龙？那个医界翘楚？"他睁大眼睛问。

我再度受到惊吓，不知王医生是刻意戴高帽还是自己真嫁了个人中蛟龙？

见我点头承认，他的态度一百八十度大转变，显得毕恭毕敬。

"我期待下礼拜向郑医生学习，刚才的谈话若有冒犯之处请见谅。噢！还有，我姓汪，三点水的汪，汪致远，此乃出自诸葛亮的《诫子书》—非淡泊无以明志，非宁静无以致远。"

轻松的谈话转变为"说明会"，这不是我要的，但又能如何？

"很高兴认识你，汪医生，希望你在REQ有充实的生活及愉快的回忆。"我也跟着严肃起来。

这个月我上早班，理论上可以和看门诊的老公同进退，实际情况却是只能同进，不能同退，因为有时交班过后我才发现病历书没写完或有突发状况临时被留下；老公也一样，虽然已是主治医生，难保不加班，所以我们一向各自回家，今天也不例外。

我在医院门口的公交站牌下等车，宝儿气喘吁吁地跑向我，嘴里学姐学姐地喊。

"妳怎么这个时候下班？"我问。

中午吃饭时，她还唉声叹气地表示今天得连续值12个小时的班。

"还没下班呢！我特意跑出来找妳，就想问妳……他……他怎么说？"

他？我想了一下，恍然大悟。

"汪致远、北大高材生、未婚、没有女朋友、嗜辣、有好歌喉、住政府组屋、经常吃医院食堂。"我一一向来者报告。

"住政府组屋？不应该呀！那是穷人住的，他可是高收入的医生。"

新加坡有80%的人口住组屋，组屋是指由政府建造，拥有独立厨卫设施的单元房，通常低于市场价，这是政府的德政，让"居者有其屋"。显然宝儿并不买单，同时也高估了一个初来乍到、尚未通过认证考试的医生荷包。

我借机教育她一番，她很快释怀："说的也是，男人就是要成家才有动力，努力个几年也能像妳老公一样坐拥豪宅，是不？"

这一问把我给问住了，郑之龙的收入是不错，但大部分来自薪水以外的灰色地带，见不得光。

我支支吾吾了半天仍说不出个所以然，还好宝儿并不在乎答案，很快转了话题。

"妳说邀请他去Party World唱歌好不好？我可喜欢唱了，以前在国内就经常上KTV，大家都说我是小王菲。"

我想起汪致远说他是"北大陈奕迅"。

"我不知道，也许妳自己问他。"

" 怎么是我？当然是妳问，送佛送上天，好不好嘛！小姐姐。"

什么？！简直粘上橡皮糖，甩都甩不掉。不行，事情到此为止，我得抽身……

无奈公交车来了，我被人群簇拥着上车，连开口拒绝的机会都没有。

"谢了，媛媛学姐，路上小心啊！"宝儿向我挥手。

我家在Nassim Road上，邻近使馆区及植物园，是有名的富人区。这个拥有20个单元的别墅群既有新加坡特有的热带风情，也有日本颇富禅意的庭园景观，室内设计采法国的轻奢风格，是Nassim Road上一抹高贵冷艳的风景。

我趿上拖鞋到主卧室换上家居服，然后洗手做羹汤。

结婚前，郑之龙原雇了个菲律宾女佣，能煮"似是而非"的中国菜；结婚后，女佣想当然尔被解雇，美其名曰更喜欢我煮的菜，其实是为了省下一笔人工费。

老公的"抠门"在婚后显露无遗，连香皂、卫生纸都算计着用，就别妄想有一天我会像那些有钱太太们一样，没事修修指甲、逛逛商场。

我把早上出门前放进水槽解冻的鱼拿来熬汤，又把空心菜洗了、豆腐沥干。两菜一汤的菜色即使放在平常人家也稍显寒碜，但煮多了会被骂，说我不懂得过日子，白白浪费老公辛苦赚来的钱……

天知道我同样在挣钱，四房两厅的大房子整理起来也挺累人，但说这些郑之龙是不会懂的。

刚把鱼汤端上桌，老公就进门，脸色不太好，大概在外面受了气。我没说话，默默接过他的公事包。

新加坡的病患和医护人员平起平坐，得了什么病、用了什么药、做了什么护理……都要一一告知，若因沟通不良被投诉还得写报告，这是很烦人的事，所以老公偶尔有坏心情，我能理解。

"妳看起来心情不错。"他酸溜溜地说。

"有吃住就该高兴，你说的，不是吗？"我冷冷地答。

我们安静地吃着饭，连墙上挂钟行走的声音都听得一清二楚。

"妳今天去了內科门诊部?"老公突然问。

我的心喀噔了一下。

"是的，拿尿检报告给Dr.Smith。"

"和帅气医生谈得很开心的样子嘛！"说完，他将筷子伸向鱼头，一挖，白色鱼眼进到他嘴里。

原来和汪医生的谈话被他发现了，我大呼不妙但仍故作镇定地解释："都是中国来的，多聊了两句，那里人来人往，要有什么也不选在医院。"

"呵呵！要有什么妳就完了，妳知道'完了'是什么意思吧？！"

我打了个寒颤，打算以不变应万变，但老公没放过我，开始抱怨汤太咸、麻婆豆腐没煮出味道、空心菜全是梗……

"不吃了。"老公推开桌子起身，"帮我按摩，现在！"

见他带着怒气走向房间，我有了不祥的预感，心中叫苦连天。

第三章/双面人

婚后的第一次耳鬓厮磨，我曾推开老公惴惴不安地问："怎么没装窗帘？"

"放心，那是单向玻璃，外面看不见里面，而且多层实心，中间有超弹隔音膜，另外，房门是钢制的，墙壁内也塞了吸音棉，妳叫再大声也无人能听见。"

当我们情投意合时，这样的谈话无疑增加夫妻间的情趣，但当我们关系紧张时，这样的室内设计无疑将我推向痛苦的深渊。

"说！"郑之龙掐住我的脖子，"和那个奶油小生眉来眼去多久了？"

"没……没有的事……今……今天第一次……真的……"

没人比一位医生更了解人体结构，只要掐对地方，我分分钟会气绝身亡。

"难怪……难怪最近阴阳怪气，说话也冷嘲热讽，原来找到相好的。"郑之龙继续编派我的不是。

"没……我发誓……我拿父母的性命……发誓……"

"切，妳那对吸血鬼父母的命值几个钱？早死早超生！"

想当初谈婚论嫁时，郑之龙对我父母的态度可不是这样，他正襟危坐，老实巴交地像个没见过世面的乡下人，让父母从不满意改投赞成票。

"人是干瘦了点儿，但选老公不选漂亮的，实用最好。"母亲说。

"他看着还行，收入高又有大房子，结婚就图个安稳，妳也算是找对人了。"父亲说。

有了父母的加持，我们的恋情火速升温，秋季还没度完，我就急匆匆地披上嫁衣……

婚后，郑之龙的狐狸尾巴才露出来，挨了几次揍后，我忍不住打越洋电话求助，母亲是传统的中国妇女，虽然心疼我，但认为失婚女子难再嫁，劝我能忍则忍，但这不代表她没有远虑。

"把钱拿好，哪天……妳也不致于完全没有后路。"

新加坡的华人结婚也给彩礼，但郑之龙说他是印尼华侨，不时兴这个。当时感情好，父母也认为他们不是卖女儿，所以连房子、车子都没要就嫁过去，事后才后悔，这要是一拍两散，我岂不是净身出户？

亡羊补牢，母亲的计划是把我的薪水以供养父母的名义全留住。碍于情面，郑之龙没说什么，时间一久，我的父母便成了他口中贪婪无厌的代表，也有了指责我在家当蛀米虫的底气。

"对……对不起……我……我错了……"郑之龙的大脸在我眼中渐渐模糊，知道自己快失去意识，我赶紧求饶自保。

老公终于松开手，在呼吸到第一口新鲜空气后，我忍不住痛哭失声。

"哭？不守妇道的人还有脸哭？"他咆哮。

我哭是因为婚前没擦亮眼，遇人不淑（偏偏别人还用羡慕的眼光看我，仿佛我是灰姑娘，一朝飞上枝头变凤凰）。

擦干眼泪后，我讨好地说下楼为他泡杯咖啡。

"别加糖。"他叮嘱。

郑之龙有饭后喝黑咖啡的习惯，这似乎不符合养生之道，但对于接下来还要熬夜读书的人来说，喝杯提神饮料不为过。

老公是我见过最刻苦学习的人，即使已是主治医生，他仍然维持一年发表两篇学术论文的自我期许，有几篇甚至被收录在医学界最具权威的学术刊物《The Lancet》上，无怪乎连医院院长都要对他客气三分。

"你的咖啡。"我将咖啡置于床头柜上。

泡的是新加坡最著名的猫头鹰咖啡，颜色比普通咖啡淡，少了苦酸味，口感更好。

"媛媛，"他的声音转为温柔，"谢谢妳！"

我点了个头，默默离去。

总是这样，言语和肢体施暴后，老公变得格外体贴，不仅口惠，有时还会给我买小礼物，甚至亲自下厨煮我爱吃的菜，让我迷惑不已。也正因如此，我一次次地原谅他的家暴与……变态，甚至反求诸己，认为是自己的错，罪有应得。

趁着老公在"学习"，我把家务做了、洗好澡，然后坐在客厅百般无聊地按着电视遥控器，从时事新闻看到综艺节目，再从华语电视剧看到印度电影，没有一个频道让我的眼光停留超过五分钟。

"媛媛，睡觉了。"老公站在楼梯口喊。

"你先睡，看完'长女的婚事'我就来。"

"无聊的电视剧也看？"老公还是下楼来，"越看越笨，倒不如省下时间做有用的事。"

我答我没他有学问，生活中也只剩下看电视这项爱好……

"这怎能算爱好？一没钱赚、二没增广见闻、三没继往开来，怎么说都是浪费时间，还是从从妳老公的爱好，没看到他为这个家劳心劳力？"

我皱了皱眉，推说今天不方便。

"妳哪天方便过？"老公的声音变得粗巴巴，"吃我的、喝我的、住我的，现在是我在养着妳，可别忘了自己应尽的义务。"

我叹了口气说知道了，让他先上楼，自己随后就到。

"郑医生早，和夫人琴瑟和鸣呀！"

"呦！是李医生，"老公的声音仿佛浸过蜜似的，"这么早就来上班？真是忧国忧民、忧国忧民啊！"

我们一下车就和骨科的李医生打上照面，我匆匆点个头就钻进医院大厅。

"Miss Cui，八号病房的第五床病人又不吃饭了，妳去搞定他。"护士长下令。

那床病人是个古怪的老头，只要儿女周末没来看他，周一他就赌气不吃饭，屡试不爽。

"好，待会儿就去。"我心不在焉地答。

"媛媛，"护士长忽然叫住我，眼睛盯着我的脖子瞧，"昨晚和郑医生打架了？他咬妳一口？"

我下意识用手遮住脖子，窘得不知如何是好。

"没事，热情点好，爱情才能长保新鲜。"她笑着离开。

我赶紧冲向寄物柜，还好在角落找到去年冬天遗留在那里的丝巾，立马拿来系在脖子上。

说来真是难以启齿，老公的性欲非普通人能及，每次都像狂风暴雨般横扫而过，留下一地狼藉。

"能不能……能不能别每天来？"我问。

"怎么，妳不喜欢？"

"也不是不喜欢，就是有点儿吃不消。"

老公不同意，他说床头打床尾和，他需要靠做爱来修复夫妻间的裂痕……

我心想只要不打我、不在精神上折磨我，何来的裂痕？又何需修复？

"媛媛学姐，病人的留置针掉了，妳帮帮我！"宝儿求助。

"好歹妳也是护理学校毕业的，重打不会？"我像吃了炸药。

"妳……怎么了？"

宝儿像被一脚踢进河里的小狗，可怜兮兮地望着我，我才意识到自己把情绪带进工作里，很要不得。

"没什么，病人在哪里？这次我教妳，妳一定要学起来喔！"我放缓口气说。

作者介绍

在异国的背景下加入缠绵悱恻的爱情故事是B杜小说的一大特点，她的文笔清新、笔触诙谐、画面感很强，读完小说有种看完一部爱情偶像剧的感觉，特别适合怀春少女及对爱情有憧憬的女性阅读。

B杜创作了一系列异国恋情N部曲，包括《法兰西情人》、《东瀛之爱》、《新西兰之恋》、《英伦玫瑰》、《爱在暹罗》、《情定布拉格》、《狮城情缘》、《爱上比佛利》、《梦回枫叶国》……等作品，欢迎关注。

ALSO BY B杜

情定布拉格（繁體字）Love in Prague（traditional character version）

~

《东瀛之爱》Lovc in Japan
《法兰西情人》Love in France
《新西兰之恋》Love in New Zealand
《爱在暹罗》Love in Thailand
《英伦玫瑰》Love in England
《狮城情缘》Love in Singapore
《爱上比佛利》Love in Beverly Hills
《梦回枫叶国》Love in Canada